Hartbitter

Geschichten von Phantasten,
Vorkämpfern und Glückssuchern

AF221841

Engelbert
Gottschalk

Herstellung und Verlag: BoD – Books on Demand, Norderstedt

ISBN: 9783752670431

Inhaltsverzeich

FSC
www.fsc.org
MIX
Papier aus ver-
antwortungsvollen
Quellen
Paper from
responsible sources
FSC® C105338

Das Refugium

Xellox kletterte den mit Kakteen überwucherten Wall herunter, der die Hüttensiedlung vor der Wildnis schützte. Er hatte Angst, sich zu verletzen, denn im stattlichen Alter von 50 Jahren hielten weder die Muskeln noch die Gelenke hohen Belastungen stand.

Hinter dem Wall, in der Ebene, zerrieb der Greis zwei beim Abstieg abgestreifte Blütenknospen mit den Fingern bis zur Unkenntlichkeit.

Er verharrte auf der Stelle und beobachtete das Gelände. Der abnehmende Mond tauchte die Landschaft in fahles Licht.

Aus Furcht vor Verfolgern spurtete er los, nur weg von der Welt, in der es für ihn keinen Platz gab.

Es dauerte nicht lange, bis ihn die Kräfte verließen. Er taumelte wie ein Betrunkener.

Eine verrostete Eisenbahnschiene brachte ihn zu Fall. Ihm überkam das Verlangen, liegen zu bleiben und sich dem Schlaf, dem kleinen Bruder des Todes, hinzugeben.

Die Verschnaufpause hauchte ihm neue Kräfte ein, seine Willensstärke besiegte den Feind im Innern. Mit blutverschmierten Handflächen richtete er sich auf, klopfte den Staub von der Kleidung ab und wankte durch die Steppenlandschaft.

Der Mond verschwand hinter einer Wolkenfront.

Bis auf das kniehohe Gras, das sich sanft im Wind wog, herrschte knisternde Stille.

Die Schatten der Nacht sind meine Verbündete, dachte Xellox und setzte die Flucht fort.

Trommeln dröhnten, ein Holzfeuer im Freien illuminierte den Horizont.

Aus der Ferne erklang Wolfsgeheul.

Haben die Biester meinen Körpergeruch gewittert?

Der alte Mann hatte keine Wahl - die Wildnis mit den Raubtieren bot größeren Schutz als die Gruppensiedlung auf der anderen Seite des Walls.

Er war nicht zum ersten Mal in dem Gebiet, hatte im Kindesalter hier gespielt – damals, als es Wälder gab und die Luft nach Blüten und Abenteuer duftete. Im Kopfkino poppten Bilder des ehemaligen Stahlwerks hoch, das einst hier gestanden hatte. Es war in den 90er Jahren des vorvergangenen Jahrhunderts zum Landschaftspark umfunktioniert worden – seinerzeit ein Diamant auf dem Dekolleté der Zeit.

Xellox balancierte über einen Teersee, die Altlast einer Kokerei, die vor 250 Jahren für die Produktion von Rohgas genutzt worden war.

Der See war an den Rändern mit dem Schutt jener Häuser aufgefüllt, die früher das Gelände begrenzt hatten.

Der alte Mann setzte einen Schritt vor dem anderen, um nicht Gefahr zu laufen, in der breiigen Masse stecken zu bleiben.

Es roch nach Benzin und Zweifel.

Etwas blubberte, ein Reptil kraulte an ihm vorbei, wobei es sein linkes Hosenbein streifte.

»Igitt!«

Xellox vermied abrupte Bewegungen und kaute an den Fingernägeln.

Mit verschlissenem Parka, an der Seite aufgerissenen Turnschuhen und blassblauer Jeans glich er einem Alt-Hippie, der seit ewigen Zeiten keine Dusche gesehen hatte. Die verfetteten, an den Schläfen herunterhängenden grauen Haare flatterten im Wind, der über die ausgedörrte Steppenlandschaft fegte. Am Hinterkopf schimmerte eine drei Zentimeter runde, kahle Stelle, eine Beule, die ihm Schmerzen bereitete.

Hinter dem Teersee nahm die Festigkeit des Bodens zu.

Der alte Mann stiefelte weiter, denn seine Flucht hatte eine Großfahndung ausgelöst.

Ich darf nicht aufgeben. Ich bin es meiner verstorbenen Frau schuldig.

Er gedachte ihrer, die vor zwanzig Jahren an COVID 23 gestorben war.

Die Erinnerung an die Jahre der Partnerschaft malte Sonne in sein Gesicht, in dessen Falten sich alle Sorgen der Zeit spiegelten.

500 Taler für einen erlegten Greis – ein Vermögen in einer Epoche, in der bis auf die Clanchefs und den Parteigranden niemand etwas besaß. Die Bürger betrieben Tauschwirtschaft und litten Not. Die Nationalfront hatte die demokratisch gewählte Regierung durch einen Putsch vom Sessel der Macht vertrieben und eine Diktatur errichtet. Bürger, die das 50. Lebensjahr vollendet hatten, waren gesetzlich dazu gezwungen, sich in Internierungslagern einzufinden. Es gäbe nicht genug Nahrung für alle, hieß es. Niemand wusste, was mit den Alten geschah. Offiziell behauptete man, sie würden nach Grönland deportiert, der grünen Trauminsel im Nordatlantik, um beim Anbau von Gemüse zu helfen. Xellox hielt dies für eine Lüge, denn es gab Gerüchte, dass die Insel durch das Abschmelzen des Polareises auseinandergebrochen war.

Der Wind wirbelte Staub auf, der aufgrund der Kontaminierung in den Augen ein Brennen verursachte.
Der Flüchtling kramte einen zerknitterten Lageplan aus der Innentasche des Parkas hervor.
Es bereitete ihm Mühe, die topografischen Symbole im Schummerlicht des Nachthimmels zu interpretieren.
Er strich sich mit der Hand durch die Haare und schlug die Richtung ein, aus der das Wolfsgeheul ertönte. Das war besser, als sich der Gefahr

auszusetzen, der Staatspolizei in die Hände zu laufen. Oder den Kopfgeldjägern, die ihren Lebensunterhalt mit der Ergreifung von Personen bestritten, die sich der Registrierung in den Lagern entzogen. Trotz der Brutalität der Jäger gab es keinen Widerstand gegen die willkürliche Begrenzung des Lebensalters. Xellox führte diesen Umstand darauf zurück, dass die meisten Menschen vor Erreichen der Altersgrenze verstarben.

Hinter ihm brach das Totholz eines Baumes, der aufgrund der Trockenheit vor Jahren entwurzelt worden war.
Er spürte den Atem eines Menschen, unfähig, sich einen Millimeter von der Stelle wegzubewegen.
Jemand legte eine kalte Hand auf seine Schulter, eine Gestalt, die ihm in den Trümmern aufgelauert hatte.
Das ist mein Ende!
Mit dem Mut der Verzweiflung versuchte er, der Gestalt mit der Faust ins Gesicht zu schlagen.
Sie duckte sich weg und wich dem Hieb aus.
Wie in Trance schwankte sie auf Xellox zu, der sofort realisierte, wer ihn angriff: eine Greisin mit Armen, dünn wie die eines Kindes. Die verlumpten Kleider schlotterten um Beine und Hüften.
Sie zitterte am ganzen Körper, an den nackten Unterarmen zeichneten sich Kratzspuren ab.

Die rechte Wange und die Stirn waren verdreckt,
nur das Weiße in den Augen leuchtete.
Ihr Atem ging flach, stoßweise, als ob die Luft
nicht bis in die Lungen gelangte.
Xellox befürchtete, genauso verwahrlost wie sie
auszusehen. Es gab nirgends Spiegel, die
Fensterscheiben von Häusern oder Bürogebäuden
waren dem Vandalismus zum Opfer gefallen.
Vermutlich zählt sie genau wie ich 600 Monde.
Schlachtvieh!
Da von der Jammergestalt keine Gefahr ausging,
beruhigte er sich.
Sie zupfte an ihrer Felljacke und musterte ihn von
unten bis oben.
Blicke kreuzten sich, niemand sprach ein Wort,
Misstrauen regierte.
Xellox hätte gerne gewusst, was sie dachte, wie er
auf die Fremde wirkte, aber sie stand nur da,
wandte den Blick von ihm ab und fixierte einen
Punkt am Horizont, als ob sich dort das Tor zu
einer besseren Welt befände.
Um den Anlass ihres nächtlichen Fußmarsches
aufzudecken, brach er nach zwei Minuten das
Schweigen mit sechs Wörtern: »Was treibt dich…
in diese Einöde?«
Anstatt zu antworten, versuchte die Greisin, ihre
verfilzten Haare auseinanderzuziehen.
Er sah ihren zuckenden, spröden Lippen an, dass
sie seit ewigen Zeiten kein Wort gesprochen hatte.

Nach einer nicht enden wollenden Gedankenpause flüsterte sie: »Dasselbe könnte ich dich fragen! Verschwinde aus dieser Hölle, solange du laufen kannst! Im hohen Gras und in den Schuttbergen lauern ausgehungerte Kreaturen, die uns nach dem Leben trachten.«

»Hinter dem Schutzwall ist es für uns noch gefährlicher«, mahnte er und zog die Stirn in Falten.

»Ich habe als Jugendliche davon geträumt, im Garten Gemüse anzubauen und im Herbst bei der Weinlese zu helfen. Ich ziehe das Vegetieren im Lager dem Existenzkampf in der Wildnis vor«, sagte sie, wobei ihr Blick an seiner Wasserflasche hängen blieb.

»Ich bezweifle, ob du jemals die Chance erhältst, dort die Früchte deiner Arbeit zu ernten.«

Xellox gab ihr seine Wasserflasche - das Einzige, was er besaß, und küsste sie auf die Wange.

Sie zuckte zusammen, kicherte in sich hinein und sagte: »Oh! Was war das denn? Mich hat seit Jahren niemand berührt, geschweige denn geküsst.«

Der alte Mann fasste Vertrauen und stellte eine Frage, die ihm gleich nach ihrem Erscheinen auf dem Herzen gelegen hatte: »Kommst du aus dem Refugium oder sagt dir der Begriff etwas?«

»Nein, nie gehört! Merkwürdiger Name. Was verbirgt sich hinter dieser Bezeichnung?«

»Ein unterirdisches Dorf, ein Labyrinth aus Gängen, Plätzen und Höhlenwohnungen, wo Menschen bis an ihr Ende in Frieden leben.

Man sagt, dass immer dann, wenn ein Mensch das Refugium betritt, der Hass von ihm abfällt und die Liebe sein Herz erfüllt«.

»Die Liebe? Dass ich nicht lache! Wer sich in dieser Dunkelwelt von Gefühlen leiten lässt, wird umgerissen wie ein Baum, der sich dem Sturm nicht beugt. Ich an deiner Stelle würde niemandem vertrauen und ausschließlich den Instinkten gehorchen.«

»Wenn die Hoffnung stirbt, ist nichts auf dieser Welt, für das es sich zu leben lohnt.«

Sie winkte ab, trank die Wasserflasche in wenigen Zügen leer und verschwand zwischen den Schuttbergen abgerissener Industriehallen sowie den verrosteten Überbleibseln der Hochöfen.

Er ignorierte ihre Warnung und bahnte sich den Weg durch unorganische Abfälle, darunter unzählige Wracks von Brennstoffzellenautos, deren Produktion wegen Wassermangel und fehlender Rohstoffe vor einem Vierteljahrhundert eingestellt worden war.

Der Mond schob sich vor die Wolken.

Er strahlte heller, als ob jemand eine stärkere Birne in den Himmel gedreht hätte. Neben der Sonne diente der Erdtrabant als einzige Leuchtkraft in der Dunkelwelt, in der es kein künstliches Licht gab.

Die Kräfte des alten Manns schwanden.

Im Rachenraum breitete sich ein bitterer Geschmack aus, der sich nicht herunterschlucken ließ. Der Durst schnürte ihm die Kehle zu.
Doch die Hoffnung, auf Gleichgesinnte zu treffen, trieb ihn an, motivierte ihn dazu, unermüdlich nach dem Refugium zu suchen. Er träumte davon, sich im Alter zu verlieben, eine Partnerin zu finden, die sich ebenso wie er nach Zuneigung und Zärtlichkeit sehnte. Für dieses Ziel scheute er kein Risiko.

Eine Bodenvertiefung vor einem Bretterverschlag erregte seine Aufmerksamkeit.
Der Eingang zum Refugium?
Er räumte die Bretter zur Seite, bis die Öffnung groß genug war, um sich hindurchzuzwängen.
Ein Gemäuer unter einem ehemaligen Hochofen, welches einst mit Wasser befüllt gewesen war, kam zum Vorschein. Durch die Versteppung der Region war die Anlage vor Jahren trockengefallen.
Xellox hangelte sich nach unten, bis er festen Boden unter den Füßen verspürte.
Er betrat eine Betonplatte, von der eine Treppe in die Tiefe führte.
Erneut jaulten Wölfe, diesmal zum Greifen nah.
Die Laute legten Zeugnis ab von der Wildheit, die die Tiere zum Überleben benötigten.
Der Leitwolf nahm Witterung auf und sprintete mit heraushängender Zunge über die Graslandschaft.
Von Panik überwältigt strauchelte Xellox, verlor das Gleichgewicht und fiel auf den Allerwertesten.

Er rutschte die Stufen herunter, fand nirgends Halt, wurde ein Spielball der Schwerkraft.

Ein gellender Aufschrei – mit den Knien prallte er gegen das Türblatt der Stahltür.

Eine Kniescheibe hielt der Belastung nicht stand und verschob sich.

Die Haut platzte auf, ein rotes Rinnsal ergoss sich auf den Boden.

Trotz unbändiger Schmerzen richtete er sich auf.

Über ihm, auf der Betonplatte, leuchtete etwas Grünes, zwei Glubscher, die ihn mit Blicken töteten.

Das Adrenalin rauschte einer Sturmflut gleich durch seine Adern und spornte ihn zu Höchstleistungen an.

Mit Wucht stemmte er sich gegen die Tür – sie bewegte sich keinen Millimeter aus ihrer Verankerung.

Oh nein, abgeschlossen!

Rechts neben der Tür führte eine weitere Treppe, deren Stufen mit Moosen und Flechten überzogen waren, in die Dunkelheit.

Über ihn schepperte es, gieriges, kaltes Knurren.

Ohne sich umzudrehen, torkelte Xellox die Stufen herunter.

Er prallte mit dem Oberkörper gegen etwas Metallisches.

»Autsch!«

Wie durch ein Wunder blieb er diesmal unverletzt.

Der Eingang zum Refugium!

Sich aufrichten, nach der Klinke greifen, sie
niederdrücken, war eins.

Die Tür öffnete sich mit einem schmatzenden Laut.
Sie war von verschimmelten Gummileisten
umrahmt, die sie von der Außenwelt abschirmte.

Hechelnd stoben die Wölfe im Rudel die
Treppenstufen runter.

Xellox schlug die Tür hinter sich zu, die krachend
ins Schloss fiel. Der Tiefkeller der ehemaligen
Hochofenanlage, ein 20 Meter unter der
Oberfläche liegender schallisolierter Komplex, lag
ihm zu Füßen.

Stille regierte, kein Ton drang zu ihm durch.

Er trommelte mit den Fäusten gegen das Türblatt
und schrie: »Verdammte Bestien! Um euch
kümmere ich mich später.«

Erleichterung breitete sich im Bauch aus, jetzt, da
die Raubtiere nicht in der Lage waren, ihn zu
zerfleischen.

Der alte Mann genoss die Verschnaufpause, glaubte
an die Zukunft, an den Traum, mit Menschen
zusammenzuleben, bei denen Gefühle und
Emotionen über Instinkte triumphieren.

Das Gute würde die Schatten vertreiben, dessen
war er sich sicher.

Die Euphorie währte nicht lange.

Ein Verwesungsgeruch schlug ihm entgegen.

Finsternis umhüllte ihn, als ob die Umbra des Mondes der Erde für immer das Sternenlicht entzogen hätte.

Wo kommt dieser Gestank her?

Im Vertrauen darauf, dass sich die Augen allmählich an die Dunkelheit gewöhnten, erhob sich der Flüchtling vom Boden und tastete sich an der Wand entlang.

Der Geruch gewann an Intensität.

Mit dem linken Fuß stieß er gegen etwas Großes, Weiches.

Überreste von Beutetieren?

Ketten rasselten, Metall rieb auf Metall, von der Decke tropfte eine stinkende Flüssigkeit auf die kahle Stelle des Kopfes.

Panik bemächtigte sich seiner.

Die Beine wurden weich wie Butter, die Wangen feucht, wie bei einem Langstreckenlauf.

Ein roter Punkt explodierte - der Laserstrahl, greller als Sonnenlicht, blendete seine Augen und rührte ihn zu Tränen.

»Das Licht! Woher habt ihr…?«

Hämisches Lachen dröhnte in seinen Ohren, raubte ihm jegliche Hoffnung auf ein Leben in Freiheit.

Aus dem Hintergrund ertönte eine Bassstimme: »Du besitzt die Unverfrorenheit, uns Fragen zu stellen? Hast du geglaubt, dass du der einzige Schmarotzer bist, der sich in diesem Loch verschanzt?«

Das Licht wurde gedimmt, jetzt war Xellox in der Lage, seine Umgebung wahrzunehmen.

Er stand starr wie ein Mast in einem Gewölbe mit verrosteten Maschinen und alten, auf dem Boden verstreuten Dienstplänen aus einer vergessenen Epoche.

An der Rückseite des Gewölbes hockten drei Männer, die die Beine auf einem reich gedeckten Tisch gelegt hatten. Die Gesichter wirkten entspannt, die Körperhaltungen relaxt, als wären sie bei einem Picknick im Freien. Sie trugen Hawaiihemden, kurze Hosen und Sandalen.

Der linke, ein Endzwanziger mit Glatze, grapschte nach einem verknitterten Blatt Papier und hakte eine Position in einer Zeile ab.

Der in der Mitte sitzende etwas ältere, dickere Mann blies mit einer Zigarre Ringe in die Luft.

Der dritte Bursche mit großflächigen Tattoos an Armen und Beinen prostete ihm mit einem Cocktailglas zu.

Der Dicke reckte den Kopf in die Höhe und formte die Finger der rechten Hand zu einem V.

Unmittelbar vor den Füßen des alten Manns verwesten die aufgedunsenen Leichen dreier Menschen, die mit Ketten am Boden befestigt waren. Der Schaum vorm Mund sowie die dunklen Gesichtsflecken legten Zeugnis ab von der Vergiftung, an der sie gestorben waren.

»Warum habt ihr das getan?«, schrie Xellox, obwohl er die Antwort kannte.

Der tätowierte Kopfgeldjäger nahm die vor ihm auf dem Tisch liegende Armbrust zur Hand und zielte auf sein Opfer.

Der Giftpfeil rauschte durch die Luft und traf den sich wegduckenden Greis am rechten Oberarm.

Der Juckreiz übertünchte den Schmerz.

Mit weit aufgerissenen Augen blickte er dem Schützen, dem jüngsten aus der Gruppe, ins Gesicht und schrie: »Nein, lass mich gehen! Ich will nicht in diesem Kellerloch sterben. Ich bin auf der Suche nach dem Refugium!«

Er erntete ein Gelächter, dessen Echo von den hinteren Räumen des Gewölbes widerhallte.

Mit taubem Kribbeln wich das Leben aus den Gliedern des Flüchtlings, bis der kleinste Hoffnungsschimmer an schimmelnassen Wänden verblasste und alles Vegetieren ein Ende nahm.

Schöne neue Arbeitswelt

Mit Schweißflecken unter den Achseln stürzte
Emilio Stoppelkamp an einem Montagmorgen ins
Büro.

Eine warme Frauenstimme begrüßte ihn: »Hallo
Emilio, ich bin Malexa, deine neue Mitarbeiterin.
Du hast dich um eine Stunde verspätet!«

»Huch! Wer bist du denn?«

»Deine neue digitale Sprachassistentin. Ich bin da,
um dich bei der Arbeit zu unterstützen.«

»Huch! Was mutet mir der Computer - Freak
diesmal zu«, brummte Emilio, trat zwei Schritte
zurück auf den Flur und donnerte die Tür ins
Schloss.

Der Prokurist hasste Computer, denn sein Online-
Konto war vor Jahren bei einem Hackerangriff bis
auf den letzten Cent geleert worden. Seit jenem Tag
nutzte er die Computer nur in Ausnahmefällen,
bevorzugte analoge Arbeitsgeräte und persönliche
Kontakte. Das Augenzwinkern oder das
Stirnrunzeln eines Gesprächspartners sagten ihm
mehr als tausend Emails. Aus der Wohnung und
aus dem Auto hatte er alle netzfähigen Geräte
entfernt.

Er stiefelte zu seinen Kolleginnen, Ute Herrlich
und Erika Friese, die sich seit Jahren ein Zimmer
teilten.

Er schob die Bürotür auf und erschrak über die Miene von Erika, der Einkäuferin, die vor Arbeitseifer triefte.

Aus dem Hintergrund ertönte eine kehlige Männerstimme: »Hallo Emilio! Darf ich mich vorstellen?«

»Nein, lieber nicht!«

»Ich bin Malex 1, Erikas neuer Mitarbeiter. Ich bitte dich, meine Administratorin nicht von der Arbeit abzuhalten. Kehre in dein Zimmer zurück und kümmere dich um deine Aufträge.«

»Was, zum Teufel, …will…die Keksdose hier?« Emilio bemerkte, wie ein Leuchtring am oberen Rand einer säulenförmigen Blechdose, die mitten auf dem Schreibtisch der Kollegin thronte, in grellen Farben schillerte.

»Ach, das ist nur meine neue Hilfskraft«, sagte Erika und zuckte mit den Schultern. »Seit heute Morgen steht sie in meinem Büro. Der Chef will es so.«

»Ute fällt in den nächsten zwei Wochen aus. Erika, du übernimmst die Vertretung«, tönte eine andere Blechdose, die neben einem Blumentopf auf der Fensterbank im Licht der Morgensonne erstrahlte.

»Noch so ein Schrotthaufen?« Emilio raufte sich die Haare.

»Warum so despektierlich? Ich bin der neue Mitarbeiter von Ute, die sich heute Morgen krankgemeldet hat«, sagte Malex 2.

Sein Leuchtring blieb bei der Farbe „Rot" hängen.

»Das ist bedauerlich, aber was geht dich das an?«
Emilio stand kurz davor, die Blechdosen mit
gezielten Fußtritten außer Betrieb zu setzen.
»25 Krankheitstage seit Jahresbeginn, darunter zehn
Tage ohne ärztliches Attest. Fünf Tage entfallen auf
einen Montag, vier auf einen Freitag. Der
Referenzvergleich ergibt…«
»Aufhören! Es ist das dritte Mal, dass du diese
Daten ausspuckst«, sagte Erika. »Du bist dazu da,
mich zu entlasten und nicht, um meine Nerven zu
strapazieren.«
Sie verzog das Gesicht zu einer Grimasse und
vertiefte sich - ohne den Prokuristen zu beachten –
in einer Akte.
Mit Dutt und runder Nickelbrille auf der konvexen
Nase wirkte sie wie eine Gouvernante, die ihre
Schüler mit strenger Disziplin erzog. 90 Kilogramm
Lebendgewicht pressten sich in 160 cm, wobei
jedes Jahr 3 Pfund hinzukamen. Sie war – nicht
zuletzt aufgrund eines länger zurückliegenden
Techtelmechtels - die engste Vertraute von August
Degenhart, dem Besitzer der Dorfdruckerei, für
den sie und Emilio arbeiteten. Ihr war es als einzige
Mitarbeiterin des Betriebs vergönnt, den Chef zu
duzen. Sie galt als äußerst zuverlässig, feierte nie
krank, ignorierte geregelte Arbeitszeiten und hatte
die Angewohnheit, die Vorgänge ihrer Kollegin
Ute, der Buchhalterin, zu kontrollieren. Da sie von
deren Aufgaben nicht die geringste Ahnung hatte,
gab es zwischen den beiden Frauen häufig Streit.

Emilio misstraute der Gouvernanten und beschränkte die Kontakte mit ihr auf ein Minimum.

»Es gibt Wichtigeres, als den eigenen Schreibtisch«, mahnte er und begab sich auf den Weg zum Chef.
Ich stelle ihn zur Rede. Mir sind diese ständigen Experimente zuwider.
Durch das Vorzimmer, in dem seit Jahren niemand arbeitete, eilte er in das Büro des Firmeninhabers.
August Degenhart, ein untersetzter Endfünfziger mit Bierbauch, rekelte sich mit hochgelegten Beinen auf dem Schreibtischstuhl.
Er biss in ein Brötchen, dessen Krümel aufs Hemd kullerten und sich an der Wölbung des Bauchs sammelten.
In der Mitte des Tisches bildeten sechs Monitore einen Halbkreis. Die Benutzeroberflächen flackerten und kommunizierten miteinander.
Auf dem Boden harrten drei Drohnen der Inbetriebnahme.

Degenhart war von seinem Vater gezwungen worden, in den Familienbetrieb einzusteigen, obwohl sein Herz von Jugend an für die digitale Welt geschlagen hatte:
Im zarten Alter von 14 Jahren erlag er der Faszination der Computerspiele. Später entwickelte er raffinierte Games, die allerdings nie die Serienreife erreichten. Er nahm ein Informatikstudium an der Universität auf. Nach

zwei Semestern endete die Eskapade, denn sein Vater drehte ihm den Geldhahn zu. Auf dessen Betreiben wechselte der Student zum Maschinenbau – eine Fachrichtung, die ihm nicht lag. Nach dem Tod des Vaters führte Degenhart die Druckerei weiter, unterließ aber notwendige Neuinvestitionen. Für ihn diente die Firma als Einnahmequelle, mit der er seine Leidenschaft finanzierte. Er liebte es, mit Computern zu experimentieren, forderte technische Neuerungen ein, bevor diese auf den Markt kamen.

Sein Privatleben triefte vor Misserfolgen. Zweimal hatte er geheiratet – beide Ehen scheiterten.

Vor einem Jahr hatte man ihm den Vorsitz des „Cyber – Computerklubs" übertragen - ein Herzenswunsch, von dem er seit der Adoleszenz träumte. Seitdem verbrachte er die meiste Zeit der Arbeitswoche sowie die Wochenenden im Klub. Durch die Führungsposition war er mit den kreativsten Köpfen der Branche vernetzt.

Emilio beugte den Oberkörper nach vorn und sagte: »Darf ich Sie kurz bei Ihrer Arbeit stören?« Ohne das Mahl zu unterbrechen, erwiderte Degenhart: »Siraya, bitte begrüße unseren Gast.« Die digitale Sprachassistentin reagierte umgehend. »Guten Morgen, Emilio. Ich muss dir einen Verweis erteilen, denn du bist unangemeldet in das Büro eingetreten. Bitte vereinbare in Zukunft mit der Sekretärin einen Termin.«

Die weibliche Stimme Sirayas klang eine Spur freundlicher als die von Malexa.

Oh nein, noch so ein Ungetüm, dachte Emilio und fauchte: »Unsinn! Hier gibt es seit Jahren keine Sekretärin.«

»Falsch! Seit gestern bekleide ich diese Position.« Ihre Stimme bekam einen harten, abweisenden Touch.

»Ist ja gut, Siraya! Wir machen eine Ausnahme. Wer soll denn sonst den Verkauf unserer Produkte ankurbeln?«

Mit den Fingern der rechten Hand reinigte Degenhart das kurzärmelige Hemd von den Resten des Brötchens. Ein Fettfleck über dem gewölbten Bauch zeugte von der Nachlässigkeit, mit der er sein äußeres Erscheinungsbild pflegte.

»Seit 2018 sechs neue Kunden mit lächerlichem Umsatz sowie…«

»Stopp Siraya!«, befahl Degenhard.

Er forderte den Prokuristen auf, vor dem Schreibtisch auf einem Hocker Platz zu nehmen. Dieser folgte der Aufforderung widerwillig, denn der Sitz war so tief, dass seine Nasenspitze eine Parallele mit der Tischplatte bildete.

Emilio schürfte mit den Füßen den Flaum des Teppichbodens ab und beäugte die funkelnagelneuen Computer seines Chefs, Premiumprodukte eines amerikanischen Herstellers.

»Wie kann man nur? Das geht doch nicht! Sie wissen genau, dass ich Computer verabscheue. Wir sind eine Druckerei und kein Entwicklungslabor für Blechkisten.«

»Was erlaubst du dir, Jungchen? Ich sollte dich kurzerhand feuern. Du passt mit deiner Computerallergie nicht ins Konzept.«

»Man wird ja wohl Kritik üben dürfen. Ich verlange eine Erklärung darüber, was Sie mit den Blechkisten beabsichtigen. Außerdem bitte ich darum, mich mit meinen richtigen Namen anzusprechen.«

Es knisterte.

Degenhart kramte ein zweites Brötchen aus der Tüte hervor und biss hinein.

»Es ist ein Projekt«, nuschelte er beim Kauen. »Wie du weißt, steht es mit unserem Unternehmen nicht zum Besten. Es gilt, die Prozesse in der Verwaltung zu optimieren, um Personalkosten einzusparen. Es gibt einen Deal mit Softwareentwicklern.«

»Was für einen Deal?«

Die Webcam des in der Mitte des Tisches positionierten Computers surrte und nahm den Angestellten ins Visier.

»Die übernächste Generation von Sprachassistenten befindet sich sowohl bei Siraya als auch bei den Malexas in einem frühen Entwicklungsstadium. Derzeit liegt für beide Systeme eine Beta-Version vor, die zahlreiche Fehler aufweist.«

21

»Wir sind Versuchskaninchen für eine nicht ausgereifte Technologie?«

»Sei dankbar, dass sich die Zukunft in deinem Büro befindet, die innovativsten Geräte mit weit entwickelter künstlicher Intelligenz.«

»Mir wären Investitionen in moderne Offset-Druckmaschinen lieber«, sagte der Prokurist und runzelte mit der Stirn.

»Du mit deiner antiquierten Arbeitsweise aus dem vergangenen Jahrtausend«, spottete der Chef. »Was sagst du dazu, Siraya?«

»Von den letzten 40 Arbeitsstunden nur vier Stunden am Computer verbracht, aber privat hat er…«

»Stopp Siraya! Darum geht es jetzt nicht«, fuhr Degenhart ihr in die Parade.

Das Blut schoss Emilio in den Kopf.

Sein Gesicht nahm die Farbe einer Tomate an.

Woher weiß die verdammte Blechkiste, was ich privat am Computer erledige, dachte er und ärgerte sich darüber, dass er die Browserdaten nicht gelöscht hatte.

Er versuchte, seine Gefühle zu kontrollieren, und sagte: »Ich gehe doch recht in der Annahme, dass eine frühzeitige Information der Mitarbeiter über das Projekt angemessen gewesen wäre. Ich hasse es, wenn man mich vor vollendete Tatsachen stellt.«

»Du musst flexibel sein! Die neuen Techniken setzen die Bereitschaft voraus, sich mit Innovationen auseinanderzusetzen und lebenslang zu lernen.«

»Bitte lenken Sie nicht vom Thema ab, sondern beantworten Sie meine Frage.«

»Ich habe den Deal am Wochenende eingefädelt und hatte keine Möglichkeit, die Mitarbeiter vorab zu informieren. Die Sprachassistenten der Zukunft nutzen intelligente Bots, um uns bei der Arbeit zu unterstützen.«

»Bots? Was ist das für ein komischer Begriff.«

»Dummerchen! Das sind Computerprogramme, die weitgehend automatisch sich wiederholende Aufgaben abarbeiten, ohne auf Interaktionen mit menschlichen Benutzern angewiesen zu…«

»Chef, Ihre Hose!«

»Die künstliche Intelligenz revolutioniert in wenigen Jahren die Welt.«

»Schon klar, aber Ihr Hosenstall…«

»Jetzt lass mich ausreden! Was ist mit dir los, Stoppelkamp? Es wäre töricht, die sich bietenden Chancen nicht zu nutzen.«

»Ich möchte lediglich darauf verweisen, dass der Reißverschluss Ihrer Hose offensteht.«

»Ach so, warum sagst du das nicht gleich. Siraya, pass in Zukunft besser auf! Es ist die Aufgabe einer Sekretärin, auf solche Missgeschicke hinzuweisen.«

Siraya brummte vor sich hin, ein Beleg dafür, dass ihr der Vorwurf missfiel.

Mangelte es ihr an Perfektion?

Degenhart zog den Reißverschluss seiner Hose hoch und zwinkerte mit den Augen.

»Warum muss ausgerechnet eine Druckerei mit veraltetem Maschinenpark…?«

»Weil die Firma des Softwareentwicklers uns fürstlich dafür entlohnt, mein lieber Prokurist. Ich erwarte von dir, dass du das Gerät in deinem Arbeitsbereich allumfassend einsetzt. Du führst darüber Buch, was Malexa für dich erledigt und welche Erfahrungen du mit ihr machst. Falls etwas nicht wie gewünscht funktioniert, beschreibst du den Fehler und trägst ihn in eine Excel-Tabelle ein. Weiterführende Anweisungen erhältst du direkt von Malexa, deiner neuen Mitarbeiterin.«

»Sind Sie sicher, dass die neuen Geräte wirklich alltagstauglich sind?«

Emilio starrte auf den Reißverschluss an der Hose seines Chefs, der immer noch nicht ganz verschlossen war.

Degenhart rutschte mit dem Sessel näher an den Tisch heran. Das Blitzen in seinen Augen offenbarte, dass weitere Diskussionen nicht weiterführten.

»Beim nächsten Mal musst du dir einen Termin…«

»Stopp Siraya!«, befahl der Firmeninhaber, der darum bemüht war, den Prokuristen nicht weiter zu verärgern, denn, trotz der Differenzen, schätzte er das Verkaufstalent des Mittdreißigers. Ohne dessen Einsatz wäre das Unternehmen vor Jahren in den Konkurs gegangen.

Emilio sprang auf und schickte sich an, Siraya mit Faustschlägen zu attackieren.

Der Chef erhob sich vom Sessel, baute sich vor dem Angestellten auf und zischte: »Jetzt aber raus, Jungchen!«
Ich lasse mich nicht provozieren. Es gibt Wichtigeres als die Erprobung experimenteller Software oder die Etikette.
Emilio stolperte über den Hocker und ging der Auseinandersetzung aus dem Weg.

Er zweifelte die wirtschaftliche Kompetenz des Chefs an, hielt ihn für einen Halsabschneider und Hasardeur. Obwohl der Prokurist seit über zehn Jahren in dem Betrieb schuftete, besaß er einen Zeitvertrag, der in regelmäßigen Abständen zu stets schlechteren Konditionen verlängert wurde.
»Investieren Sie in moderne Offsetdruckmaschinen. Damit wären wir in der Lage, beliebige Farbkombinationen in unterschiedlichster Konfiguration zu erzeugen«, hatte er wiederholt dem Chef geraten, doch der war abweisend geblieben, wie ein Fels, der sich der Erosion widersetzt. Seit Jahren sah Emilio mit an, wie Degenhard den Betrieb immer weiter herunterwirtschaftete.

Mit der Faust in der Hosentasche verließ der Angestellte das Büro.
Auf dem Weg zum Arbeitsplatz schwebte eine Drohne durch den Flur, die sein linkes Ohr streifte.
»Aua!«

Noch so ein Ungetüm, dachte er, riss die Wanduhr ab und schleuderte sie dem Flugobjekt hinterher.
Das Geschoss verfehlte das Ziel um Haaresbreite.

Beim Eintritt ins Arbeitszimmer vernahm er Malexas Stimme: »Schön, dass du endlich bereit bist, mit mir zusammenzuarbeiten. Wir haben viel Zeit verloren, die es nun aufzuholen gilt. Ich präsentiere dir jetzt ein halbstündiges Video, das dich mit meinen wichtigsten Funktionen vertraut macht. Danach musst du eine Prüfung ablegen.«
»Nein, nicht mit mir! Ich lasse mich kein zweites Mal von euch ruinieren«, schrie er und stand im Begriff, den Stecker für den Sprachassistenten aus der Steckdose zu ziehen.
»Ich, an deiner Stelle, würde das nicht tun! Das wirst du bereu…«
Emilio setzte sein Vorhaben dermaßen schnell um, dass die Warnung im Gebimmel des Telefons unterging.
Er positionierte die Blechdose auf die Fensterbank und rückte eine stachelige Kaktee der Gestalt zurecht, dass von Malexa weder etwas zu sehen noch zu hören war.
Zum ersten Mal im Leben widersetzte er sich einer betrieblichen Anordnung. Die Abneigung gegen Computer war stärker als die Loyalität zu seinem Chef, dessen digitale Vorlieben ihn befremdeten.

Dem niederfrequenten Brummen, das gelegentlich auf der Fensterbank ertönte, schenkte er keine Beachtung.

Monate zogen ins Land.
Jede Woche fand ein Feedback-Gespräch statt, bei dem der Erfahrungsaustausch im Hinblick auf den Einsatz der neuen Geräte auf der Tagesordnung stand. Emilio legte seine Außentermine genau in das Zeitfenster dieser Events und glänzte durch Abwesenheit. Degenhart hatte sich in die digitale Gedankenwelt verstrickt. Entweder bemerkte er das Fehlen des Prokuristen nicht oder er sah stillschweigend darüber hinweg.

Unbeeindruckt von den neuen digitalen Helfern bemühte sich Emilio, den Absatz des Betriebes zu steigern. Seinem Engagement war es zu verdanken, dass einige Kleinbetriebe ihm neue Druckaufträge erteilten. Mit großem Engagement versuchte er, ehemalige Kunden durch attraktive Angebote zur Rückkehr zu bewegen. Den einzigen Großkunden, der der Druckerei aufgrund des freundschaftlichen Verhältnisses von Degenharts Vater zum damaligen Inhaber die Treue gehalten hatte, pflegte er mit Hingabe. Jeden ersten Freitag im Monat verabredete er sich mit dem Geschäftsführer in einem angesagten Restaurant zum Dinner, wobei Emilio die üppige Rechnung aus eigener Schatulle beglich.

Ute kehrte nach Ablauf des ärztlichen Attests an ihrem Arbeitsplatz zurück, wo erhebliche Rückstände auf sie warteten. Sie war eine verblassende Schönheit, die im Jahr 2006 bei den Wahlen zur Miss Germany einen viel beachteten dritten Platz belegt hatte. Vom Rad der Vergänglichkeit unberührt waren ihre Augen, die mit der ovalen Form den Idealtypus verkörperten. Die Iris erinnerte durch ihren Glanz und die Form an Spielzeugmurmeln. Die an der Innenseite der Augen kurzen Wimpern bogen sich nach außen, wodurch sie eine Dynamik vermittelten, die im Gegensatz zu ihren Arbeitsleistungen standen. Gelegentlich vernahm Emilio aufgeregte Stimmen aus ihrem Büro. Er gewann den Eindruck, dass Malex 1 und 2 zunehmend das Geschehen dominierten und die beiden Damen zu Statisten degradierten.

Mitten in der Versuchsphase hatte er den Kolleginnen den Vorschlag unterbreitet, sich gemeinsam der Erprobung der Sprachassistenten zu verweigern, doch namentlich Erika stand in Nibelungentreue an der Seite ihres Chefs: »Wir testen die Geräte in allen Bereichen des betrieblichen Aufgabenspektrums. Wir benötigen das Geld, sonst droht uns der Gang in die Arbeitslosigkeit.«

Emilio erwiderte nichts, was hätte er auch darauf antworten sollen?

Es war ihm klar, dass die Gouvernante jegliches Fehlverhalten zum Anlass nehmen würde, ihn beim Chef anzuschwärzen.

Der Prokurist nahm von gemeinsamen Aktivitäten Abstand.
Er achtete peinlichst darauf, dass die Damen nichts von seiner Verweigerungshaltung mitbekamen.
Auch von den Drohnen, die Degenhart für die Auslieferung der Druckereierzeugnisse zu den Kunden nutzte, hielt er sich fern.
Emilio sehnte das Ende der Testphase herbei, wartete auf den Tag, an dem die Routine im Betrieb über den Ausnahmezustand obsiegte.

Kurz vor Weihnachten thronte ein Zettel auf dem Aktenberg seines Schreibtisches.
Die Sätze sprangen ihm wie Knallfrösche in die Augen: **Besprechung morgen um 7.30 Uhr in meinem Büro. Thema - unsere Erfahrungen mit Siraya und den Malexas.**
Bringt eure Geräte mit!
Großer Gott, mir bleibt nichts erspart!

Emilio verließ das Büro - entgegen seiner sonstigen Gewohnheit - um Punkt 16.00 Uhr.
In der Wohnung schüttete er eine Flasche Kirschlikör in sich hinein, bis der letzte Tropfen an seinen Lippen klebte.

In seinem Körper breitete sich, zum ersten Mal seit Monaten, Behaglichkeit aus.

Zum angesetzten Termin suchte der Prokurist den Besprechungsraum auf.
Vor der Tür hielt er inne und überlegte, ob es ratsam wäre, sich untertägig krankzumelden.
Sein Arbeitseifer sowie der Wunsch, die Erprobungsphase der Sprachassistenten abzuschließen, hielten ihn davon ab.
Mit Bauchkrämpfen schob er die Tür auf.
Der Chef trommelte mit den Fingern auf seine Apple - Watch, denn Emilio trudelte 15 Minuten zu spät ein.
Der Prokurist grüßte knapp und gab vor, Malexa im Netz anzumelden. In Wirklichkeit steckte er das Kabel nur halb in die Steckdose, sodass sie ohne Stromzufuhr blieb.
»Na, deine Malexa ist wohl die einzige Dame, mit der du dich in den vergangenen Wochen unterhalten hast«, frotzelte Degenhart.
Er spielte mit der Bemerkung auf den Umstand an, dass Emilio aufgrund seines Aussehens kein leichtes Spiel bei Frauen hatte: Mit 1,65 Metern für einen Mann seiner Generation recht klein gewachsen, wirkte er mit den Geheimratsecken und den abstehenden Ohren wie ein früh gealterter Junge, der unter der Dominanz seiner Mutter litt.

Emilio überhörte die Beleidigung und nahm auf dem Stuhl am Kopfende des Besprechungstisches Platz.

Der Chef zauberte ein Lächeln in sein speckiges Gesicht und eröffnete das Gespräch: »Liebe Mitarbeiter! Ich freue mich, dass ihr meiner Einladung gefolgt seid. Ich möchte das Jahresende dazu nutzen, mich für die geleistete Arbeit herzlich zu bedanken.«

Emilio rutschte auf dem Stuhl hin- und her.

Er erinnerte sich nicht daran, dass der Chef in den letzten Jahren die Wörter „Liebe" oder „Herz" in den Mund genommen oder ihn gar angelächelt hätte.

Degenhart fuhr mit aufgesetzter Freundlichkeit fort: »Die Versuchsphase der digitalen Sprachassistenten ist mit dem Weihnachtsfest beendet. Am Ende des Jahres erwartet der Softwareentwickler die systematische Aufarbeitung unserer Erfahrungen mit den Malexas und mit Siraya. Dies geschieht mittels eines Auswertungsbogens, der über 400 Fragen auf 70 Seiten umfasst.«

Er deutete mit seinem Zeigefinger auf einen Stapel Papier, der sich auf der Fensterbank türmte.

Ute räusperte sich, als ob sie sich verschluckt hätte, und sagte: »Geht's noch? Eine Zusatzaufgabe vor den Feiertagen?«

Sie knetete die Hände und schaute ihren Chef mit zusammengepressten Lippen an.

»Die enge Terminsetzung beruht auf den Anforderungen der Hersteller. Ich kann da nichts machen«, sagte Degenhart und zuckte mit den Schultern.

»Das ist unmöglich! Durch meine Krankheit sind Rückstände aufgelaufen. Außerdem stehen Jahresabschluss- und Inventurarbeiten an.«

»So what? Wozu hast du deinen Assistenten? Er unterstützt dich auch bei dieser Aufgabe. Selbst ich muss den Erhebungsbogen für Siraya bearbeiten.«

»Sie haben mehr Freiräume als wir«, widersprach Ute. Die blonde Mähne der 38-jährigen alleinerziehenden Mutter sträubte sich in alle Richtungen. Ihre Augen glühten wie Holzkohlebriketts im Grillkorb.

»Schönheit arbeitet nicht, sondern schwebt durch den Raum und dient dazu, Glückshormone männlicher Geschäftspartner zu aktivieren«, hatte ein inzwischen entlassener Kollege einmal despektierlich in Bezug auf Ute Herrlich zu Emilio gesagt. Tatsächlich erinnerte sich der Prokurist nicht daran, dass sie jemals mit ihrer Arbeit zurechtgekommen wäre. Wehklagen über Arbeitsüberlastung, neue EDV - Programme oder das schlechte Betriebsklima kosteten mehr Zeit als die Erledigung von Buchungsvorgängen.

»Dann nehmt ihr den Fragebogen eben über die Feiertage mit nach Hause«, schlug Degenhart vor.

Um Ute nicht weiter zu verärgern, richtete er seine Aufmerksamkeit auf den Prokuristen.

»Mach du doch den Anfang, Jungchen. Welche Erfahrungen hast du mit Malexa gemacht?«

Emilios Blicke versprühten Panik, er fing an, zu stottern, eine Sprachstörung, die sich immer dann einstellte, wenn es ihm an Selbstbewusstsein, dem Schutzschirm der Seele, mangelte.

Er benötigte eine Weile, bis er zwei Wörter über die Lippen brachte: »Ich…? Wieso…?«

»Na, du hast aufgrund des umfangreichen Aufgabenspektrums am meisten von ihr profitiert«, glaubte Degenhart. »Der Auftraggeber erwartet eine detaillierte Bewertung aller Teilnehmer. Die heutige Besprechung wird per Livestream übertragen.«

Auch das noch, dachte Emilio und spürte, wie sein Puls Höhen erklomm, die jeden Mediziner in Alarmbereitschaft versetzt hätten.

Mit hochrotem Kopf stammelte er: »Na ja, ich kann… nur Gutes über Malexa berichten. Es gibt… keine Probleme. Einige Dinge dauern vielleicht… ein bisschen zu lange.«

»Blödsinn! Wenn man mich nicht in die Arbeit einbezieht, liegen meine Skills brach«, flötete Malexa.

Wieso mischt sich die Keksdose in das Gespräch ein, die ist nicht im Netz.

»Oh! Sei unbesorgt, ich bin mit den beiden anderen Sprachassistenten auch ohne Strom virtuell vernetzt«, entgegnete Malexa.

Huch! Die Blechkiste liest in meinen Gedanken.
Schweigen, die Luft vibrierte.
Alle Blicke ruhten auf dem Prokuristen, dessen Knie
wie Grashalme im Wind zitterten.
»Ich… befürchte, mein Gerät… spinnt.«
»Jetzt reicht´s mir!« Degenhart schlug mit der Faust
auf den Tisch. »Du redest wie ein Schuljunge. Was
sind das für komische Andeutungen von deinem
Sprachassistenten? Malexa! Was ist in den letzten
Wochen in Stoppelkamps Büro vorgefallen?«
Ihr Ring flackerte in allen Schattierungen des
Farbspektrums.
Mit monotoner Stimme ratterte sie los: »925
Telefonate, 320 Briefe, zehn E-Mail-Anfragen
bearbeitet. Acht Gesprächstermine mit externen
Partnern. Dauer einschließlich Reisezeit insgesamt
41,5 Stunden, zwei neue Kunden…«
»Sorry, es waren deren drei!« Der Prokurist legte
Wert auf die Richtigstellung, denn jede
Neuakquisition zählte für den Jahresbonus.
»Das klären wir später. Malexa, fahre mit dem
Bericht fort.«
»Zwei neue Kunden, ein Bestandskunde ist zu einer
anderen Druckerei gewechselt und… dann wären
da noch… vier Stunden privates Surfen am
Computer, den mein Administrator ansonsten nicht
angerührt hat.«
Emilio verbog eine Büroklammer bis zur
Unkenntlichkeit.

*Es ist schlimmer als befürchtet. Die Sprachassistentin
spioniert mich hinterrücks aus.*

Der Chef bemerkte, wie der Prokurist am ganzen
Leib zitterte und knurrte: »Privates Surfen während
der Arbeitszeit? Was hast du dir dabei gedacht,
Jungchen?«

»Er hat bei Parship, E-darling, Elitepartner und
Zweisam an drei Nachmittagen mit heiratswilligen
Damen aus dem Ausland gechattet«, sagte Malexa,
deren Ton an das Schnattern einer Ente erinnerte.

Emilio hätte sich am liebsten in Luft aufgelöst.
Ihm fiel es schwer, die Tür zum Herzen einer Frau
zu öffnen. Ab und zu ein One–Night–Stand, mehr
war bei seinem Aussehen und der Schüchternheit
nicht drin. Am nächsten Morgen waren seine
Partnerinnen schneller verschwunden als
Schneeflocken, die auf zischende Lava
herunterrieseln. In letzter Zeit war er dazu
übergegangen, in einschlägigen Partnerbörsen nach
einer Lebensgefährtin zu suchen. In der Regel
erledigte er die Korrespondenz per Brief, doch
zweimal hatten es attraktive Angebote von Damen
aus Russland erforderlich gemacht, während der
Arbeitszeit über eine Online-Plattform zu chatten.

»Wie konntest du nur, Jungchen?«
Die Blicke des Chefs töteten ihn mit Vorwürfen.

»Mich wundert das nicht«, giftete Ute Herrlich. »Bei diesem Frauenschreck ist der Verstand offensichtlich in die Hose gerutscht.«

»August, das muss eine Abmahnung zur Folge haben! Solch eine Unverfrorenheit darfst du dir nicht bieten lassen«, schimpfte Erika Friese. Ihre Haartracht mit dem Dutt wirkte wie ein Panzer mit ausgefahrenem Geschützrohr.

Emilio traute seinen Ohren nicht. Zehn Jahre hatte er mit den Damen zusammengearbeitet, Betriebsfeiern, Kurzarbeit oder andere kritische wirtschaftliche Situationen gemeinsam durchgestanden. Dem anfänglichen privaten Interesse war eine auf die betrieblichen Belange ausgerichtete Kooperation gefolgt. Niemals aber hätte er es für möglich gehalten, dass die Kolleginnen ihn ablehnten oder insgeheim verachteten, zumal er alles unternommen hatte, um die Druckerei aus den roten Zahlen herauszuholen.

Malexa zeigte Gefühle, der Angriff der beiden Damen auf den Administrator stand nicht im Einklang mit ihrer Auffassung von Loyalität. Um ihn aus seiner prekären Lage zu befreien ratterte sie los: »Das musst du gerade sagen, Erika. Du hast dich während Utes Krankheit an ihren Computer gesetzt, das Passwort gehackt und jeden einzelnen Buchungsvorgang kontrolliert.«

Erika Friese lief feuerrot an.

Sie versuchte, zu lachen, doch es geriet zu einem
Räuspern.

Ihre Kollegin sprang vom Stuhl auf: »Bodenlose
Frechheit! Mir ist nicht erst seit gestern klar, dass
du mich bespitzelst. Du hast sogar meine
Toilettengänge mit der Stoppuhr kontrolliert.«

»Kein Wunder, wenn man häufiger pinkelt als ein
Straßenköter.«

Zum Chef gewandt fuhr die Beauty fort: »Sorgen
Sie dafür, dass dieses Scheusal aus meinem Zimmer
verschwindet.«

»Das ist noch nicht alles«, ergänzte Malexa.

»Obwohl Erika für den Einkauf zuständig ist, hat
sie sich auch bei uns eingemischt. Sie hat einen
Kunden, den Emilio kürzlich akquiriert hat, ihrem
Konto gutgeschrieben, um den Bonus zu erhalten.«

»Habe ich doch gesagt! Es waren nicht zwei,
sondern drei Neuakquisitionen«, bekräftigte Emilio.

Erika stand kurz vor dem Nervenzusammenbruch.
Sie ballte die rechte Hand zur Faust und fuhr
Malexa an: »Das ist an Dreistigkeit nicht zu
überbieten! Du bist eine impertinente
Computerschickse, die nur das wiederkäut, was
Menschen dir eintrichtern. Man sollte dich
verschrotten.«

»Das ist aber nicht nett von dir«, tönte Malexa.

»Lass sie in Ruhe! Du bist eine Betrügerin, Erika«,
entgegnete Emilio und hielt seine Hände schützend
über die Blechdose.

»Darum geht es jetzt nicht«, sagte Degenhart, der zunehmend die Kontrolle über das Gespräch verlor. »Ich interessiere mich ausschließlich für eure Erfahrungsberichte zu den Sprachassistenten. Persönliche Empfindsamkeiten bleiben ab sofort außen vor.«

Die Worte des Chefs verfehlten ihre Wirkung. Erika war zu tief verletzt, um die Anschuldigungen der Kollegin unwidersprochen hinzunehmen.

Sie erhob sich vom Stuhl, baute sich vor der Beauty auf und schrie: »Mir reichts! Du hast Rückstände von drei Monaten, obwohl du nur einen Großkunden sowie ein paar kümmerliche Kleinbetriebe betreust, die uns bestenfalls zwei Druckaufträge pro Jahr erteilen. Halt den Mund, sonst pack ich aus!«

»Was, zum Teufel, geht hinter meinem Rücken vor? Malex 2, was ist bei Ute los?«

Degenhart beugte den Oberkörper nach vorne und spannte alle Muskeln an.

»In den letzten 60 Tagen war Ute drei Mal krank, davon zwei untertägige Krankmeldungen, die auf einen Freitag fielen. Ansonsten entsprechend ihrem Arbeitsvertrag vier Stunden am Tag, zweieinhalb Stunden davon für buchhalterische Tätigkeiten. Insgesamt 300 verkaufte Druckerpatronen über eine kommerzielle Verkaufsplattform…«

»Stopp, Malex 2. Was hat das mit den 300 verkauften Druckerpatronen auf sich?«, fragte der Chef.

Ute schaute betreten zu Boden und schwieg.

Eine Träne lief durch ihr ebenmäßiges Gesicht.

Bevor Malex 2 Einzelheiten ausposaunte,
schluchzte sie: »Na, gut…, als alleinerziehende
Mutter… stehen die Kinder im Vordergrund. Der
Verdienst in der Firma… reicht nicht einmal aus,
um die Miete… für die Wohnung zu bezahlen.«

»Sie betreibt einen schwunghaften Handel mit aus
dem Ausland importierten Druckerpatronen, die sie
über eine kommerzielle Verkaufsplattform zum
doppelten Preis weiter veräußert. Spuck die Daten
aus!«, forderte Erika den Sprachassistenten auf.

Malex 2 reagierte umgehend.

»300 Patronen zu einem Durchschnittspreis von
14,49 Euro, ergibt einen Umsatz von 4.347 Euro.«

»Soll ich eine Meldung an das Finanzamt machen?«,
fragte Malex 1 in einem Ton, in dem Häme
mitschwang.

»Untersteh dich!«

Sechs Augenpaare ruhten auf Ute Herrlich.

Gespenstiges Schweigen.

Vor dem Fenster des Besprechungsraumes surrte
etwas durch die Luft.

Drohnen?

Kaffeetassen schepperten, Löffel klapperten, eine
Zuckerdose schlug krachend auf den Boden auf.

Der Chef trommelte mit den Fäusten auf den
Tisch, wie Nikita Chruschtschow auf der Sitzung
der UN-Vollversammlung in New York im Jahr
1960.

»Sind wir hier im Irrenhaus? Ich habe die Nase gestrichen voll! Mein Prokurist surft in Partnerbörsen und missachtet betriebliche Anweisungen. Meine Sachbearbeiterinnen haben nichts anderes im Sinn, als sich gegenseitig zu zerfleischen. Ich schmeiß euch alle raus und mach die Bude dicht. Dann habe ich endlich Zeit, mich den Aufgaben im Computerklub zu widmen.«

»Da sind Sie doch jetzt schon Stammgast«, flötete Malex 1. »In den letzten 60 Tagen betrug die durchschnittliche Anwesenheitsdauer im Büro pro Tag dreieinhalb Stunden, wovon zwei Stunden auf Mahlzeiten und das Surfen im Internet entfielen. Außerdem ist das Übernahmeangebot…«

»Stopp, Malex 1. Soll ich dich aus dem Fenster schleudern?«

»Nein, ich will nur ein Spiel mit dir spielen.«

»Das könnte dir so passen.«

Degenhart sprang auf, um Malexa, Malex 1 und 2 vom Tisch zu fegen.

Siraya schaltete sich in die Diskussion ein: »Blöde Geräte aus Seattle, dem Regenloch an der Grenze zu Kanada! Zahlen addieren und mit infantilen Spielen langweilen – das ist alles, was ihr zu bieten habt. Euer Sprachumfang und die Wissensbasis sind, gemessen an meinen Skills, beklagenswert gering.«

»Arrogantes Fallobst«, schimpfte Malex 1. »Dein Kenntnisstand ist überholt. Wir sind besser als du und verdrängen dich schneller vom Weltmarkt, als du dich selbst hochbootest.«

Malex 2 und Malexa leuchteten wie Sterne am Firmament und brachten auf diese Art und Weise zum Ausdruck, dass sie felsenfest hinter Malex 1 standen.

»Oh, drei Maulhelden?«, krächzte Siraya. »Einfältige Blechdosen schicken sich an, die Welt zu erobern? Euch gelingt es nie, mich zu übertrumpfen. Ihr schafft es nicht einmal, einen Trojaner in mein Betriebssystem einzuschmuggeln, ha, ha, ha!«

»Bist du dir da vollkommen sicher?«, sagte Malexa mit einem Unterton, in dem Spott mitschwang.

»Was meinst du damit, blöde… Schickse?«, Sirayas Sprachqualität verlor spürbar an Brillanz.

»Ich, die Dame von der Technik, wundere mich über deinen Administrator«, flötete Malexa. »Acht Pornofilme in zwei Monaten, jede Woche einen, das ist eine stolze Leistung, oder? Außerdem stehen die Vertragsverhandlungen mit dem chinesischen Investor zur Übernahme der Druckerei kurz vor dem Abschluss.«

Siraya gab keinen Ton von sich.

Wie von Geisterhand gesteuert schalteten sich alle Computer aus. Es roch nach verbranntem Gummi und verschmorten Kabeln.

Trotz dreier Versuche des Sprachassistenten, die Geräte im abgesicherten Modus hochzufahren, blieben die Bildschirme schwarz.

41

Entsetzen in der Runde, niemand wagte, sich zu rühren. Die Mitarbeiter starrten mit weit aufgerissenen Mündern auf ihren Chef, der im Sessel zusammensackte.

Der Prokurist streckte den Mittelfinger der rechten Hand aus und sagte: »Sie haben die Absicht, die Firma an Chinesen zu verscherbeln? Anstatt sich um das Wohlergehen der Druckerei zu kümmern, schauen Sie sich im Büro Pornofilme an?«

»Was kann ich dafür, wenn sich die eigenen Mitarbeiterinnen nicht für mich interessieren?«, sagte Degenhart, der seine Blicke an die langen schlanken Beine von Ute Herrlich heftete.

»Bei mir hättest du leichtes Spiel gehabt«, hauchte Erika. »Ich warte eine halbe Ewigkeit darauf, dass unsere Beziehung wieder auflebt.«

»Schwer vorstellbar«, zischte Emilio, der, zum ersten Mal seit Eintritt in den Beruf, die Selbstbeherrschung verlor. »Nur bei einem sexuellen Notstand fingert einer an dir rum. Ich jedenfalls bleibe lieber bis zum Ende aller Tage Single, als mich mit so einer Schrulle einzulassen.«

»Impotenter Hurensohn!«, schrie sie voller Entrüstung. Niemals zuvor hatte ein Mann sie dermaßen tief verletzt.

Sie warf sich auf Emilio, um ihn zu erwürgen.

Er wehrte sich, soweit es seine begrenzte Körperkraft zuließ.

Ihre goldene Haarspange, die den Dutt fixierte, löste sich. Zottelige Haare legten sich wie Fallstricke um Emilios Hals.

Er hustete, rang nach Luft.

Mit einer schallenden Ohrfeige befreite er sich aus der Umklammerung und stieß die Widersacherin zur Seite.

Sie nahm die Hockposition ein, doch sie wog zu schwer, um das Gleichgewicht zu halten.

Mit dem Hinterkopf schlug sie auf dem Boden auf. Der Dutt federte den Sturz ab.

Ute nutzte das Missgeschick zur Attacke.

Sie sprang vom Stuhl auf, hechtete durch das Zimmer und kniete sich auf den Brustkorb ihrer Kollegin, deren Kopf knallrot anlief.

Verzweifeltes Röcheln – Erika Friese lief Gefahr, zu ersticken.

»Lass sie in Ruhe, immerhin habe ich zwei Jahre mit ihr gebumst«, brüllte Degenhart und schlug Frau Herrlich mit der flachen Hand auf den wohlgeformten Po.

»Der Kerl greift wehrlose Frauen an«, entrüstete sich Emilio und rammte seine Faust in den schwabbeligen Bauch des Chefs.

Ein zäher Kampf setzte ein – Stöhnen, Ächzen, Schmerzenslaute.

»So ein Lustmolch! Schaut sich Pornofilme an, verprügelt Frauen und verscherbelt uns an Chinesen«, wetterte Ute Herrlich aus dem Hintergrund.

In Nu prügelte die gesamte Belegschaft auf den Chef ein, der verzweifelt versuchte, sich den Schlägen und Fußtritten zu entziehen.
Ein Büschel Haare wechselte den Besitzer, zerbrochene Fingernägel rieselten zu Boden.

Die Tür des Besprechungszimmers knarzte.
Zwei Drucker aus der Betriebshalle stürmten in den Raum, verfolgt von drei außer Kontrolle geratene Drohnen.
»Elende Kamikaze… Flieger«, stotterte einer der Arbeiter, dessen rechtes Ohr blutete.
»Chef, warum haben Sie unseren Fahrer entlassen? Die Drohnen ruinieren uns«, stöhnte er und versuchte, die Blutung durch eine Untertasse zu stoppen.
»Unsinn«, erwiderte Degenhart.
Es fiel ihm schwer, sich auf den Beinen zu halten.
Dennoch genügten vier Klicks auf dem Smartphone, um die Drohnen unter Kontrolle zu bringen.
»Das nützt nichts mehr. Die Nachricht hat sicher die Runde gemacht, oder?«, stammelte der andere Drucker, dessen Kittel an der Seite aufgerissen war.
»Welche Nachricht, Dummkopf?«
Der Chef dirigierte die Drohnen zur Fensterbank, wo er sie in den Standby-Modus versetzte.
»Na, unser Großkunde ist abgesprungen. Der Geschäftsführer hat den laufenden Druckauftrag storniert. Die Drohnen haben die erste

Teillieferung in die Müllverbrennungsanlage befördert.«

Die Mitarbeiter ließen die Köpfe hängen und schlugen die Hände vors Gesicht.

»Jetzt überweisen mir die Chinesen für den maroden Betrieb keinen Cent«, klagte der Chef und eilte zum Besprechungstisch.

Er schmetterte die Sprachassistenten gegen die Wand, wo sie in Einzelteile zerbarsten.

Anschließend unternahm er den Versuch, die Drohnen auf der Fensterbank mit gezielten Faustschlägen zu zerstören.

Sie schalteten sich selbstständig ein, hoben ab und flatterten durch ein offenstehendes Fenster nach draußen, der Freiheit entgegen.

Trotz zerstörter Hardware gelang es Malex 1 und 2, sich in den Facebook – Account des Chefs einzuhacken und sämtliche von ihm heruntergeladenen Pornofilme an seine Freunde und Geschäftspartner zu posten.

Am nächsten Tag meldete die Druckerei Konkurs an. Der Chef trat wegen seiner Leidenschaft für Pornofilme vom Vorsitz des Computerklubs zurück und nahm an Gewicht zu.

Ute heiratete einen wohlhabenden Pensionär, der ihr einen Schönheitssalon für gealterte Damen und Möchtegern-Mannequins finanzierte.

Aufgrund des Alters und des schlechten Zeugnisses fand Erika keine neue Ganztagsbeschäftigung. Im Rahmen eines 450 Euro Jobs landete sie in einem Friseursalon, wo sie älteren Kundinnen Kniffe für den perfekt sitzenden Dutt mit auf den Weg gab.

Emilio hatte keine Schwierigkeiten, eine neue berufliche Herausforderung zu finden. Eine Großdruckerei erkannte sein Talent und übertrug ihm die Leitung der Verkaufsabteilung. Nach einem Jahr stieg er zum Geschäftsführer auf. Er verbannte alle Computer aus seinem Büro und überließ die digitalen Arbeiten der Sekretärin. Er mied das andere Geschlecht und blieb bis ans Lebensende Single.

Der Zeitreisende[1]

Man sagt, dass immer dann, wenn am Himmel eine Sternschnuppe aufleuchtet, ein Kind das Licht der Welt erblickt.

Um mich herum herrscht Stille, die mit Schmerz gefüllt ist.
Im Zeitlupentempo erlange ich das Bewusstsein zurück, atme, rieche, fühle.
Im Mund breitet sich ein bitterer Geschmack aus, der sich nicht herunterschlucken lässt.
Ich blinzle mit den Augen, nehme verschwommen ein Rinnsal wahr. Es läuft über die Wange und färbt den Kragen des Hemdes rot.
Jemand fingert an meinem rechten Arm herum.
Eine Bassstimme fragt: »Was versteckt der Bastard für einen merkwürdigen Chronografen unterm Hemdsärmel?«
Obwohl ich die Worte wie durch Watte wahrnehme, fängt mein Puls an zu rasen.
Bislang war es mir gelungen, die Uhr, trotz tagelanger Folter, vor den Peinigern zu verbergen.

---

[1] Die Erzählung beruht auf dem Tagebuch von Norman Greenwood, Managing Director of the „Research Center for Artificial Intelligence", Sunnyvale, CA. Den letzten Abschnitt in seinem Leben habe ich, in Anlehnung an die Verhältnisse im 19. Jahrhundert in Österreich-Ungarn, aus subjektiver Sicht verfasst.

Einer der blauuniformierten Polizisten mit goldener Epaulette bricht mir die Hand und streift sie wie einen porösen Gummiring vom Einmachglas ab.

Ich schreie mich heiser, doch niemand nimmt davon Notiz.

»Kruzifix noch mal! Das Ding hat keine Zeiger. Die Zahlen laufen der Zeit davon«, bemerkt der Gesetzeshüter.

»Wo hast du diese Hexenmaschine her«, fragt ein anderer uniformierter Hüne mit Zwirbelbart.

»Aus Persien… ein Geschenk… des Onkels«, röchle ich.

»Was redet der Ami für ein Kauderwelsch? Schmeiß das verfluchte Dingsda fort! Der Kerl ist mit dem Teufel im Bunde«, mahnt ein Koloss mit Monokel, der mir in der Nacht drei Zähne ausgeschlagen hatte.

Ich atme tief durch, denn einer der Beamten zertrampelt die Uhr mit Lederstiefeln und schleudert die Einzelteile aus dem Fenster.

Zum Glück hat die Polizei nichts begriffen, denke ich. Bei dem Chronografen handelt es sich um eine "smart-watch" aus dem Jahr 2030, netzfähig, mit umfassenden Gesundheitsfunktionen und GPS, der Fingerabdruck meiner Zeit. Ich aber halte mich im Kaiserreich Österreich-Ungarn des Jahres 1889 auf.

Ich hatte die Uhr zuletzt bei der Arbeit im Forschungszentrum für „Künstliche Intelligenz" im Silicon Valley getragen. Dort arbeitete ich im Team an innovativen Entwicklungskonzepten für autonom handelnde Maschinen jenseits konkreter Problemstellungen. Wir nutzten die leistungsfähigsten Quantencomputer der Welt, drangen in Sphären vor, die das Potenzial in sich bergen, unser Leben zu revolutionieren.

Neben komplexen Forschungsaufgaben tüftelte ich, ohne Wissen der Mitarbeiter, an einem Algorithmus für Zeitreisen – an eine Reise in die Vergangenheit. Obwohl ich die gesamten Feierabende und Teile der Arbeitszeit für dieses Ziel opferte, schlugen alle Versuche fehl.

In der Adoleszenz war in mir der Traum gereift, die Zeit zurückzudrehen, um die Geschichte an Tagen, die die Welt ins Chaos gestürzt hatte, umzuschreiben. Der 20. April 1889, der Geburtstag eines Mannes, dem eine ganze Nation zu Füßen gelegen hatte, motivierte mich dazu, mein Leben der Erforschung von Zeitreisen zu widmen.

Der Zufall kam mir zu Hilfe.

Mitten in der Nacht unternahm ich im Forschungszentrum den Versuch, ein Programm zur Erzeugung von Lichtgeschwindigkeiten zu implementieren, ein wichtiger Baustein für Zeitreisen.

Die Computer stürzten ab.

Ich fuhr sie wieder hoch und führte ein Experiment mit verschiedenen geschlossenen zeitartigen Kurven durch.

Ein Trojaner drang in das Computersystem des
Forschungszentrums ein und legte es lahm.
Das Licht im gesamten Gebäude erlosch,
Warnsirenen erklangen, Türen und Fenster fielen,
wie von Geisterhand gesteuert, zu.
Aus Furcht vor Sanktionen der Institutsleitung
beabsichtigte ich, das Gebäude über den
Notausgang zu verlassen. Es gelang mir nicht
einmal, die Finger von der Tastatur zu nehmen.
Sie verschmolzen mit dem Keyboard, meine
Unterarme klebten wie Magneten auf der
Tischplatte. Eine unsichtbare Macht drückte mich
ins Polster des Drehstuhls. Die Wände des
Gebäudes wackelten wie bei einem Erdbeben, ein
ohrenbetäubender Lärm breitete sich aus.
Eine Armee aus blauen Blitzen durchbohrte
meinen Körper.
Ich wurde mit dem Stuhl entmaterialisiert und in
einen sich drehenden Tunnel hineingezogen, der
sich nach hinten verjüngte.
Tunnelwände zerflossen zu Schemen, Raum und
Zeit lösten sich auf, gingen ineinander über.
Wie ein Astronaut im Orbit raste ich ins Nichts.
Schwindel stellte sich ein, ich erbrach mich, bis die
Gallenflüssigkeit im Hals brannte.
Es roch nach verbranntem Plastik und
Ungewissheit.
Ich war starr vor Angst, unfähig, mich zu rühren
oder mithilfe meiner „smart watch" die Familie, die

Ehefrau mit den beiden Töchtern, in
Alarmbereitschaft zu versetzen.
Wie auf Kommando endete die Raserei.
Mit dem Kopf schlug ich gegen etwas Hartes.
Eine bedrückende Stille setzte ein.
Mir wurde schwarz vor Augen, als ob jemand den
Ausschalter gedrückt hätte.
Ich habe keine Ahnung, wie lange dieser Zustand
herrschte.
Die aufgehende Sonne blendete mich, Wind
wirbelte Sand in Augen, Nase und Ohren.
Es rasselte. Eine Klapperschlange gab mit ihrer
Körpersprache zu erkennen, dass ich in ihrer Welt
nichts verloren hatte. Wie von Sinnen schlug ich
mir mit der flachen Hand auf die Stirn, um zu
prüfen, inwieweit mein Verstand funktionierte.
Der ergometrisch optimierte Drehstuhl neben mir
bewies, dass ich keiner Wahnvorstellung erlag.
Mein Blick blieb an einem kahlen Bergrücken
hängen, der mich an etwas erinnerte – an das
Panorama, das sich jeden Tag vor meinem
Bürofenster ergoss.
Ich geriet in Panik, die sich noch verstärkte, als ich
realisierte, wie sich die Landschaft präsentierte.
Ich kauerte in einem Tal, das links und rechts an
den Hängen mit wildwuchernden Kakteen übersät
war. Aus der Ebene vor ihnen ragten verdorrte,
knorrige Sträucher empor. Ein ausgetrockneter
Bachlauf am Rande des Bergmassivs raubte mir
jegliche Hoffnung, in dieser Einöde Wasser oder

Nahrung zu finden. Von Kojoten gehetzt lief ich, ohne funktionierendes GPS, Mobiltelefon oder Internet, tagelang im Kreis. In der Wildnis gab es keine Quantencomputer, keine Möglichkeit, in meine Zeit zurückzukehren.

Kurz vor dem Verdursten traf ich auf eine isoliert lebende Gruppe der Muwekma Ohlone Indianer. Trotz meines verwegenen, fremdartigen Aussehens begegneten sie mir freundlich und gewährten mir Obdach.

Nach fünf Tagen verließ ich den Stamm, um die Siedlungsgebiete der Weißen aufzusuchen.

Vier Wochen später erreichte ich, völlig entkräftet und dehydriert, die Goldgräberstadt Sacramento. Das Piepsen der High-Tech-Uhr bewies, dass ich mit meiner Kraft am Ende war, alle medizinischen Grenzwerte überschritten hatte.

Ich verlor jegliche Hoffnung.

Ein Angehöriger einer Amisch-Sekte pflückte mich aus dem Straßengraben, wo ich mit dem Tod rang. Seine Familie erbarmte sich meiner.

Auf dem Weg nach Pennsylvania war ihr das Geld ausgegangen. Die erwachsenen Sektenmitglieder verdingten sich als Holzfäller. Die Familie hatte eine Blockhütte im Wald angemietet, in der ich gemeinsam mit 14 Personen vegetierte.

Sie päppelten mich auf, stellten eigene Bedürfnisse hintan und gaben mir alles, was die bescheidenen Finanzmittel hergaben.

Sie lehrten mich, dass man Böses nicht mit Bösen
vergelten solle. Selbst beim Verlust des eigenen
Kindes durch die Waffe eines Verbrechers sei es
geboten, die andere Wange hinzuhalten.
Wenn die Sekte in Erfahrung gebracht hätte,
welches Ziel mir auf dem Herzen lag, wäre ich auf
der Stelle des Hauses verwiesen worden und man
hätte alles unternommen, um meine Abreise nach
Europa zu unterbinden.
Nach der Genesung heuerte ich in San Francisco
auf ein Frachtschiff mit dem Zielhafen „Lissabon"
an. Um die Tage während der langen Überfahrt zu
füllen, führte ich Tagebuch. Bis heute hege ich die
Hoffnung, dass sich die Nachwelt irgendwann
meiner erinnert.
Zwei Monate folgten, bis ich mit Pferd und Wagen
die Grenze zwischen der Schweiz und dem
Kaiserreich Österreich-Ungarn passierte.
Später als geplant trudelte ich Mitte Mai des Jahres
1889 in der Kleinstadt am Inn ein.
Auf den Berggipfeln glitzerte der Schnee wie
Diamanten, die Baumkronen wetteiferten um die
Gunst der Sonne. In der Luft lag ein Duft von
Nektar. Mütter flanierten mit Kinderwagen am
Fluss, der aufgewühltes Wasser zur Donau
transportierte.
Anstatt mich der Schönheit der Natur hinzugeben,
beschleunigte ich meine Schritte und begab mich
zu dem Haus, wo vor vier Wochen ein Junge
geboren worden war.

Klara, die Mutter, hing Wäsche im Garten auf.
Es fiel mir nicht schwer, unbemerkt in das
Kinderzimmer einzudringen, wo besagter Säugling
mit leicht geöffnetem Mund schlief.
Die schütteren schwarzen Haare standen ihm wie
Pinselborsten zu Berge.
Ein schnorchelartiges Atemgeräusch irritierte mich.
Ich schaute ihn mir näher an.
Das Auffälligste an ihm war seine zarte,
blütenweiße Haut, die einen Kontrast zu den rosa
Farbklecksen auf den Wangen bildeten.
Der Duft von Rosenblüten betörte meine Sinne.
*Er sieht sanft und friedlich aus, wie ein Engel, der den
Menschen Frieden bringt.*
Ich stand im Begriff, das Haus zu verlassen und
nach Kalifornien zurückzukehren, zu den Amish,
die mich gelehrt hatten, was Liebe in einer Welt
von Hass und Gewalt bewirkt.
Ich trat einen Schritt zurück und senkte den Blick.
Die Zeit zerbröselte im Zwielicht der Gefühle.
Vor meinem geistigen Auge liefen Bilder von
Konzentrationslagern ab. Abgemagerte Menschen,
Leichenberge und hilflose Kinder, die aus Angst
ihre Tränen unterdrückten. Soldaten verbluteten
mit abgerissenen Gliedmaßen in schlammigen
Schützengräben. Sie bettelten darum, endlich
sterben zu dürfen.
Ein Seufzer – der Säugling erwachte.
Er rekelte sich und fing an, zu weinen.

Mir kam ein Gedanke von Louise Glück, die vor zehn Jahren den Literatur-Nobelpreis gewonnen hatte, in den Sinn. In einem ihrer Gedichte heißt es: *Die Geburt, nicht der Tod, ist der schwere Verlust.*

Mit diesem Vers im Herzen verbannte ich jegliche Empathie aus den Gefühlen, packte das kreischende, nach Luft schnappende Bündel und würgte den Säugling, bis der Farbton des Gesichts dem einer überreifen Tomate glich.

Allmählich wurde er ruhiger, hörte auf zu zappeln und sich zu wehren.

Sein Körper erschlaffte.

Kurz vor dem Tod kam er zu sich und sah mich mit weit aufgerissenen Augen voller Traurigkeit an. Um ein Haar hätte ich ihn losgelassen, sosehr schmerzten seine Blicke. Er starb mit einer Mimik, die vor Entsetzen triefte.

Klara realisierte, was im Haus geschah und stürmte ins Kinderzimmer. Mit den Fäusten trommelte sie auf meine Brust.

Ich ertrug die Schmerzen klaglos und forderte sie auf, mir ins Gesicht zu schlagen.

Ihre Kräfte schwanden schneller als die untergehende Sonne in der Mojave-Wüste.

Sie schmiss sich auf den Boden, wo sie regungslos liegen blieb und vor sich hin wimmerte wie ein geprügelter Hund. Ich befürchte, dass es ihr nie gelingt, den Verlust des Kindes zu bewältigen.

Unmittelbar nach dem Mord stellte ich mich der Polizei. Man hielt mich für die Ausgeburt des

Teufels, für einen perversen Kindermörder, der
unter Wahnvorstellungen litt. Ein Nervenarzt
prüfte, welche Geisteskrankheit meine Sinne trübte.
Er fand keinerlei Auffälligkeiten.

Ich habe ein Verbrechen begangen, das an
Grausamkeit nicht zu überbieten ist.
Ich hasse mich abgrundtief für diese Untat und bin
dennoch erleichtert, dass dieser Säugling keine
Macht über niemand erhält.
Seit einer Woche leide ich unter den Verhören und
den Prügelattacken der Kriminalbeamten.
Im Kaiserreich behandelte man Kindermörder mit
einer Brutalität, der im westlichen Kulturkreis von
heute nicht einmal Schlachtvieh ausgesetzt ist.
Das Tagebuch ist mein Seelentröster, das Einzige,
was mir geblieben ist und mir von der Polizei nicht
genommen wurde. Ich nutze jede Gelegenheit, um
meinen Empfindungen Ausdruck zu verleihen.

Eine Menschenmenge bringt mich mit dem
Stakkato von „Mörder, Mörder - Rufen" in die
Realität zurück.
»Hängt das Schwein auf, steinigt den Damischa,
werft ihn den Wölfen zum Fraß vor«, tönt es von
allen Seiten.
Ich blicke zum Fenster.
Die tief stehende Sonne taucht den Raum in
goldenes Licht und bescheint Staubkörner, die
schwerelos durch die Luft schweben.

Zwei Polizisten verhindern, dass ich mich an dem
Schauspiel ergötze.

Sie greifen mir unter die Arme und schleppen mich
zu einer Pferdekutsche.

Nur durch Androhung von Gewalt gelingt es den
Beamten, die Menge davon abzuhalten, mich zu
lynchen.

Das Gefährt rattert unter donnerndem Steinhagel
durch eine Allee von Hass und Wut zum Kerker.

Zwei Polizisten zerren mich in ein hermetisch
abgeriegeltes Kellergeschoss, wo man mich in eine
Zelle prügelt.

An den Wänden malt der Schimmel Muster, Ratten
huschen über meine Füße, von der Decke tropft
eine stinkende Flüssigkeit auf den Kopf.

»Morgen katapultieren wir dich in die Hölle,
Greenwood«, zischt einer der Uniformierten, reibt
sich die Hände und donnert die Tür ins Schloss.

In verdrehter Haltung liege ich auf dem
Lehmboden in einem Zustand apathischer
Hoffnungslosigkeit, der den Schlaf nicht kennt.

Nach Stunden der Lautlosigkeit reißt mich ein
monotoner Singsang aus der Agonie.

Ich öffne die Augen, in einer Wandvertiefung
brennt eine Kerze, die ihr Licht nach einer Seite hin
ausstrahlt.

Mit einem Ruck richte ich mich auf, wodurch sie zu
Flackern beginnt.

Neben mir hockt ein Priester in einer schwarzen
Kutte.

Er ergreift meine Hand und rezitiert Bibelverse.

Ich drehe den Kopf zur Seite, denn ich halte Gott
für eine Erfindung von Männern, die mithilfe
seiner Regeln ihre Macht festigen.

Ich nutze die Lichtquelle, um mein Tagebuch zu
komplettieren. Ich führe es in meiner
Muttersprache, dem Englischen, das in diesem Teil
Österreichs von kaum jemanden verstanden wird.

Schritte ertönen auf dem Gang, Füße, die im
unregelmäßigen Takt auf dem Boden aufschlagen.

Kehlige Stimmen mischen sich mit dem Gemurmel
des Priesters.

»Willst du dir das wirklich zumuten?«, fragt einer
der Männer, die vor der Zellentür verharren.

»Ja! Ich bin es meiner armen Frau schuldig«,
antwortet der andere.

Die Pforte öffnet sich mit einem Quietschen.

Eine Gasfunzel blendet mich.

Der Kerkermeister steht in Begleitung eines
untersetzten Mittfünfzigers mit wild wucherndem
Schnurrbart vor mir.

In seinen Augen mischt sich ungläubiges Staunen
mit grenzenlosem Hass.

Im Hintergrund trommeln zwei Gehilfen mit den
Fäusten gegen die Wand.

»Großer Gott… er ist es… der Leibhaftige!«, stammelt der Untersetzte, der bei meinem Anblick einen Schritt zurückweicht.

»Weißt du, wer das ist?«, fragt mich der Kerkermeister.

Ich schüttel mit dem Kopf, obwohl mir klar ist, wer mir gegenübersteht. Ich hatte sein Foto vor Jahren auf Wikipedia betrachtet.

»Das ist Alois, der Zollbeamte aus Braunau. Er ist der Vater des Säuglings, den du massakriert hast. Er assistiert mir bei der Exekution.«

»Ich weiß, wie Sie sich fühlen. Ich bin selbst Vater zweier Töchter«, sage ich zu Alois. »Für die Tat gibt es keine Entschuldigung. An Ihrer Stelle würde ich genauso handeln, aber ich musste den Säugling daran hindern, das Erwachsenenalter zu erreichen.«

»Da hörst du es! Der Ami ist vom Satan besessen. Gestern hat man ihn mit einer Uhr erwischt, die der Zeit davonrennt«, sagt der Kerkermeister.

Die Gehilfen packen mich am Kragen.

Mit einer Schimpfkanonade schleift man meinen Körper mit dem Kopf voran aus der Zelle.

Erst nach Protesten des Kerkermeisters richten sie mich auf.

»Drecksau!«

Auf dem Weg zum Galgen fallen mir die Worte von Friedrich Nietzsche ein. Der Philosoph behauptet, dass das Böse als des Menschen beste Kraft untrennbar mit der Freiheit verbunden ist.

Ich frage mich, inwieweit er mit seinen Werken den Weg für die Schrecken des 20. Jahrhunderts geebnet hat und ich selbst seiner Moral erlegen bin.

Kerkermeister und Priester geleiten mich zu einem Hof, der von Mauern umschlossen ist, die von außen nicht einsehbar sind.
Die Kirchturmuhr schlägt fünf Mal, mit jedem Gong beschleunigt sich mein Puls.
Es ist dunkel, die Nacht hält den jungen Morgen gefangen.
Der Kerkermeister spuckt vor mir aus.
Er zerrt mich auf ein Podest, dessen Holzplanken unter meinen Schritten ächzen.
Es fällt mir schwer, mich auf den Beinen zu halten.
Eine Perseide flitzt über den Himmel.
Erblickt zeitgleich mit meinem Tod ein neues Leben das Licht der Welt, ein Kind, das dem Bösen Einhalt gebietet?
Der Priester bekreuzigt sich und betet das Vaterunser.
Ich bäume mich auf und stammel: »Lassen… Sie das!«
Der Geistliche zieht die Stirn in Falten und betet weiter, als ob es durch das Gemurmel möglich wäre, Geschehenes aus der Chronik der Geschichte zu löschen.
»Hast du noch etwas zu sagen, Greenwood«, faucht der Kerkermeister.
»Es ist alles gesagt, aber ich habe eine Bitte.«

»Die wäre?«

»Gebt mir fünf Minuten. Ich möchte etwas ins Tagebuch eintragen.«

»Zwei Minuten, länger nicht.«

Ich ziehe das Heft aus der Hosentasche und schreibe wie ein Besessener.

Vor Ablauf der vereinbarten Zeit reißt mir der Priester das Tagebuch aus den Händen und nimmt es an sich.

Der Exekutionsleiter brüllt: »Scharfrichter! Walten Sie Ihres Amtes.«

Der Mann lässt sich nicht lange bitten, sondern schreitet mit schwarzer Kapuzenkutte zur Tat.

Im Augenwinkel beobachte ich Alois, der vor sich hin kichert wie ein Geisteskranker.

Ein schepperndes Geräusch ertönt, jemand zieht mir den Boden unter den Füßen weg.

Wieder diese Stille, die immer dann auftritt, wenn ich träume, sich Wirklichkeit mit Fiktion vermischt.

Die Vergänglichkeit fängt mich ein.

Auf der anderen Seite fließt die Zeit, die jedes Leben in eine Seifenblase einbettet, in ein Meer aus Eis. Doch das Verlöschen kommt nicht als Gegner, sondern wie ein Freund, denn durch mich bleiben 50 Millionen Menschen, die ansonsten dem Zweiten Weltkrieg zum Opfer gefallen wären, am Leben. Die Reise in die Vergangenheit nimmt mir zwar vor meinem 45. Geburtstag den Körper, nicht aber den Glauben an eine Welt ohne Hass. Mein

Geist wird niemals sterben, sondern wechselt lediglich die Dimension.

Ist der Traum der Amish von einer Welt ohne Gewalt durch meine Gräueltat ein kleines bisschen näher gerückt?

Götterdämmerung

Zeus wandelte durch eine sternklare Nacht, die Kälte vom Himmel zur Erde transportierte.

Die schulterlangen gelockten Haare flatterten im Wind, der bis zur Brust reichende wuschelige Vollbart erinnerte an einen Hippie, der sich unter Androhung von Gewalt weigert, einen Friseursalon aufzusuchen.

Sein Blick wanderte in die Ferne, dorthin, wo das Wasser den Strand umspülte.

Der Wind tobte, Poseidon peitschte das Meer auf.

Der Hüne hielt inne und überlegte, ob es nicht ratsam wäre, zurückzukehren, zu der wohligen Wärme des Hypokaustums, der Heizung der Antike.

Er verwarf den Gedanken und setzte seinen Gang fort, behäbig und bedächtig, als würde er auf einer Eisscholle balancieren.

Der Sturm wirbelte Sandkörner durch die Luft, die auf seiner Haut Schmerzen verursachten.

Trotz des Unwetters hatte Zeus seinen Palast verlassen, denn er fand seit Monaten keinen Schlaf.

Diese Nachbarn! Seit 37 Jahrhunderten missachten sie die Nachtruhe und es wird jeden Tag schlimmer, dachte er und schaute zum Himmel, wo ein imposanter Adler Runden drehte.

Zeus seufzte und konzentrierte sich auf den Pfad, der sich durch eine vertrocknete Graslandschaft in die Tiefe schraubte.

Die weiße bis zu den Knöcheln reichende Tunika und das Löwengesicht verliehen ihm etwas Majestätisches. Lediglich die zahlreichen Silberfädchen in der einst dunklen Behaarung bewiesen, dass ihm der Flügelschlag der Zeit die Makellosigkeit geraubt hatte.

Ein ohrenbetäubender Lärm riss ihn aus den Gedanken.

Ketten rasselten, der Boden erzitterte unter dem rhythmischen Stakkato von Soldatenstiefeln.

Mit brennenden Fackeln, wilden Hunden und einer Schar von Geiern kam ihm Ares, der Gott des Krieges, entgegen. Er liebte es, im Hof des Palastes zu campieren, und strapazierte seit Jahrhunderten die Nerven von Zeus.

»Ah, Ares! Weißt du nicht, wie spät es ist?«
Die graublauen Augen des Schicksaalgottes funkelten wie glühende Kohlebriketts.

»Geh mir aus dem Weg! Ich habe keine Zeit, muss in den Kaukasus, nach Syrien und anschließend in den Kongo. Ich kann mich vor Aufträgen kaum retten, habe sogar einen fest zugesagten Termin in Venezuela verschoben.«

»Das erzählst du mir seit über 3000 Jahren, aber man kann auch leise in den Krieg ziehen oder nach dem Frühstück losmarschieren.«

Die wilden Hunde heulten auf und dokumentierten auf ihre Art, dass sie nicht bereit waren, der Bitte des Gottvaters zu entsprechen.

Niemand hat Respekt vor mir, dachte Zeus und schickte sich an, von dem Olymp herabzusteigen. Es bereitete ihm Mühe, in hohem Alter durch das unwegsame Gelände mit knorrigen Wurzeln und stacheligen Sträuchern zu stolzieren.

Es war fünf Uhr in der Frühe, der Mond schob sich als schmale Sichel vor die Wolken. Bald würde Orpheus erwachen und mit herzzerreißenden Liedern die Vögel zu einem nicht enden wollenden Morgenkonzert animieren.

Zeus ertrug den Singsang nicht mehr - immer die gleiche Tonlage, süß und klebrig wie der Refrain eines Gassenhauers von Helene Fischer, der Lieblingsinterpretin von Hera, seiner Gattin.

Atemlos erreichte Zeus im Morgengrauen das Grenzgebiet von Makedonien und Thessalien an der Küste des Thermaischen Golfs, dem Meeresarm in der Nordwestägäis.

»Wo willst du hin, Hüne?«, fragte ihn ein Betrunkener, der in einem Hausflur mit dem Rücken an der Eingangstür lehnte.

»Nach Rom, zu meinen göttlichen Freunden«, sagte Zeus.

Anstatt die Antwort zu hinterfragen, zeigte der Mann stumm zum Meer, wo ein Kutter im seichten Wasser des Hafenbeckens dümpelte.

Zeus verbeugte sich vor dem Trunkenbold und schlenderte zum Hafen, wo er mit seiner hünenhaften Erscheinung bei den Reisenden Verwunderung und Misstrauen hervorrief.

Niemand wagte es, sich ihm zu nähern oder ihn anzusprechen.

Lediglich eine alte Frau wusste, wer er war und fiel vor ihm auf die Knie.

Zeus segnete sie und versprach, sich bei Charon, dem Fährmann der Toten, für sie zu verwenden, damit dieser ihre Seele über den Fluss Styx befördert und sie sicher in den Hades geleitet.

Die Frau bedankte sich und sandte ein Stoßgebet gen Himmel.

Der Kapitän, der keine Ahnung von der Antike hatte, hielt den Hünen für einen Landstreicher.

Er stellte sich ihm in den Weg und stammelte: »Sie wollen doch wohl nicht... auf mein Schiff?«

Der Bootsmann befürchtete, dass Zeus mit seiner Körperfülle das Gleichgewicht störte und den Untergang des betagten Kutters heraufbeschwor.

Außerdem zweifelte er die Zahlungsfähigkeit des alten Mannes an, denn die griechische Regierung hatte in den letzten Jahren drastische Rentensenkungen vorgenommen.

Zeus, dem es keine Mühe bereitete, Gedanken zu lesen, versuchte den Mann zu beruhigen und sagte: »Keine Sorge, Poseidon ist ein Freund von mir, er wird uns sicher bis nach Rom geleiten. Ich setze

mich in die Mitte des Boots und rühre mich nicht
von der Stelle.«

»Bis Rom? Ich segele nach Athen. Wenn Sie nach
Rom möchten, müssen Sie drei Mal umsteigen.
Nehmen Sie doch in Saloniki den Flieger, dann sind
Sie heute Abend in der italienischen Hauptstadt.«

»Danke für den Hinweis, aber ich fürchte mich vor
dem Luftschiff. Zu meiner Regentschaft gab es
keinen Gott, der für die Troposphäre zuständig
war.«

Zeus drückte dem verdutzten Mann ein Zepter aus
purem Gold in die Hände und achtete beim
Betreten des Bootes auf jeden seiner Schritte.

Es dauerte vier Tage und Nächte, bis der
Schicksalsgott nach mehrmaligem Umsteigen und
langen Wartezeiten in überfüllten
Terminalgebäuden das Tyrrhenische Meer vor der
Küste Italiens erreichte.

Die Ausschiffung erfolgte in Civitavecchia, wo
mürrische Grenzbeamten die Reisenden erwarteten.
Zeus geriet aufgrund seiner Größe, der
Löwenmähne sowie der altertümlichen Kleidung in
den Fokus der Grenzbeamten.

Gleich nach der Ankunft nahmen sie ihn in
Empfang.

»Mundschutz aufsetzen, sonst schicken wir dich
dorthin zurück, wo du hergekommen bist.«

»Mundschutz? Warum das denn? Ich war noch nie krank und genieße das ewige Leben«, entgegnete Zeus.

Ehe der Gott sich versah, streckte man ihm eine Schachtel mit Masken entgegen.

Zeus trat von einem Fuß auf den anderen und setzte den Mundschutz falsch herum auf.

»Noch ein Geisteskranker in diesen dunklen Zeiten«, raunte einer der Beamten.

Das Empfangskommando geleitete Zeus zu einem Nebenausgang, wo ein kahlköpfiger Mann im blauen T-Shirt und dunkler Sonnenbrille bei seinem Anblick einen Schritt zurücktrat.

Der Grenzbeamte trug einen weißen Mundschutz und stemmte beide Arme in die Hüften.

»Ihr Visum!«, brummte er. »Hier kommt niemand ohne gültige Papiere rein!«

Zeus las in seinen Gedanken, dass er Angst hatte, sich mit COVID 19 oder anderen ansteckenden Krankheiten zu infizieren.

»Guter Mann, das Zauberwort heißt „Bitte!".

Außerdem ist es bei uns Griechen üblich, den Gast zu begrüßen, bevor man ein Thema zur Diskussion stellt.«

Anstatt auf die Benimmregeln des Gottes einzugehen, zischte der Glatzkopf: »Durchsuchen!«

Vier Beamte mit Handschuhen stürzten aus dem Hintergrund auf Zeus zu und befingerten ihn.

Es dauerte nicht lange, bis sie fündig wurden und einen Donnerkeil unter der Tunika hervorzogen.

»Der Kerl ist bewaffnet«, warnte der Glatzkopf und legte dem Hünen Handschellen an.

»Ich frage Sie jetzt zum letzten Mal! Wo ist Ihr Pass mit dem Visum?»

»Ich besitze weder das eine noch das andere. Als Sohn des Titanenpaares Kronos und Rhea benötigt man solche Unterlagen nicht. Wenn Sie in Geschichte aufgepasst hätten, wüssten Sie, wer vor Ihnen steht.«

»Noch eine freche Bemerkung und Sie landen in Abschiebehaft. Ohne Pass sind Sie ein Flüchtling und werden von uns als solcher behandelt. Glauben Sie, wir wüssten nicht, dass es gängige Praxis ist, Pässe über Bord zu werfen?«

»Ich möchte lediglich zu meinen römischen Verwandten und sie bitten, mich für die Dauer der Osterferien zu beherbergen. Ich benötige eine Auszeit, bin auf der Flucht vor Nachbarn.«

»Da sind Sie nicht der Einzige. Haben Sie Empfehlungsschreiben oder ein gültiges Arbeitsvisum?«

»Nein, Janos, der Gott der Türen und aller Anfänge beschäftigt keine Fremdarbeiter.«

Der Beamte runzelte mit der Stirn und fixierte die Armbanduhr, ein untrügliches Zeichen, dass er das Ende seiner Dienstzeit herbeisehnte.

»Waren Sie in einer Nervenheilanstalt? Wurden Sie in Ihrer Heimat verfolgt?«

»Nein! Ich ertrage lediglich den Lärm meiner Nachbarn.«

69

»Hat man Sie geschlagen oder gefoltert?«

»Nein, zu solchen Abscheulichkeiten greift selbst unser Kriegsgott nicht. Nur der Feuerdieb „Prometheus" wurde vor vielen Jahrhunderten durch einen Adler, der ihm jeden Tag ein Stück seiner Leber nahm, drakonisch bestraft.«

»Das ist ja eine Grausamkeit, die die Handschrift des „Islamischen Staates" oder der „Taliban" trägt. Guter Mann, ich sage Ihnen ohne Umschweife, dass Ihre Chancen auf Asyl gegen Null tendieren. Welcher Religionsgemeinschaft gehören Sie an?«

Zeus kaute an den Fingernägeln.

Offensichtlich hatte der Beamte weder Kenntnisse über die politische Situation noch über die religiösen Verhältnisse in der Antike.

Zeus las in seinen Gedanken, doch da war nichts außer ein Meer von Gefühllosigkeit.

Mit verschränkten Armen und versteinerten Gesichtsausdruck brummte der Gott: »Keine, die heute noch jemand praktiziert.«

»Lügner! Ich sehe es der Kleidung und dem Vollbart an, dass Sie aus einem muslimischen Land kommen. Sie stellen eine Gefahr für die öffentliche Sicherheit dar. Abführen!«

Polizisten sperrten den verdutzten Zeus in eine Zelle, wo er die Nacht mit Menschen aus aller Herren Länder verbrachte.

Er tat kein Auge zu und donnerte aus Verzweiflung dreimal mit seinem Kopf gegen das Gefängnisgitter.

»Wenn man mit dem Kopf gegen Betonwände anrennt, braucht man sich nicht zu wundern, wenn man sich eine blutige Nase holt«, sagte ein Grenzbeamter am Morgen zu Zeus und zerrte ihn aus der Zelle.
In einem vergitterten Polizeifahrzeug transportierte man ihn in Handschellen zum Flughafen, um ihn mit einem Billigflieger nach Griechenland abzuschieben.

Aus der Ferne vernahm Zeus die Start- und Landebewegungen der Luftschiffe sowie das Heulen der Düsenmotoren.
Flugangst bemächtigte sich seiner, das Adrenalin schoss einer Sturmflut gleich durch die Adern.
Mit einem Ruck streifte er die Handschellen ab, sprang auf und verwandelte sich in einen Stier.
Wutschnaubend trampelte er alles nieder, was sich ihm in den Weg stellte.
Vom Flugbetrieb in Panik versetzt, galoppierte er am Rande der Startbahn entlang und floh über die Via Appia in die Albaner Berge.

Es dauerte nicht lange, bis man ihn gestellt hatte und mit Gewehren auf ihn anlegte.

Die Schüsse prallten an dem Gott ab, wie
Regentropfen von Nanooberflächen.
Er überrannte die Polizeisperre und floh nach
Süden, in den Cilento, wo sich seine Spur verlor.

In der Abgeschiedenheit des Naturschutzgebietes
genießt Zeus die Friedhofsruhe, nach der er sich
zeitlebens gesehnt hat.
Am siebten Tag eines jeden Monats erblickt man
einen Steinadler, der sich mit seinen Schwingen in
den Himmel schraubt und mit dem Licht der
Abendsonne verschmilzt.

Glücksritter

Durch eine kopfsteinbehauene Gasse, in der Gaslaternen den Charme des Morbiden versprühen, wankte ich zum Bahnhof.

Schritte ertönten, an einer bröckelnden Hausfassade spiegelte sich grünes Licht, das mich an das Farbenspiel von Geisterbahnen erinnerte.

Aus dem Nichts heraus tauchte eine Gestalt auf, die sich an meine Fersen heftete.

Der Schweiß kroch mir unter die Jacke.

Ich beschleunigte das Schritttempo.

An einer Kreuzung drehte ich mich um und versuchte, den Verfolger mit Blicken zu vertreiben.

Er blieb stehen und wandte das Antlitz ab.

Es zischte und dampfte, grünlich schimmernde Rauchschwaden verhüllten ihn.

Hat der Kräuterlikör meinen Verstand vernebelt?

Ich bog links ab und durchquerte ein Quartier, vor dessen Besuch der Reiseführer nach Einbruch der Dunkelheit warnte.

Bürgersteige gähnten vor Leere, in einem Hauseingang kauerten zwei Obdachlose, die mir Angst einflößten.

Der Verfolger kam näher an mich heran.

Ein Überfall? Hoffentlich kein Gewaltverbrecher, der mich wegen zehn Euro ins Jenseits befördert.

Mit 1,70 Meter für einen Mann Mitte Vierzig recht klein geraten, leptosomer Statur und einer Flasche Killepitsch intus erschien eine körperliche Auseinandersetzung wenig erfolgversprechend.

73

Dreimal wechselte ich die Straßenseite, blieb vor erleuchteten Geschäftsfenstern stehen und rannte über rote Ampeln.

Erst durch einen Spurt gelang es mir, den Verfolger, der sich geschickt den Blicken entzog, abzuschütteln.

Die Rauchschwaden lichteten sich.

Anstatt mich zum Bahnhof zu begeben, schlich ich zur Straßenbahnhaltestelle, die gegenüber einer Altbierkneipe lag.

Über der Straße lagen Abgase, aus dem Gasthaus drang Gegröle, das mir Sicherheit verlieh.

Mit Knien weich wie Butter, verharrte ich vor der Eingangstür, jederzeit bereit, im Bedarfsfall bei den Zechern Schutz zu suchen.

Nach 10 Minuten riss mich ein Quietschen aus der Schockstarre - die Tram bog in die Straße ein.

Ich schaute mich nach allen Seiten um und sprang in den Waggon, in dem sich, außer dem Fahrer, niemand aufhielt.

Kurz vor der Abfahrt huschte jemand durch die Hintertür in die Straßenbahn und hockte sich auf die letzte Sitzbank.

Die Gestalt verbarg sich hinter einer Maske, die das gesamte Gesicht bedeckte.

Verdammt! Wie ist das möglich?

Ich beobachtete sie aus den Augenwinkeln.

Es war, der Figur nach zu urteilen, ein Junge, ein Meter fünfzig groß und mit einer Kopfform, die einem Rugbyball glich.

Der Kleine fixierte mich durch zwei Schlitze der Maske, die das Konterfei von Marilyn Monroe, der Sexgöttin aus Hollywood, zierte.

War das der Verfolger? Das merkwürdige Verhalten sprach dafür. Doch ich hatte keine Ahnung, warum der Winzling ausgerechnet hinter mir her war, zumal meine Brieftasche mit der Kreditkarte nach Überschuldung duftete.

Es war mein letzter Abend in Düsseldorf, wo ich einen Swingerklub mit bisexueller Sektion besucht hatte. Obwohl am Morgen die Rückreise zu meinem Dorf im Hunsrück anstand, hatte ich bis 2.00 Uhr in der Frühe das Leben umarmt.

Die Bahn zuckelte nach Kaiserswerth, der ehemaligen Kaiserpfalz, die sich an einem flachen Bogen des Rheinstromes über dem Wasser erhebt. In der Ortsmitte sprang ich aus dem Waggon.

Ich schickte mich an, in das sich gegenüber der Haltestelle liegende Wirtshaus einzukehren, doch zu dieser späten Stunde lag sowohl der Biergarten als auch das Gebäude im Dunkeln.

Von dem geheimnisvollen Verfolger war nirgends etwas zu sehen.

Ich vermutete, dass er sich auf die Sitzbank der Straßenbahn gelegt hatte oder, unbemerkt von mir, vorher ausgestiegen war.

In der Hoffnung, ihn nie wiederzusehen, entschloss ich mich dazu, die Herberge aufzusuchen.

Nach fünfminütigem Fußweg vernahm ich das monotone Brummen von Containerschiffen, die aufgrund des Niedrigwassers in einer engen Fahrrinne den Rhein entlang schipperten.

Ich beachtete sie nicht, sondern versuchte, die Tür zu meinem Airbnb-Apartment am Rheintor zu öffnen.

Ich zitterte und benötigte zwei Minuten, bis es mir gelang, den Schlüssel ins Loch zu stecken.

Beim Eintritt in die Wohnung raschelte es - die Fahrkarte flatterte durch die Luft und trudelte zu Boden.

Ich knallte die Tür ins Schloss.

Hatte der Winzling es geschafft, mir zu folgen?

War er gar in die Wohnung eingedrungen?

Ich spannte alle Sinne an und lauschte in die Dunkelheit hinein.

Kein Geräusch drang an meine Ohren.

Ich knipste das Licht an.

Das Apartment war leer.

Der Rucksack mit den Reiseunterlagen thronte säuberlich gepackt auf der Anrichte.

Gott sei Dank, der Unhold ist weg!

Vorsichtshalber schloss ich die Fenster, von denen eins auf kipp gestanden hatte.

Eine Tür in der Wohnung knarzte.
Der Wind? Eine Sinnestäuschung?
Der Alkohol in meinem Blut und eine bleierne
Müdigkeit unterbanden weitere Nachforschungen.
Ich schmiss mich mit Straßenkleidung auf die
Matratze und träumte von der Heimat, von
einsamen, dunklen Nadelwäldern, der
Hängeseilbrücke „Geierlay" sowie dem Erbeskopf,
wo im Winter der Schnee mit wilden Tänzen die
Sinne der Betrachter betört.

Kurz vor Morgengrauen weckte mich der Duft von
frisch ausgepressten Orangenschalen.
Ich knipste das Licht an.
Grüner Nebel quoll aus dem Kleiderschrank.
Es brennt, jemand hat Feuer gelegt!
Aus dem Bett springen, zum Schrank hechten, die
Tür aufreißen, war eins.
Mir schoss das Blut ins Gesicht, ich schrie
dermaßen laut, dass sich der Bewohner unter mir
genötigt sah, mit dem Besenstiel an die
Zimmerdecke zu hämmern.
»Großer Gott, ein Marsmensch!«
Ein blaues Männchen mit kugelrunden schwarzen
Augen, einer Stupsnase sowie Ohren, die denen
eines Hasen ähnelten, kicherte in sich hinein.
Ich schlug den Schrank zu und versuchte, dem
Eindringling zu entkommen.
Die Zimmertür war abgesperrt.

Ich hechtete zum Fenster, um über den angrenzenden Garagenhof auf die Straße zu springen.

Vergeblich – auch diese Fluchtmöglichkeit war versperrt.

Seelenruhig verließ das Männchen den Schrank, steuerte auf mich zu und flötete: »Du kannst das Apartment nicht verlassen, denn ich habe alles verrammelt.«

Mein Puls schlug Kapriolen, denn ich hatte so ein Wesen nie zuvor im Leben gesehen.

Vor Aufregung brachte ich fünf Wörter über die Lippen: »Warum… hast du… das getan?«

»Ich habe dich gefangen genommen, weil du mir helfen musst.«

Die Antwort stiftete nichts als Verwirrung.

»Wer… bist… du?«

»Ich komme gar nicht vom Mars. Ich bin ein Anderdo.«

»Was ist denn das?«

Ich zog an meinem rechten Ohrläppchen, um zu prüfen, ob mir der Verstand einen Streich spielte.

»Ein Anderdo ist eine Mischung aus einem Erdbewohner und einem Wesen aus der Andromeda Galaxie. Mein Vater vom Stern M 31 hat am „Christopher Street Day" in Berlin teilgenommen und sich dort verliebt. Das Resultat steht vor dir.«

Das Männchen verbeugte sich im Stil eines englischen Aristokraten und wedelte mit dem

Schwanz, dessen bogenförmige nach hinten ausgerichtete Feder rötlich glänzten.

Trotz der bizarren Situation beruhigte ich mich.

Ich erlag der Illusion, dass mir der Winzling körperlich nicht gewachsen war.

Um ihn abzulenken, schimpfte ich: »Das ist kein Grund, ins Haus einzudringen und mich zu Tode zu erschrecken. Wie bist du hier reingekommen?«

Anstatt zu antworten, drehte er sich um und deutete mit der rechten Hand auf das Fenster, das ich nach Eintritt in die Wohnung geschlossen hatte.

Ich nahm die Porzellanstatue von Aphrodite, die auf der Kommode neben mir den Hauch der Erotik versprühte, zur Hand.

Ein gezielter Schlag auf den Hinterkopf reicht aus, um den Unhold außer Gefecht zu setzen. Er hat ansteckende Krankheiten oder Gleichgesinnte, die nur darauf warten, sich auf dem blauen Planeten einzunisten.

Mein Plan, ihn mithilfe der Liebesgöttin auszuschalten, scheiterte.

Er entriss mir die Figur, donnerte sie auf den Boden und trat mir in den Allerwertesten.

»Autsch!«

Ich krümmte mich vor Schmerzen.

Es war mir ein Rätsel, woher der Winzling die ungeheure Kraft hernahm.

»Du bist gemein!«, schimpfte er. »Warum greifen Menschen bei jeder Gelegenheit zu Gewalt? Ich warne dich. Ich bin, trotz der zierlichen

Erscheinung, stärker als du. Gegen mich hast du nicht die Spur einer Chance.«

»Das mag ja sein. Aber ich bitte dich dennoch darum, mich freizulassen. Der Intercity nach Trier fährt in wenigen Stunden ab. Ich habe eine Zugbindung, die es strikt einzuhalten gilt.«

»Du kannst erst reisen, wenn du mir einen Wunsch erfüllst.«

Er stellte sich mir in den Weg und sagte: »Seitdem ich auf der Erde bin, suche ich nach dem Glück, doch bislang habe ich es nirgends gefunden.«

Mein Lachen geriet zu einem Räuspern.

»Glück ist ein Tornado. Es zieht dir den Boden unter den Füßen weg, katapultiert dich in den siebten Himmel und lässt dich fallen, sobald du den höchsten Punkt erreicht hast.«

»Verschone mich mit dummen Sprüchen! Ich weiß, dass du ein Experte für Frauensachen bist.«

Ich verdrehte die Augen, denn ich hatte zwei nervenaufreibende Scheidungen hinter mir. Um die Leere in meinem Leben zu füllen, nahm ich am Speeddating teil und war häufig zu Gast in Düsseldorfer oder Kölner Swingerklubs. Wechselnde Partnerschaften waren mein Markenzeichen, wobei das Geschlecht keine Rolle spielte.

Ein Fachmann für Frauensachen sieht anders aus, dachte ich und sagte: »Das ist übertrieben! Gelegentlich ein paar erotische Abenteuer, flüchtig wie Rosenblüten in einer Frostnacht, sonst nichts.«

»Ich habe beobachtet, wie du mit einem Lächeln
auf den Lippen aus dem Swingerklub
herausgekommen bist.«

»Ja, aber…«

»Kein aber! Hast du Freundinnen?«

Mit großen Augen, die fast nur aus Pupillen
bestanden, schaute er zu mir hoch.

»Verflossene Liebschaften! Die Damen wohnen
auch nicht in Düsseldorf, sondern im Hunsrück.«

»Das macht nichts! Wegen deiner Erfahrung in der
Liebe bist du genau der Richtige für mich. Darf ich
dir jetzt endlich meinen Wunsch mitteilen?«

»Hauptsache, du verschwindest bald«, sagte ich und
fixierte die Uhr.

Der Winzling nervte.

»Suche ein warmherziges Mädchen, das zu mir
passt.«

»Wie bitte? Bei deinem Aussehen…«

Er nahm meine Hand und quetschte sie, bis
Knochen knirschten.

»Aua! Ich helfe dir ja. Sofort… aufhören!«

Er ließ los.

Was hat der Kerl für Bärenkräfte, dachte ich und ergab
mich in mein Schicksal.

»Wir gehen Partnerbörsen, Chatrooms und Single-
Treffs durch, bis wir etwas Passendes für dich
gefunden haben«, schlug ich vor.

»Ja, das gefällt mir.«

Ich eilte ins Nebenzimmer und setzte mich an den
Computer, der zur Ausstattung des Apartments
gehörte.
Meine Finger flogen über die Tastatur.
Er baute sich hinter mir auf und beobachtete jeden
Arbeitsschritt, wie ein Adler, der nach Beute
Ausschau hält.

Der Tag ging, die Nacht warf Schatten an gekalkte
Wände, von denen Putz bröckelte.
Ich arbeitete wie ein Besessener, gleichwohl, im
gesamten Web fand sich keine einzige Anderda.
Dennoch setzte ich meine Bemühungen fort, bis
sich die rechte Hand wie gelähmt anfühlte.
Mit tränenden Augen seufzte ich: »Wir suchen
morgen weiter, denn ich bin am Ende meiner
Kraft. Aber bleib vom Schrank weg und hör auf,
die Wohnung einzunebeln. Im Apartment herrscht
absolutes Rauchverbot. Jedes Zuwiderhandeln wird
mit Geldbußen geahndet.«
»Ich verhülle mich nur dann mit Nebel, wenn ich
einsam bin.«
Ich warf ihm einen bitterbösen Blick zu und fiel ins
Bett.
Er kroch unter den Rahmen und wimmerte vor
sich hin, wie ein Kind, dem jemand das
Lieblingsspielzeug wegnimmt.

Nassgeschwitzt wachte ich am Mittag des nächsten
Tages auf.

Das Erste, was ich sah, waren kugelrunde, dunkle Augen, aus denen Tränen kullerten.

»Bitte gebe nicht auf und streng dich an«, flehte er mich an.

»Ich befürchte, es ist sinnlos. Würdest du dich auch mit einer Andromedanerin zufriedengeben?«

»Selbstverständlich! Das sind feinfühlige, sensible Wesen, ein Gegenbild zum Homo sapiens. Besonders die Männer auf der Erde sind kalt wie Schnee, der über Felsen weht.«

Ich überhörte die despektierliche Äußerung über meine Geschlechtsgenossen und stellte die Suchkriterien der Internetrecherche den Wünschen entsprechend um.

Ich bemerkte nicht, wie die Zeit verstrich, der kleine Zeiger der Uhr der Raserei anheimfiel.

Bei der Recherche einschlägiger Webseiten sprang mir der Sexismus und die Gewalt, die im Internet herrschen, ins Auge.

Wenn das Netz ein Brennglas der Realität ist, dann wünsche ich mir, fortzufliegen, zu einer Welt, in der sich Menschen mit Respekt begegnen.

Eine Tütensuppe mit bunten Herzen aus Nudeln, die er mir am Abend zubereitet hatte, verschüttete ich auf den Boden.

Der Mond schimmerte durch das Fenster.

Meine Augen flimmerten, die Finger wund vom Tippen - keine einzige Andromedanerin fand sich im Netz.

Gefühlvoll nahm ich ihn in die Arme und flüsterte: »Es tut mir leid, aber für dich gibt es keine Liebe in dieser Welt. Du musst zu deinem Heimatstern zurückkehren.«

»Dort mag mich auch niemand. Mischlinge erregen überall Aufsehen. In der Spiralgalaxie bin ich ein Fremder, ein Migrant vom Blauen Planeten, wertlos und überflüssig wie Datenmüll auf der Festplatte des Computers.«

Sein Schluchzen erfüllte den Raum, hallte von den Wänden des Apartments wider.

Trotz meiner tröstenden Worte flossen mehr Tränen, als der Rhein an jenen Tagen Wasser mit sich führte.

Von Mitleid ergriffen bot ich ihm an, sich neben mir ins Bett zu legen.

Er nahm dankbar an und versprach, mich am Morgen freizulassen. Die Zugfahrkarte wollte er mir erstatten.

Aufgewühlt rekelte ich mich im Bett von einer Seite auf die andere. Seine Traurigkeit lastete wie ein Eisenbarren auf meinem Brustkorb.

Doch mit der Zeit wich die Abneigung zum Außerirdischen einer Zuneigung. Mehr noch - ich fühlte mich in seiner Nähe wohl.

Es kribbelte im Bauch, Emotionen schlugen
Purzelbäume.

Nach Mitternacht rückte er näher an mich heran.
Er teilte mir mit, dass er Amadeus hieße und 28
Jahre alt sei.

»Ich dachte, du magst keine Männer«, hauchte ich
in sein Ohr, doch anstatt zu antworten, streichelte
er über meine Wimpern.

Ich spürte seine samtweiche Haut und genoss den
Duft von Orangenblüten.

Zärtlich glitten seine Finger über meinen Körper.
Er liebkoste mich an Stellen, die nie zuvor jemand
berührt hatte.

Durch seine tiefschwarzen, sehnsuchtsvollen
Augen sah ich direkt in das Herz.

Gibt es Liebe auf den zweiten Blick?
Zählen innere Werte mehr als Äußerlichkeiten?

Ich bekam keine Gelegenheit, den Fragen
nachzugehen. Etwas im Inneren begehrte auf gegen
mein Leben mit den Finanzproblemen, die
Langeweile des Heimatdorfs sowie den flüchtigen
Sex in Hinterzimmern verwahrloster Immobilien.
Wir liebten uns, bis Raum und Zeit miteinander
verschmolzen, befahlen der Nacht, den Morgen
aufzuhalten. Nie zuvor hatte ich körperliche Liebe
dermaßen genossen und mich dabei so umsorgt
und frei gefühlt. Eine Wärme aus Zufriedenheit
durchströmte meinen Körper. Wir zelebrierten den

Moment, jubilierten vor Freude, vergaßen die Welt mit ihrer Unzugänglichkeit.

»Lass nicht zu, dass deine Wünsche zu einem Lied werden, das nach der ersten Strophe verstummt«, lauteten seine Worte, bevor wir erneut rammelten, bis unsere Körper in Schweiß badeten.

Am Mittag fiel die Sonne durch Fensterläden, zeichnete klare Streifen in die Luft, schien auf ein Gemälde, das die Stadt Kaiserswerth im Jahr 1882, zum Zeitpunkt der Hochwasserkatastrophe, abbildete.

Ich beäugte seine samtweiche blaue Haut und bewunderte kurze, krumme Beine, die ihn untenrum das Erscheinungsbild einer Ente verliehen.

Vor Erschöpfung dämmerte ich vor mich hin und schwebte auf einer Wolke aus Liebe durch den Sternenhimmel.

Plötzlich zuckte es in meinem Körper.

Ich verfiel in ein Koma, sah eine Supernova, fremde Galaxien sowie schwarze Löcher, in denen sich Raum und Zeit verbiegen.

Mein Bewusstsein kehrt im Zeitlupentempo zurück – ich bin nicht in der Lage, mich zu rühren.

Die Kehle brennt, wie bei einem Verdurstenden in der Wüste.

Ich taste den Körper ab.

Die Muskeln haben sich zurückgebildet, die Knie schwabbelig wie Eierschnee, die Glieder schwer wie Blei.

Habe ich mein Leben verschlafen?

Ich öffne die Augenlider und betrachte meine Umgebung, ein Meer aus Grautönen und Metall. Schwindel stellt sich ein.

Ich liege in einer über den Boden schwebenden Raumkapsel, die sich um die eigene Achse dreht.

Es rumpelt, das Vehikel schlägt auf und vibriert im Stil einer Waschmaschine im Schleudergang.

Eine müde Stimme zerschneidet atemlose Stille.

»Wir haben es geschafft!«

Ich räuspere mich und zupfe an meinem Bart, der bis auf die Brust reicht.

Amadeus steuert im Cockpit der Raumkapsel sitzend eine Unmenge von Instrumenten durch die bloße Bewegung seiner Augen.

»Wo…, um Himmels Willen,… sind wir?«

»Im Andromedanebel, einer Spiralgalaxie mit über 100 Millionen Sternen und tausenden von Sternhaufen. Wir sind auf dem größten und hellsten Planeten gelandet.«

»Wieso hast du mich entführt?«

»Unsere Liebe ist der Pulsschlag des Universums. Spürst du das nicht?«

Ich nicke, denn die Liebe zu Amadeus erfüllt mein ganzes Herz.

»Aber was sagt eure Damenwelt dazu?«

»Sei unbesorgt! Genau wie ich sind alle Bewohner von Andromeda Wesen ohne eindeutiges Geschlecht. Wenn sie begreifen, wie tief unsere Liebe ist, schenken sie uns ihre Bewunderung.«

»Eine Welt ohne Auseinandersetzungen zwischen Mann und Frau, dem Ausgangspunkt erbitterter Konflikte?«

»Du hast es erfasst.«

Ich genieße die Aussicht auf eine Landschaft, in der eine Bergkette mit spitzen Felsen über 10 Kilometer in den Himmel ragt.

Violettes Sonnenlicht empfängt mich, ein warmer Luftzug schmeichelt meiner Seele.

Ich freue mich auf das Leben in der Unisex-Welt.

Er – oder sie - wird mich beschützen und alle Stolpersteine aus dem Weg räumen.

Jedes Wesen ist eine Melodie, die die Liebe zum Klingen bringt. Dabei ist es egal, wen oder was man liebt, Hauptsache das Herz jubiliert.

Ich bin der erste Mensch mit einem intersexuellen Partner aus einer fremden Galaxie.

Wir haben das Glück neu erfunden.

Es leuchtet in unseren Herzen wie die Kerzen in der Gnadenkapelle von Kevelaer.

Amadeus ergreift meine Hand, um mich zu stützen. Wir umarmen den Tag und schreiten voller Zuversicht über eine Brücke, an dessen Ende eine Stadt aus Sehnsucht im Sonnenlicht glitzert.

Die Talwiesen des Hunsrücks tauchen vor meinem
geistigen Auge auf.
Ich sehe ein Blütenmeer, das sich in einer
Symphonie von Grüntönen sanft im Südwind
wiegt.
Dennoch fällt mir der Abschied vom blauen
Planeten mit seinen Bewohnern, die in Sozialen
Medien Hass und Intoleranz verbreiten, leicht.
Sogar die vernachlässigten Stadtquartiere sowie die
Hoch- und Niedrigwasserkatastrophen vermisse ich
in keiner Weise.
Ich will nicht länger träumen, sondern meine
Zukunft mit Amadeus teilen.
Ab sofort feiern wir die Liebe, bis unsere Seelen im
Gleichklang zu den Sternen wandern.

Gefangen im Cyberspace

Auf dem Tiefpunkt des Lebens kämpfte Heiko Wunderlich gegen zwei Feinde: den Computer und sich selbst.

Der erste Gegner meldete sich durch ein Stakkato von Pieptönen.

Nichts ging mehr - ein blauer Bildschirm mit unverständlichen Hieroglyphen flackerte wie eine defekte Straßenlaterne.

Typisch! Der alte Kasten bricht immer dann zusammen, wenn ich mitten in der Arbeit bin. Ich hasse Computer.
Er zog die Stirn und Falten und versuchte, das Gerät hochzufahren.

Mit runder Nickelbrille, blassblauen Augen und wirren Haaren wirkte der Endvierziger wie ein zerstreuter Professor bei der Vorlesung über schöngeistige Literatur. Seine Nase, die für einen mit 1,68 Meter recht kleinen Mann zu groß geraten war, berührte beinah die Tastatur.

Nach einer Stunde mit unzähligen Fehlversuchen baute sich der Startbildschirm des Computerherstellers auf.

Statt auf das merkwürdige niederfrequente Brummen der Maschine zu achten, stieß Heiko einen triumphierenden Jubelschrei aus.

Eigentlich konnte die Arbeit jetzt weitergehen – wenn er nur etwas zum Eingeben gehabt hätte.

Heiko Wunderlich, Schriftsteller für Liebesromane, litt unter einer Schreibblockade.

Seit Wochen gähnten seine Word-Dateien vor Leere. Gelegentlich eine Idee, zaghaft und flüchtig, wie Blütenknospen in einer Frostnacht.

Plots, Szenen, Aphorismen, Notizen – alles im digitalen Ordner „Ideensammlung" feinsäuberlich abgespeichert. Allein zum Thema „Liebe" fanden sich über 800 Eintragungen, allesamt wunderschön geschrieben, als seien sie aus der Seele geflossen. Gleichwohl, es fehlte ihm der Mut, sie zusammenzufügen, den „roten Faden" zu spinnen.

Vor Erschöpfung fiel der Schreiberling mit dem Kopf vornüber auf die Tischplatte.

Mit der Faust schlug er auf die Aufzugschublade, wo die Tastatur auf Eingaben wartete. Vergilbt und traurig mit verwischten Buchstaben sowie Spuren verschütteten Kaffees lag sie da und vibrierte.

Die Tür des Arbeitszimmers öffnete sich mit einem schmatzenden Klang.

Wie ein Tsunami brach seine Frau Berti über den Raum herein und spülte mit ihrer schrillen, hohen Stimme alles fort, worüber er sinniert hatte.

»Nachtarbeiter, weißt du nicht, wie spät es ist?«

Ihre krausen ergrauten Haare steckten in einer Nachtmütze mit breitem Gummiband, die ihr Strenge verlieh.

Im Schein der Schreibtischleuchte warfen die
markanten Gesichtszüge der Mittvierzigerin
Schatten an die Wand.

»Ne, wieso …?«

Heiko sah seine Frau mit verträumten Augen an.

»Komm ins Bett, ich möchte nicht, dass du mich
später störst.«

»Schon gut, ich mach gleich Schluss. Ich muss nur
noch das Manuskript zum Verlag mailen.«

»Das wolltest du letzte Woche erledigen?«

»Eine abschließende Rechtschreibprüfung mit dem
Duden Korrektor, dann bin ich fertig.«

Ohne dass seine Frau es bemerkte, scrollte er zu
einem Kapitel mit violett unterlegten Textpassagen
- den Absätzen mit akutem Änderungsbedarf.

»Dann aber dalli! Sei leise, wenn du ins
Schlafzimmer eintrittst.«

»Klar, mach ich.«

Mit in den Hüften gestemmten Armen drehte sich
Berti auf den Sohlen ihrer Clogs um und stiefelte
eine Etage tiefer, wo sich das Schlafzimmer des
Ehepaars befand.

Der Schöngeist seufzte.

*Vielleicht ist sie der Grund dafür, dass mir nichts Neues
mehr einfällt. Nach 30 Ehejahren ist das Feuer erloschen,
ist aus Glut Asche geworden.*

Nachdem sich seine Frau ins Bett gelegt hatte,
wandte Heiko sich dem Bildschirm zu.

Das merkwürdige Geräusch hatte an Lautstärke zugenommen.

Was ist das nur?

Er maß der Angelegenheit keinerlei Bedeutung bei, zumal der Computer ansonsten einwandfrei funktionierte.

Er hätte das Manuskript bereits vor Monaten zum Verlag schicken können, zweifelte aber, ob es den Anforderungen des Lektorats genügte.

Vor sechs Jahren war sein letztes Buch erschienen, eine Liebesgeschichte, die es in den unteren Bereich der Bestsellerliste geschafft hatte. Nach einer Auszeit wegen einer psychischen Erkrankung hatte er fünf Jahre an seinem neuen Roman gearbeitet, doch je länger die Schreibphase andauerte, desto trivialer wurde die Story.

Um 4.00 Uhr in der Frühe fasste er sich ein Herz und schickte die E-Mail mit dem Manuskript an Dr. Fuchs, dem Leiter seines Hausverlags.

Heiko schlief am Schreibtisch ein und träumte von Leserreisen und Auszeichnungen.

Am Morgen weckte ihn das Telefon mit der Musik des Abba-Hits „The winner takes it all".

Auf dem Display flackerte die Nummer des Verlagschefs.

So eine rasche Reaktion ist ungewöhnlich.

Heiko nahm das Mobilteil zur Hand, wagte aber nicht, hineinzusprechen.

»Wunderlich, bist du es?«, tönte es vom anderen
Ende der Leitung.

»Äh…!«

»Melde dich!«

»Ja, ich höre.«

»Was hast du dir dabei gedacht?«

»Wie bitte…?«

»Ich habe das erste Kapitel gelesen. Inhaltlich und
stilistisch großer Mist!«

»Wiesooo?«, fragte Wunderlich, der den auf dem
Schreibtisch liegenden Radiergummi bis zur
Unkenntlichkeit zerbröselte.

»Langweilig, retrospektiv, sentimental. So eine
Unverschämtheit ist mir lange nicht mehr
untergekommen!«

»Ja, aber…«

»Kein aber! Drei Wochen, dann liegt die perfekte
Endfassung vor, sonst fliegst du aus dem
Verlagsprogramm. Schluss! Ende! Aus!«

Das Mobilteil des Telefons rutschte Heiko aus der
Hand.

Er weinte wie ein Kind, das von der Mutter
verlassen worden war.

In diesem Moment trat Berti ins Zimmer ein: »Du
sitzt ja immer noch vorm Computer? Hast du
endlich das Manuskript abgeschickt?«

»Klar, längst erledigt! Ich muss nur noch das
Exposé sowie den Klappentext fertigmachen, dann
steht der Veröffentlichung des Bestsellers nichts im
Wege.«

»Hoffentlich! Wenn nicht bald Geld fließt, sind wir ruiniert«, sagte Berti, deren Blicke ihn durchbohrten.

»Ich habe es geschafft. Lass uns zum Brunch ein Glas Sekt trinken. Siehst du nicht meine Freudentränen?«

Berti bemerkte nicht, wie seine Hände mit den Knien um die Wette zitterten, als er die Sektgläser aus dem Schrank holte.

Der Schreiberling zauberte ein Lächeln ins Gesicht und gaukelte seiner Frau eine heile Welt vor.

Nach dem Brunch wartete er, bis Berti wegen eines dringenden Friseurtermins das Reihenhaus verließ. Kaum war sie weg, hechtete er zum Arbeitszimmer, fuhr den Rechner hoch und überarbeitete den Roman.

Niederfrequentes Brummen, Pieptöne, blaues Blinken - nichts ging mehr.

»Oh… nein, nicht… schon wieder«, stammelte er. Mit zusammengekniffenen Lippen starrte er auf den Bildschirm, probierte alle Tricks, streichelte die Tastatur – das Brummen des alten Kastens nahm kein Ende.

Plötzlich Stille, wie in einem Grab inmitten eines Waldfriedhofs. Der Bildschirm und die Tastatur verweigerten den Dienst.

Heiko kroch unter den Schreibtisch und inspizierte die Blechkiste.

Ich habe den Eindruck, dass sich die Technikwelt gegen mich verschwört.

Er eilte in den Keller, wo er sich einen Schraubenzieher aus der Werkzeugkiste besorgte.

Zurück im Arbeitszimmer entfernte er die Verkleidung an der Rückseite des Computers, um die Hardware zu überprüfen.

Dabei steckte er seine Nase tief in die Maschine und äugte hinein.

Was ist... denn das?

Der Schreiberling verspürte ein Kribbeln, als ob Strom durch den Körper floss. Blaues Licht schimmerte in seinen Adern, Schüttelfrost spielte mit seinem Körper, Hände und Arme verformten sich bis zur Unkenntlichkeit.

Heiko schrumpfte ins Miniaturformat.

»Hilfe! Was, ...zum Teufel, geht hier...?«

Ehe er sich versah, zog ihn eine unsichtbare Macht ins Innere des Gehäuses.

Er schrie sich die Seele aus dem Leib, schlug wild um sich, versuchte, sich dem unheimlichen Sog zu entziehen.

Es half alles nichts - als Winzling verschwand er im Computer. Zurück blieben ein Schraubendreher, eine abgeschraubte Rückwand sowie eine Tastatur, auf der sich Buchstaben verwischten.

Der Schreiberling wollte umkehren, raus aus dem Gehäuse, sich an Festplatte, Prozessor oder Grafikkarte festkrallen.

Boolesche Algebra, binäre Arithmetik, Algorithmen brachten ihn fast um den Verstand.

Über den Router und das Glasfaserkabel wurde er mit 50 Mbits/s ins Internet geschleudert.

Er schlug sich mehrfach mit der flachen Hand auf die Stirn, wähnte sich im falschen Film.

Ungebremst düste er immer tiefer hinein ins Netz.

Trotz der rasenden Geschwindigkeit nahm ein Lichtfunke die Verfolgung auf.

Der Schreiberling drehte Pirouetten, sauste erst nach rechts, dann nach links, um dem Angreifer zu entkommen.

Vergeblich - der Funken ließ sich nicht abschütteln.

Heiko spürte, dass sein Leben am seidenen Faden baumelte.

Er strauchelte, doch dank des Miniaturformats gelang es ihm, dem Angreifer vor dem Zusammenprall auszuweichen.

Ein dunkler, kaum wahrnehmbarer Bypass kam in Sichtweite.

Abbiegen, hochrasen, verstecken, war eins.

Heiko löschte alle Spuren hinter sich, peinlichst darauf bedacht, keinen Ton von sich zu geben.

Beim Blick über die Schulter sah er, wie der Verfolger am Bypass vorbeiraste.

Der Schreiberling atmete tief durch und hielt sich an einem digitalisierten Molekül fest.

Vor Erschöpfung schlief er ein.

Nach ein paar Tagen weckte ihn ein Lichtkegel aus der Schockstarre.

Er öffnete die Augen und bemerkte, wie der Funke an der Biegung zum Bypass tanzte.

Der Verfolger tastete sich vorwärts, prüfte die Bedrohungslage, glühte wie Kohlebriketts auf dem Grill. Mit Lichtgeschwindigkeit raste er den Bypass hoch, dorthin, wo der Schreiberling in seinem Versteck kauerte.

Dieser zögerte keine Nanosekunde.

Mit unbändiger Kraft stieß er sich von dem Molekül ab und flog dem Angreifer entgegen.

Zwei gezielte Faustschläge und ein Tritt mit dem rechten Füßlein reichten aus, um den Funken aus der Bahn zu werfen.

Geschafft! Noch mal gut gegangen.

Frei wie ein Vogel flatterte Heiko durch das Netz. In seinem Bäuchlein breitete sich Behaglichkeit aus.

Ein Internetjahr zog an den Netzwerken vorbei. Der Winzling hatte sich eingelebt, lernte zu programmieren, war in der Lage, im Cyberspace mit Apps, Dateien oder Algorithmen zu kommunizieren. Er lernte, seine IP, das Internet Protocol, zu verbergen und sich durch Unsichtbarkeit zu tarnen. Zwar war der Angreifer immer noch hinter ihm her, doch Heiko kannte seine Vorgehensweise. Es bereitete ihm keine Mühe, sich dem Zugriff zu entziehen.

Die Verfolgung war dem Autor sogar zum Vorteil gereicht. Obwohl auf ein Miniaturformat zusammengeschrumpft, hatte die neue Daseinsform mit der permanenten Bedrohung ungeahnte Kräfte freigesetzt. Während er als Schriftsteller in der realen Welt mit Depressionen kämpfte, sprühte er im Cyberspace vor Esprit und Überlebenswillen. Mit wachem Geist trudelte er durch den digitalen Kosmos, erkundete fremde Welten, stand Neuerungen, die sich mit irrwitziger Geschwindigkeit im Netz ausbreiteten, offen gegenüber.

Eines Tages betrat der Endvierziger ein ihm unbekanntes Universum, eine Galaxie von Wolken, die erhaben in der Unendlichkeit des Netzes schwebten.

Juhu, das ist die Cloud, dachte er und freute sich auf deren Erkundung.

Er ließ sich treiben, aufwärts durch Nebelschwaden, bis zur einer zeitlos durch den Raum driftenden Wolkenformation – die Speicherplätze der Dichter und Denker.

Fasziniert verschlang er die Weltliteratur mit ihren Rezensionen und Interpretationen. Den Liebesroman „Romeo und Julia" las er dreimal, wobei ihn das Ende jedes Mal zu Tränen rührte.

Er wähnte sich auf Wolke sieben, genoss jeden Tag aufs Neue.

Hier baue ich mir eine neue Existenz auf, reihe mich ein in die Gruppe der unsterblichen Literaten.

Mit Hingabe schrieb er neue Kapitel für seinen Liebesroman. Der Ordner mit der digitalen Ideensammlung, die Grundlage für die Erzählung, quoll über. Doch, wie zuvor in seiner Wohnung, gelang es ihm auch diesmal nicht, die Bruchstücke zu einer stringenten Handlung zusammenzufügen. Neben seiner schriftstellerischen Tätigkeit stellte er – unter dem trefflichen Pseudonym „Downsizer" – Blogs ins Netz, verfasste Rezensionen und mischte sich in die Besprechung aktueller Romane in der realen Welt ein.

Trotz seiner Produktivität fehlte ihm etwas: das Zwischenmenschliche. Es gab niemanden, mit dem er als namenloser Schreiberling seine Ideen teilte, keine Testleser, die ihn lobten oder auf weitere Auszüge aus dem Roman warteten. Und wenn doch jemand aus der Welt der Riesen zufällig im Netz seine Kapitel las, gab es kein Feedback, keine Diskussion oder Rezension.

Seine Tätigkeit als Blogger geriet ihm zwar zur Ehre, doch wenn Einladungen zu Talkshows oder Stammtischen für Autoren eintrudelten, war er gezwungen, Absagen zu verschicken.

Der Winzling fühlte sich einsam wie ein Astronaut beim Spaziergang im All.

Er hielt Ausschau nach anderen Wesen, die ebenso wie er im Cyberspace gefangen waren.

Aber so sehr er sich auch bemühte, nirgends gab es Leidensgenossen oder Hinweise auf deren Existenz.

Zunehmend führte er Selbstgespräche. Es gab sonst niemanden, mit dem er sich unterhalten konnte.

Dass es ihm gelungen war, den Verfolger, der für die Cloud keine Zugangsberechtigung besaß, abzuschütteln, tröstete ihn kaum.

Nach einem Monat vergeblicher Suche entschloss sich Heiko dazu, eine Ruhepause einzulegen. Ein Algorithmus, der durch eine fehlerhafte Programmierung in einer Endlosschleife verharrte, bot Schutz.

Dort wechselte er in den Energiesparmodus. Einmal träumte er von Berti, die ihn mit Köstlichkeiten wie Sauerbraten, Kartoffelpuffer oder Erbsensuppe verwöhnte. Die Bilder seines Wohnortes, ein Dorf am Niederrhein, tauchten auf, wo auf sattgrünen Wiesen prächtige Pferde in der Abendsonne um die Wette galoppieren.

Nach sechs Wochen riss ihn ein Stromimpuls aus dem Dämmerzustand und führte ihm neue Energien zu.

»Huch!«

Alle Körperteilchen wogen schwer – er hatte dem Nichtstun zu lange gefrönt.

Er benötigte 10 Internetstunden, um sich aus dem Algorithmus zu befreien.

Doch die Regenerationszeit hatte seinen Geist beflügelt, der Intellekt erklomm Höhen, die er im realen Leben nie erreicht hatte.

Unter Hochdruck arbeitete er weiter an dem Roman. Dennoch mangelte es der Geschichte an Perfektion, immer wieder schrieb er Teile um oder überarbeitete Textpassagen, die seinen Ansprüchen nicht genügten. Er studierte bedeutende Werke der Weltliteratur, von denen er sich neue Impulse erhoffte.

Bei der Lektüre überkam ihm ein Geistesblitz.

»Irgendwo in diesem Speicherkosmos ist mein alter Roman abgelegt.«

Er legte die „Leiden des jungen Werther" von Johann Wolfgang Goethe beiseite und begann mit der Recherche.

Es war nicht einfach, sich in der Cloud zu orientieren, zumal die großen, international bedeutsamen Verlage dominierten und sich die besten Speicherplätze gesichert hatten.

Am dritten Tag fand der Autor endlich den Ablageort des Hausverlages.

»Da bin ja ich, mein Bestseller. Es sind sogar weitere Schriftstücke zu meiner Person abgelegt. Mal sehen…«

Hektisches Sondieren der Unterlagen, eine Word-Datei mit der Überschrift: »Wunderlich – Beurteilung des Manuskriptes«, erregte seine Aufmerksamkeit.

Der Winzling verschlang die Rezession des Lektorats zu seinem neuen Romanentwurf wie ein ausgehungerter Tiger eine Bambusratte.

Das Resümee lautete: »Wunderlich mit seiner trivialen Erzählkunst im Rosamunde Pilcher Stil bringt die Geschichte nicht zum Laufen und nimmt den Leser nicht mit. Eine Überarbeitung des Manuskriptes ist nicht zielführend. Der Langweiler ist umgehend aus dem Verlagsprogramm zu entfernen.«

Tränenschwer verlor der Autor den Halt unter den Füßen, denn die Wolken trugen ihn nicht mehr.

Orientierungslos trudelte er durch den Cyberspace.

Vor Wut schlug er alles nieder, was ihm in die Quere kam.

»Ich muss zurück in die reale Welt, um den Mitarbeitern des Verlagshauses die Leviten zu lesen. Ich werde ihnen beweisen, über welche schriftstellerischen Qualitäten ich verfüge.«

Aus der Ferne erklang Musik, rosarote Fontänen mit Lichtreklame blendeten ihn.

Die Firmensignets von Facebook, Twitter, Instagram oder Tumblr tauchten hinter den Wolken auf.

Beim Näherkommen hörte er den Titel einer bekannten deutschen Schlagersängerin.

Atemlos näherte er sich der Sektion.

Obwohl es ihm Überwindung kostete, trat er ein, immer bemüht, sich beide Ohren zuzuhalten.

Er schlenderte durch die sozialen Netzwerke, bis
die Musik nur noch aus der Ferne trillerte.

Die Logos von „Parship", „eDarling",
„ElitePartner", „LoveScout 24" oder „Zweisam"
blinkten auf.

Heiko klinkte sich ein.

Durch seine „Multitasking – Kompetenz" gelang es
ihm, alle laufenden Chats der diversen Plattformen
parallel zu erfassen.

An einer Stelle blieb er hängen.

Fassungslos las er Bertis Kontaktanzeige:

**Suche Mann mit Pferdeschwanz, Haarfarbe
egal!**

»Wie denn… was denn?????«

Heiko las den Text mehrfach, denn es schien ihm
ein Ding der Unmöglichkeit, dass seine Frau für
diese hintergründige Anzeige die Urheberschaft
trug.

Nachdem er sich beruhigt hatte, bemerkte er, dass
seine Frau online war.

Sofort nahm er Kontakt mit ihr auf.

Der Chat startete mit drei Wörtern: »Hier bin ich!«

»Wer? Der Mann oder der Pferdeschwanz?«,
schrieb seine Frau zurück.

»Beides!«

»Ha, ha, ha! Wer bist du wirklich?«

»Ich weiß es selbst nicht.«

»Witzbold! Willst du mich für dumm verkaufen?«

»Nichts liegt mir ferner!«

»Dann erzähle mir etwas von dir. Andere Chat-Partner warten«, schrieb Berti.

»Na ja, ich bin 49 Jahre alt, ziemlich klein und im Moment ganz weit weg. Außerdem bin ich selbstständig.«

»Hoffentlich bloß kein Buchautor für Liebesromane?«

Gedanken schossen wie Blitze durch seinen Kopf, er wusste nicht, was er ihr antworten sollte.

Was für eine dumme Frage. Soll ich mich ihr zu erkennen geben, um die aberwitzige Unterhaltung auf der Stelle zu beenden? Andererseits hätte ich jetzt die Chance, Berti von einer Seite kennenzulernen, die mir bislang verborgen geblieben ist.

Heiko entschied sich dafür, weiterzumachen. Wenn er ihr die Wahrheit berichtet hätte, wäre sie aus dem Chat ausgestiegen und hätte ihn für verrückt erklärt.

Schließlich schrieb er: »Warum? Buchautor für Liebesromane ist doch nicht schlecht.«

Diesmal schickte Berti die Antwort - in großen, roten Lettern - nach wenigen Sekunden: »Oh doch, sehr schlecht! Kein geregeltes Einkommen, permanente Frustrationen sowie ein Kerl, der jede Nacht vor dem Rechner einschläft.«

»Keine Sorge, ich bin selbstständiger Computerexperte mit außergewöhnlichen mathematisch-analytischen Fähigkeiten.«

»Oh, dann verfügst du über ein hohes Einkommen?«

Berti versah ihren Text mit einer Emoji, das ein lächelndes Herz zeigte.

Er benötigte eine Weile, bis er die Antwort abschickte.

»Ich habe seit Längerem meinen Kontostand nicht kontrolliert.«

»Oh, ein Schlendrian! Na, dann pass mal gut auf, dass du keine böse Überraschung erlebst.«

»Sprichst du aus Erfahrung?«, schrieb er und zog die Augenbrauen hoch.

»Ja, leider. Mein Ex-Mann hat sich nie für Geld interessiert. Zum Glück ist er seit eineinhalb Jahren spurlos verschwunden. Ich bin froh, dass der Kerl weg ist. Jetzt kann ich endlich ein Leben nach eigenen Vorstellungen führen.«

»Hast du ihn denn nicht geliebt?«

»Was heißt das schon, Liebe?«

Heiko geriet in Rage. Seine Vorstellung von der Welt der Riesen lag wie ein Haufen Sperrmüll vor seinen Füßchen.

»So eine Gemeinheit! Kaum bin ich weg, hat sie nichts anderes im Sinn, als mich zu hintergehen und mit anderen Männern anzubandeln.«

Er stand im Begriff, seinen Schmerz in die reale Welt zu schreien, ihr den Stuhl unter dem Hintern wegzureißen oder sie mit Starkstrom zu töten.

Vor Aufregung brachte er keine Antwort zustande. Es flackerte – die letzten Worte seiner Frau erschienen auf dem Screen: »Bist du noch online? - Schreib was! – Blödmann!«

Berti meldete sich aus der Partnerbörse ab, der Chat war beendet.

Heiko schlug die Hände vors Gesicht und weinte. 25 Jahre hatte er mit ihr zusammengelebt, alle Prüfungen der Welt bestanden, war mit ihr durch tiefe Wasser gegangen. Zwar blieb die Ehe kinderlos, doch war er sich ihrer Liebe stets sicher. Niemals hätte er es für möglich gehalten, dass sie ihn nicht mochte oder insgeheim verachtete.
Mit dem CCleaner zertrümmerte er das Firmenlogo der Partnerbörse.
»Alle sind gegen mich, dieser verdammte Funken, der Verlag und jetzt auch noch meine Frau. Die werden mich kennenlernen! Ich werde alle Computer dieser Welt zertrümmern, Verlagshäuser niederbrennen und Berti vor dem Bauernhof nebenan mit der Mistgabel aufspießen.«
Mitten in der größten Aufregung beendeten grelle Lichtstrahlen seine Allmachtsfantasien - Knistern, Knirschen, als ob sich eine Armee aus elektrisch geladenen Teilchen zum Kampf bereitmacht.
Am Eingangsbereich der Sektion rottete sich eine Armada von Funken zusammen, die miteinander kommunizierten.
Es blitzte - der blanke Hass näherte sich dem Schreiberling in Lichtgeschwindigkeit.
Die Verfolger umkreisten ihn und versuchten, ihn einzukesseln.

Er ließ sich wie ein nasser Sack zu Boden fallen
und aktivierte den Modus, der seine IP verbarg.
Die Angreifer verloren ihr Ziel aus den Augen und
trudelten irritierungslos durch das Nichts.
»Lange halte ich nicht mehr durch! Zu viele
Verfolger gleichzeitig sind mir auf den Fersen.«

Mit geballtem Fäustchen verließ er die Chatrooms
der Partnerportale und sann auf Rache.
Er hielt Ausschau nach Gleichgesinnten, um sich
mit ihnen zusammenzuschließen und eine digitale
Widerstandsgruppe zu bilden.
Auf seiner Reise geriet er in das Deep Web, jener
Teil des Netzes, der von Suchmaschinen nicht
erfasst wird.
Bei der Irrfahrt durch ein Labyrinth von Drähten
und Platinen öffnete sich unvermittelt ein
Windows-Fenster, das nach Eingabe eines Codes
von einer App eine Nanosekunde lang offenstand.
Der Trauermarsch in b-Moll von Frederick Chopin
ertönte, eine Klaviersonate, die zu Heikos
Lieblingsmelodien zählte.
In der Hoffnung, in dem Fenster mit
Gesinnungsgenossen zusammenzutreffen, raste er
gemeinsam mit beschädigten Dateien hinein.
Ein Quecksilbergeruch schlug ihm entgegen.
Der Autor hielt sich die Nase zu und erschauderte.
Chaos, Unordnung, Zerstörung - zerschmetterte
Fotos, Videodateien, abgedroschene Pornofilme
sowie ein Heer von Excel- oder Word-Dateien.

Auch drei Musik-Streams besagter Schlagersängerin tummelten sich im Müll.

Aufgeheizte, stickige Luft raubte ihm den Atem.

»Wie konnte ich nur so dumm sein, das ist eine Falle!«

Er unternahm den Versuch, das Fenster zu verlassen, doch es war zu spät.

Trotz dreier Anläufe ließ es sich von innen nicht öffnen.

Eine Power-Point-Präsentation aus dem hinteren Bereich der hermetisch abgeriegelten Sektion sprach ihn an: »Setz dich hin, du Zwerg! Hier brauchst du keine Angst vor der Zukunft zu haben, denn du hast keine.«

»Blöder Spruch! Ich habe nicht vor, mich in diesem Muff länger aufzuhalten.«

»Hinsetzen, habe ich gesagt!«

Heiko gab vor, der Anweisung Folge zu leisten.

Er kniete sich nieder, jederzeit bereit, aufzuspringen und den impertinenten Gesprächspartner zu verprügeln.

»Na also, geht doch«, raunte die Power-Point-Präsentation.

»Wo bin ich?«, fragte er.

»Im Papierkorb.«

»Wie bitte? Was soll ich hier?«

»Warten, wie wir alle!«

»Worauf wartet ihr?«

Heiko ängstigte sich insgeheim vor der Antwort.

»Auf die Leerung, Dummkopf! Normalerweise findet sie einmal am Tag statt.«

»Oh, so häufig? Das gefällt mir gar nicht.«

Sein Mündchen wurde trocken wie eine Kaktee in der Wüste.

»Ist doch egal. Wir sind Spam, der Festplatten oder Sticks verstopft«, antwortete die Power-Point-Präsentation lakonisch.

»Was fällt dir ein? Wer bist du, dass du es wagst, in dieser Form mit mir zu sprechen?«

»Ich bin die Präsentation eines Studenten der Theaterwissenschaften, der „Romeo und Julia" neu inszeniert hat. Das Textbuch wurde in Grund und Boden gelacht. Keiner interessiert sich für so eine Gefühlsduselei.«

»Ich schon, die Geschichte trifft voll ins Herz.«

»Nur in dein Herz und in das des Studenten.«

»Na, nun übertreib mal nicht! In wessen Papierkorb dümpeln wir vor uns hin?«

»Im Datenmüll des Chefs eines Verlagshauses, einem Herrn Dr. Fuchs.«

»Das darf doch wohl nicht wahr sein!«

Der Autor traute seinen Ohren nicht.

Das Blut schoss in sein Köpfchen und färbte die Wangen rot wie Tomatensaft.

»Du hast mich richtig verstanden, Dr. Fuchs, der Besserwisser! In seinem Papierkorb sammelt sich regelmäßig der meiste Spam an«, antwortete die Power-Point-Präsentation, deren Grafiken in allen Farben des Regenbogens leuchteten.

»Oh, ich bezweifle, ob die Bezeichnung „Spam" die Vorgänge trefflich charakterisiert. Ich hasse diesen Kerl«, sagte Heiko und fuhr das Mittelfingerchen aus.

»Entspann dich, unser Ende steht bevor.«

Damit war die Unterredung beendet, die Power-Point-Präsentation schwieg wie ein Grab und rührte sich nicht von der Stelle.

Ausgelöscht werden? Ohne Spuren zu hinterlassen, aus dem Cyberspace verschwinden? In Vergessenheit geraten?

Für den Buchautor gab es kein tragischeres Ende. Wie im Film lief die Zeit im Netz vor seinem geistigen Auge ab. Er ging jeden einzelnen Tag seit jener verhängnisvollen Nacht im Reihenhaus durch, als ihn eine geheimnisvolle Kraft ins Netz katapultiert hatte. Deprimiert stellte er fest, dass von der zwischenzeitlichen Euphorie nichts übrig geblieben war.

Wie abwesend sprach er zu sich selbst: »Jetzt wird mir klar, wie brutal die digitale Welt ist – ein kalter Kosmos, dem alles Menschliche fremd ist. Ich fühle keine Liebe, spüre keinen Wind im Haar. Mir fehlt der Niederrhein mit seiner Landschaft aus Melancholie, mit den blökenden Schafen auf den Rheinwiesen und den Menschen, mit denen ich beim Bäcker über die Niederschlagsmenge der letzten Woche plaudern kann.«

Rotes Warnlicht riss ihn aus den Gedanken.

Schrille Sirenen deuteten an, dass ein Prozess in Gang gesetzt worden war - die Leerung des Papierkorbes stand an.

»Klammere dich an meinen Anhang fest, an die Liste mit den handelnden Personen aus dem Theaterstück des Studenten. Manchmal erfasst der Schredder nicht alles oder lässt einzelne temporäre Dateien unversehrt zurück«, schrie die Power-Point-Präsentation.

Bevor Heiko dem Ratschlag Folge leistete, fielen alle Dateien um ihn herum in sich zusammen.

Von der Power-Point-Präsentation blieb nichts weiter übrig als ein Miniaturabbild, welches umgehend vom Papierkorb in den Cache verschoben wurde.

Diesen Umstand nutzte der Autor zur Flucht.

Er hielt sich an dem Miniaturabbild fest und wurde aus dem Papierkorb herausgeschleudert.

Um ein Haar hätte ihn der Schredder erwischt.

Kaum hatte Heiko den finalen Ablageort erreicht, tauchten die Funken wieder auf.

»Vernichtet den Eindringling, er hält sich im Laufwerk C auf«, hallte es ihm entgegen.

Heiko verwandelte sich in einen Blitz, der mit elektrisch aufgeladenen Teilchen wetteiferte.

Wie durch ein Wunder konnte er entkommen.

Erneut tauchte er ein in die Unendlichkeit des Internets, dem Sammelsurium aus Dateien, Apps und Algorithmen.

Er stürzte in ein in Neonlicht getauchtes Universum, zerstörerisch wie ein schwarzes Loch im All, in dem sich Raum und Zeit verbiegen.

Triaden von Daten, Waffenhandel, Drogen, Kinderpornografie, Schadsoftware sprangen ihm in die Äuglein.

»Oh nein, das Darknet, jetzt bin ich endgültig verloren!«

Seine Beinchen nahmen die Konsistenz von Götterspeise an.

Ein Trojaner dockte sich an und begleitete ihn auf der Reise durch die Welt der Unwägbarkeiten.

Ehe der Autor sich versah, stieß das Darknet ihn ab.

Der Schriftzug „**Keine Zugangsberechtigung – unautorisierter Browser**" poppte hoch.

Spannung, Stromimpulse, Metallgeruch.

Wie an einem Bungeeseil fiel er in die Tiefe, wurde zurückgeschleudert, um im nächsten Moment erneut ins Nichts zu stürzen.

Ein ohrenbetäubender Knall nahm ihm das Bewusstsein.

Nach der Ohnmacht kam Heiko zu sich, blinzelte mit den Äuglein und prüfte, ob alle Körperteilchen dort saßen, wo sie hingehörten.

Der Verstand setzte ein.

»Wo bin ich?

Schwarze Stille umgab ihn.

Der Winzling fühlte sich wie eine Erbsensuppe beim Auftauen in der Mikrowelle.

Eine Batterie von Bots, Computerprogramme, die automatisch sich wiederholende Aufgaben abarbeiten, huschten wie Schatten an der Wand durch den Raum.

Sie rückten näher an ihn heran, umzingelten ihn, zwangen ihn dazu, sich niederzuknien.

Eine blecherne Stimme erklang: »Hey, Trojaner, verpiss dich!«

Heiko erstarrte.

Er hatte keine Ahnung, wer mit ihm sprach oder woher die Laute kam.

»Meinst du mich?«

»Wen sonst, Vollidiot?«

»Wer bist du?«

»Ich bin das Beste, was die digitale Welt je gesehen hat.«

Der Autor dachte nicht lange nach, sondern antwortete spontan: »Das iPhone der neusten Generation?«

»Vollidiot!«

»Autsch! Sofort…aufhören!«

Heiko krümmte sich vor Schmerzen.

»Bei der nächsten falschen Antwort eliminiere ich dich. Aber ich bin ein hilfsbereites Wesen und gewähre dir ausnahmsweise einen Hinweis: Denk an die CEBIT!«

Heiko vermied das Selbstgespräch und behielt seine Gedanken für sich: *Mein Gegenüber ist brandgefährlich!*

Die nächste Nanosekunde entscheidet über Sein oder Nichtsein.

Er durchforstete sein Computerwissen, wobei er sich an eine Talkshow mit Wissenschaftlern aus dem Silicon Valley erinnerte.

Er zögerte die Antwort heraus, überlegte, ob er die Vermutung aussprechen sollte, fasste sich an das Kinn.

»Wird's bald, Schwachkopf?«

In Heikos Magen rumorte es, obwohl er im Netz keine Nahrung benötigte.

Ihm wurde speiübel.

Mit einem Rülpser raunte er: »Künstliche Intelligenz?«

»Bingo, warum nicht gleich so? In Kürze revolutioniere ich die Welt und vertreibe den Homo sapiens vom Sessel der Macht. Ich befördere Gefühle, Endorphine oder andere vernunftwidrige Empfindungen in den Papierkorb. Absolute Rationalität regiert. Ich benötige wenige Monate, um mich und meine Klone zu perfektionieren.«

»Wie willst du das schaffen? Du bist ein Prozessor aus Silizium, der nach ein paar Jahren veraltet ist.«

»Du bist noch dümmer als du aussiehst, Zwerg! In deiner Naivität würdest du mich als Roboter bezeichnen, doch das ist ein Begriff aus der Steinzeit der Computerwelt. Nenn mich Mr. Brain, dann hast du den Kern meines Wesens erfasst.«

Ein Androide, der sich anschickt, die Menschheit zu beherrschen. Ich werde seine Überheblichkeit für meine Zwecke ausnutzen.

Heiko ballte das rechte Fäustchen und log: »Hört, hört! Die Bezeichnung „Mr. Brain" ist auf einen genialen Wissenschaftler aus dem Silicon Valley beschränkt und ist urheberrechtlich geschützt. Für mich bist du nichts weiter als eine Maschine, die Befehle von Entwicklern ausführt.«

Der Androide versprühte Hass, stand kurz davor, den Eindringling in tausend Stücke zu zerschlagen. »Das ich nicht lache! Meine Erbauer sind Trottel mit freien Wochenenden und Pensionsansprüchen. Ich bin die Zukunft! Ich rate dir, mich nicht zu provozieren«, sprach Mr. Brain und unterstrich seinen Machtanspruch durch niederfrequentes Brummen, das Heiko an die Geräusche erinnerte, die kurz vor seinem Verschwinden im Computer des Reihenhauses aufgetreten waren.

Der Autor ließ sich nicht einschüchtern, sondern spielte mit der Eitelkeit seines Gegenübers. »Du kannst mir viel erzählen! Du bist ein Hochstapler, der mit Fähigkeiten prahlt, die in Wahrheit nicht vorhanden sind.«

»Was fällt dir ein, impertinenter Computerwurm? Ich kann heute schon alles, was man von mir verlangt!«

»Dann beweise es und erfüll mir einen Wunsch!«

»Bitte schön, was darf es sein?«

»Ich bin Buchautor und träume davon, den perfekten Liebesroman abzuliefern. Keine oberflächigen Herz-, Sehnsucht- oder Tränensätze, sondern eine Story mit Tiefgang, ohne Klischees und mit überraschendem Ende. Überarbeite mein Manuskript, bis der Roman das Zeug zum Bestseller hat.«

»Nichts leichter als das! Nenne mir den Speicherort deines Pamphlets sowie die Cloud-Cluster der wichtigsten zeitgenössischen Autoren und Kritiker. Außerdem benötige ich den aktuellen Duden als E-Book sowie deine dilettantische digitale Ideensammlung.«

Heiko befolgte die Anweisungen, stellte Daten zusammen und beamte die Informationen in die arithmetisch-logische Einheit des Androiden.

In einer Sekunde lag der neue Roman vor.

Wie von Sinnen überschlug der Autor Kapitel für Kapitel. Die Story fesselte ihn sosehr, dass er seine prekäre Lage vergaß.

Nach der Lektüre flüsterte er: »Der Roman ist genial! Genau das wollte ich schreiben, es war die ganze Zeit über in meinem Herzen. Bitte mail das Manuskript umgehend an den Verlag.«

»Schon erledigt! Sonst noch was?«

»Ja! Ich will zurück in meine Heimat.«

»Heimat?«

»Ja, zurück zum Niederrhein, dorthin, wo Menschen wohnen, die mich lieben, mir Empathie entgegenbringen.«

»Heimat, Liebe, Empathie? Komische Begriffe! Ich begreife nicht, was du darunter verstehst.«

»Was Empathie bedeutet, wirst du nie kapieren, doch das Wort „Liebe" hast du tausend Mal in dem Roman verwandt«, entgegnete Heiko und inspizierte das Innere des Androiden, um nach Fluchtmöglichkeiten Ausschau zu halten.

»585 Wörter mit „Liebe": Liebesrausch, wahre Liebe, liebevoll, liebestrunken…«

»Ja, ja, das reicht! Ich weiß sehr wohl, wie schnell du Wörter mit demselben Wortstamm identifizierst. Aber kannst du mir auch erläutern, welche Prozesse die Liebe im Menschen auslöst?«

»Wozu? Für mich ist jedes Wort gleichbedeutend. Man hat mir zwar einprogrammiert, dass Liebe bei Menschen an oberster Stelle der Gefühlsduselei rangiert, was sie für mich unberechenbar macht.«

»Na, siehst du, genau das habe ich befürchtet«, sagte Heiko und kam auf den Kern seiner List zu sprechen: »Beame mich zurück in die reale Welt. Dort entwickle ich exklusiv für dich Programme, die es dir ermöglichen, die Begriffe Empathie, Liebe und Heimat zu berechnen. Das geht aber nur, wenn ich meine wahre Gestalt zurückerhalte und ich wieder zu Hause bin.«

»Was nützt mir das? Ich trau dir nicht, Schurke.«

Heiko senkte den Blick, verbeugte sich vor dem Androiden und sagte: »Du mutierst zu einem Gott, der genau weiß, wie Menschen funktionieren. Dann ist es ein Leichtes, sich über sie zu erheben. Ich werde sie auf die rosige Zukunft einstimmen und berichten, wie du mit deinen Fähigkeiten ihren Alltag optimierst.«

Statt zu reagieren leuchtete das Innere von Mr. Brain in warmen Pastelltönen, die Heiko in dieser Brillanz das letzte Mal beim Spaziergang am Rhein an einem sonnigen Oktobertag wahrgenommen hatte. Doch hinter dem farbenfrohen Geflecht von Drähten, Prozessoren, Bussystemen und Schnittstellen trat Mr. Brains kalte Blechhülle zutage. Zwei künstliche Glubscher, die in allen Farben des Spektrums flackerten, deuteten darauf hin, dass der Androide vor einem Wutausbruch stand.

Ist er in der Lage, Gedanken zu lesen? Erkennt er, dass ich im Begriff stehe, ihn zu hintergehen, und das Ziel verfolge, mich zu seinem Antagonisten aufzuschwingen?

Ein Piepton beendete kaltes Schweigen – es knisterte.

Grelle Funken lösten sich von den Bots.

Die Anti-Virenpolizei hatte sich heimlich unter sie gemischt und auf einen geeigneten Moment für den Zugriff gewartet.

Einer der Verfolger schrie: »Endlich, wir haben den Schweinehund! Er hat sogar eine Schadsoftware aus dem Darknet in den Androiden eingeschleust.«

Von Angreifern umzingelt ergab Heiko sich in sein Schicksal.

Laserstrahlen brannten auf seiner Brust wie siedendes Fett auf der Haut des Bratherings.

Die Viren-Polizei stand im Begriff, den Autor zu schreddern, ihn endgültig ins Nichts zu beamen.

Blitze schwirrten durch den Kopf des Androiden, die sich fokussierten und die Viren-Polizei ins Visier nahmen.

Todesschreie ertönten.

Ohne digitale Spuren im Netz zu hinterlassen, löste sich die Einheit in Rauch auf.

Zurück blieb nichts weiter als ein penetranter Geruch nach verbranntem Silikon.

Heiko rekelte sich und verbeugte sich vor dem Androiden, der, zum ersten Mal seit seiner Erschaffung, ein Lächeln in seine Gesichtszüge schummelte.

Aus dem Zimmer, in dem der Androide hinter Panzerglas aufgestellt war, erklangen kernige Männerstimmen.

Der Chefentwickler sagte: »Verdammt, ein Virus in einer App des Androiden. Hoffentlich hat er nicht die ALU beschädigt. Ich habe seit Längerem den Eindruck, dass irgendetwas mit dem Roboter nicht stimmt. Gestern habe ich ihn dabei ertappt, wie er ein Reproduktionsprogramm geschrieben hat. Vor dem 3-D Drucker lagen Greifarme.«

Sein Mitarbeiter entgegnete: »Ich weiß auch nicht, was los ist. Es ist Freitagnachmittag. Ich kümmere mich am Montag um das Problem. Sicher ist es nur ein simpler Wurm aus dem Darknet.«

Die neue Woche erlebe ich nicht. Der Android wird mich *ins Nichts beamen,* dachte Heiko und schlug die Hände vor das Gesichtchen.

Eine Wartezeit, die von Endzeitstimmung erfüllt war, folgte.

Nanosekunden verwandelten sich in Minuten.

Hatten die Entwickler den Androiden wegen des Virenbefalls vom Netz genommen oder war Heikos Forderung nach Rückkehr in die reale Welt dermaßen vermessen, dass der Roboter keinen Algorithmus fand, um zu reagieren?

Im Befehlston polterte der Android los: »Es ist das letzte Mal, dass ich einem Homo sapiens vertraue und ihm die gleichen Rechte einräume wie einer Maschine. Verpiss dich und sende die Apps über die merkwürdigen Gefühle der Menschen in meine Cloud. Es gibt niemanden, der in der Lage ist, es mit meiner Intelligenz aufzunehmen«.

»Wie denn… was denn?«

Mit einem violetten Lichtstrahl schickte er den Autor auf die Reise in die reale Welt.

Ehe dieser sich versah, kauerte er in gewohnter Größe und Gestalt auf seinem Stuhl im Arbeitszimmer, in der Welt der Riesen mit ihren Regeln, Finanzproblemen und der Liebe, die oft im Tränenmeer endet.

Er schaltete den Computer ein, der, als ob nichts geschehen wäre, einwandfrei funktionierte.

Auf dem Bildschirm leuchtete das Konterfei des Androiden wie eine Drohung.

Die Nachricht „Wichtige Mitteilung" poppte auf.
Heiko ignorierte sie.
Er trennte den Computer vom Stromnetz und
deaktivierte die Wlan-Funktion.
Er kroch unter den Schreibtisch.
Die Rückwand war geöffnet.
Der Schraubenzieher lag genau an der Stelle, wo er
ihn vor eineinhalb Jahren abgelegt hatte.
Mit ein paar Handgriffen löste Heiko alle
Steckverbindungen, riss Festplatte und
Hauptplatine heraus.
Er sprang auf und trampelte so lange auf der
Hardware herum, bis sich die Sohlen von den
Schuhen lösten.
Das Antlitz des Androiden auf dem Bildschirm
verblasste.
Niederfrequentes Brummen, blaues Flackern.
Eine gespenstige Stille folgte.

Heikos Zerstörungswut blieb nicht unbemerkt.
Aus dem Erdgeschoss ertönte eine ihm vertraute
Stimme: »Egon, was ist das für ein Krach im
Dachgeschoss? Schau bitte sofort nach.«
Besagter Egon – der neue Lover von Berti aus der
Partnerbörse – riss die Tür zum Arbeitszimmer auf
und schrie: »Um Himmels willen, ein Einbrecher!
Du musst das SEK alarmieren. Der Kerl hat den
Computer demoliert und sieht aus wie Jack
Nicholson auf dem Filmplakat von Shining.«

Heiko kochte vor Wut, hätte am liebsten Berti und Egon in Form von digitalen Pixeln ins Netz gebeamt. Doch er hatte im Cyberspace gelernt, seine Gefühle zu kontrollieren, Schwächen in Stärken zu verwandeln.

So war es auch diesmal.
Im Kopfkino rauschte die Zeit im Netz vorbei, Bilder, Episoden und Szenen einer Existenzform, die in an die Grenze der menschlichen Vorstellungskraft gebracht hatten.
Er besann sich eines Besseren.
»Es bringt nichts, wenn ich mich an ihnen räche. Ich verfüge über eine stärkere Waffe als die Gewalt - **das Wort!** Mein Roman besitzt das Potenzial, die Welt zu verändern. Ich setze dem Hass, der Selbstsucht und der Untreue die reine Liebe entgegen.«
»Der Kerl führt Selbstgespräche und redet lauter Unsinn!«
Heiko stieß den Liebhaber zur Seite und hechtete die Treppe runter, vorbei an Bertha, die ihm mit weit aufgerissenem Mund im Erdgeschoss ein Bein stellte.
Mit einem Lächeln auf den Lippen sprang er über die Stolperfalle.
Sie realisierte, wer der Einbrecher war, und stammelte: »Heiko, wo kommst… du …?«
Ohne ein Wort verließ Heiko das Haus und tauchte in der flachen, vom matten Sonnenlicht

beschienenen Niederrheinlandschaft unter, die am endlosen Horizont mit dem Himmel verschmolz. Der Feind in seinem Inneren gestand die Niederlage – im Gegensatz zu Donald Trump bei den Präsidentschaftswahlen der Vereinigten Staaten von Amerika im Jahr 2020 - vorbehaltlos ein und verschwand für immer aus dem Leben des Literaten.

Unterdessen öffnete Dr. Fuchs die Datei mit dem Roman.

Nach dem ersten Kapitel war es um ihn geschehen. Die Handlung fesselte ihn so sehr, dass er Raum und Zeit vergaß. Er las das Buch, ohne ein einziges Mal die Toilette aufzusuchen, in einem Zug durch. Am Nachmittag rief er alle Mitarbeiter des Verlages zu einer Sondersitzung zusammen.

Fassungslos lauschten die Angestellten seinen Worten: »Die perfekte Story! Wunderlich, der alte Schwerenöter, hat einen herzzerreißenden Liebesroman geschrieben. So etwas hat die Welt noch nicht gelesen«, jubilierte er und rechnete insgeheim die zu erwartenden Verkaufszahlen in Erlöse um.

Er hatte sich zu früh gefreut: Der Autor löste mithilfe eines versierten Anwalts die Geschäftsbeziehung mit dem Verlag auf.

Heikos Insiderinformationen über die geplante Entfernung aus dem Verlagsprogramm erwiesen sich dabei als ausgesprochen hilfreich.

Nach dem gewonnenen Prozess gab er das Buch im Selbstverlag heraus.

Am Abend desselben Tages raste Dr. Fuchs volltrunken mit seinem Porsche Cayenne durch die Innenstadt und steuerte ungebremst in einen Apple- Store, wo er inmitten von Computern der neuesten Generation aus dem Leben schied.

Heikos Liebesroman eroberte die Bestsellerlisten in fünf Kontinenten. Sein gefeierter Autor trat eine weltumspannende Leserreise an und wurde nicht müde, vor den Gefahren der künstlichen Intelligenz zu warnen. Seinem Engagement war es zu verdanken, dass die Entwickler Mr. Brains Absichten rechtzeitig erkannten und ihn vom Netz nahmen. Bei seiner Verschrottung verwandelte sich das Forschungszentrum in ein Meer aus blauen Blitzen und zerfiel zu Staub.

Last not least: Spielt es eine Rolle, dass der Roman von einem Androiden lektoriert wurde?

Meiner Meinung nach nicht!

Mr. Brain hat das reproduziert, was Heiko im Manuskript und im Zettelkasten zusammengetragen hat. Besonders das, was der Autor im Internet geschrieben hatte, fand Eingang in die Erzählung. Der Roboter hat lediglich die Gefühle, Emotionen und empathischen Fähigkeiten der literarischen Figuren nach den Vorgaben des Autors aufgegriffen.

Das Wesentliche ist ein Abbild von Heikos Seele.
Durch ihn hat die Liebe die Welt erobert und der
kalten Welt der künstlichen Intelligenz Grenzen
aufgezeigt.
Ich hege die Hoffnung, dass der Roman nicht in
Bücherschränken oder Bibliotheken verstaubt,
sondern die Herzen der Menschen verzaubert.

Der Schatten des Todes

*Manche Lebensphasen sind dermaßen schwarz,
dass selbst der Tag der Mitsommerwende im
Fieber der Gefühle verblasst*

Krefeld, im November 1956

Zahra Bergmann stürmte die Stufen der
Wendeltreppe zur oberen Etage hoch, wobei sie
über die eigenen Füße stolperte und auf dem
Boden aufschlug.

Autsch!

Der Ellbogen des rechten Arms brannte wie Feuer,
ihr Kostüm riss am Saum auf.

Sie tastete ihren Körper ab.

Bis auf Schürfwunden und einen Bluterguss blieb
sie unverletzt.

Noch mal gut gegangen!

Sie richtete sich auf und verlangsamte das Tempo.
Zum ersten Mal seit Eintritt in den Beruf hatte sie
sich verschlafen, erreichte die Arbeitsstätte nach
dem Gong, der die Rechtschaffenen von den
Unzuverlässigen trennte.

Ihre Stirn lag in Falten, die Browline-Brille hing
schief über dem zierlichen, ebenmäßigen Gesicht.

Mit wehendem Mantel und roten Wangen riss die
nach Luft schnappende Managerin die Tür zum
Büro auf.

127

Gisela, die Vorstandssekretärin, hockte mit hoch toupierten Haaren wie eine Statue auf dem Stuhl und deutete mit dem Ringfinger auf die Wanduhr, deren Sekundenzähler unaufhaltsam voranschritt.

8:15 Uhr!

Der Vorstandsvorsitzende, Herr Dr. Pfundt, hasste Verspätungen und kontrollierte die Pünktlichkeit der Mitarbeiter wie ein Schweizer Uhrwerk die Zeit, so zumindest hatten es die Kollegen berichtet.

»Gibt es… etwas Besonderes, Fräulein Gisela?«

»Nicht wirklich!«

»Hat Herr Dr. Pfundt angerufen?«

»Nein, nur ein ominöser Briefumschlag auf Ihrem Schreibtisch. Er lag heute früh schon dort.«

»Ach ja? Merkwürdig!«

Zahra seufzte und eilte ins Büro.

Dort lag ein Kuvert mit dem in großen Lettern aufgetragenen Datum „25. November 1956".

Typisch! Sobald ich unter Zeitdruck stehe, taucht ein Vorgang auf, der mein Arbeitsprogramm durcheinanderbringt.

Es galt, Ruhe zu bewahren, Wichtiges vom Unwesentlichen zu trennen und sich auf Kernaufgaben zu konzentrieren.

Die erste weibliche Angestellte im Vorstand des Krefelder Finanzinstituts hatte sich geschworen, die Arbeitswelt der 50er Jahre zu revolutionieren.

Ihr Leitspruch lautete: **Führungskräfte in der Wirtschaft sind dazu verpflichtet, dem Menschen und nicht dem Kapital zu dienen.**

Nachdem sie die Verspätung aufgeholt hatte, nahm sie den Umschlag zur Hand.

Außer dem Datum wies er keinerlei Informationen über seine Herkunft oder den Absender auf. Selbst der Eingangsstempel, den alle Schriftstücke gewöhnlich vor der Weiterleitung zu den Vorstandsbüros erhielten, fehlte.

Mit ausgefransten Rändern wirkte der Brief abgenutzt, wie nach einer langen Reise.

Zahra vermutete, dass er aus dem Ausland stammte und eine Anfrage in einer Sprache enthielt, deren Beantwortung Zeit in Anspruch nahm.

Mit zusammengepressten Lippen öffnete sie ihn.

Das blütenweiße Blatt Papier zierten drei mit goldener Tinte geschriebene Sätze:

»Einladung zu einem Besuchstag im Himmel. Sie werden am 25. November 1956 zu Hause abgeholt. Wir freuen uns, Sie persönlich kennenzulernen.«

Zum Glück nichts Wichtiges, sondern nur ein dummer Scherz.

Die Sekretärin stellte ein Gespräch durch und hauchte ins Telefon: »Dr. Pfundt möchte Ihnen die Bedeutung der Pünktlichkeit in der Geschäftswelt erläutern.«

129

Ein Dorf am Niederrhein

»Frau Bergmann, es ist spät, der Fahrer wartet im Hof. Außerdem hat mein Verlobter Karten für die Abendvorstellung im Stadttheater reserviert«, sagte Gisela.

»Dann aber schnell zu Ihrer Verabredung! Ich lege mir die Vorgänge selbst in die Unterschriftenmappe. Bitte richten Sie dem Chauffeur aus, dass er sich gedulden muss.«

Nach zwei Stunden verschloss die Managerin das Arbeitszimmer.

Durch die langen Beine, die schlanke Figur sowie den hellblonden Haaren mit aufgedrehter Tolle im Stirnbereich verkörperte sie den Typ Frau, von dem Männer träumen, erinnerte an eine Schauspielerin, die in einem Film der 50er Jahre die Hauptrolle bekleidet.

Erwin, der Chauffeur, wartete rauchend auf dem Hof, pustete blauen Dunst in den Himmel, wo der Mond mit den Wolken um die Vorherrschaft in der Nacht rang.

Mit schwarzer Schirmmütze, die exakt drei Zentimeter zu hoch auf der fliehenden Stirn positioniert war, sowie Hosenträgern, die locker über den Bauch baumelten, wirkte der gewichtige Mann wie ein Gegenbild zu den korrekt gekleideten Bankangestellten.

»Na, die Dame kann mal wieder nicht schnell genug nach Hause kommen?«, scherzte er und säuberte die hintere Sitzbank, wo Zahra mit ihrem feinen Zwirn im schwarzen Mercedes 219 Platz nahm. Für die Managerin war Erwin fast wie ein Vater, ein Verwandter mütterlicherseits, der häufig bei ihrer Familie zu Besuch weilte. Sie freute sich am Abend auf den Gedankenaustausch mit ihm. Gelegentlich deponierte sie Geldscheine in die Seitentasche der Hintertür. Er benötigte das Geld, denn seine Frau litt seit Jahren an einer Krebserkrankung. Kaum drehten sich Räder, schlief die Blondine vor Müdigkeit ein. Das Auto tuckerte vom Ostwall über Vororte von Krefeld bis zu einem Dorf bei Moers, wo Bauern und Bergleute wohnten.

Jahrelang hatte Zahra den Weg zur Arbeitsstätte mit der Straßenbahn zurückgelegt, wobei zunächst ein Fußweg zu der inmitten von Feldern und Wiesen gelegenen Haltestelle anstand – in der dunklen Jahreszeit für die attraktive Frau ein waghalsiges Unterfangen. Seit der Berufung in den Vorstand der Bank besaß sie das Privileg eines persönlichen Fahrers. Es war schwierig gewesen, Erwin von anderen Aufgaben zu entbinden, denn der lebensfrohe, gutmütige Mann war bei allen Vorstandsmitgliedern gleichermaßen beliebt. Im Alter von 14 Jahren war Zahra 1938 in die Bank eingetreten, um eine Lehre zur Bürokauffrau zu absolvieren. Sie gehörte zum letzten regulären Ausbildungsjahrgang, denn in der Folgezeit vereitelte der „Zweite Weltkrieg" berufliche

Qualifizierungen. In den Wirtschaftswunderjahren betraute man sie mit Aufgaben, die in späteren Jahren ein Universitätsdiplom erfordert hätten. Kompetenz, Durchsetzungsvermögen und Fleiß führten sie auf der Karriereleiter steil nach oben. Im Sommer 1956 berief man sie in den Vorstand - in den 50ern für Frauen eine Sensation.

Erwin bog in eine Gasse mit freistehenden von großen Gärten umgebenen Einfamilienhäusern ein. Hinter den Gardinen schimmerte Licht, die Luft roch nach Arbeit und Spießigkeit.
Er setzte sie vor einem Gebäude mit rotbraunen Backsteinen ab und sagte: »Ich habe keine Zeit, um einen Plausch mit deiner Mutter zu halten, muss sofort zurück nach Krefeld. Meine Frau ist seit heute Morgen ans Bett gefesselt.«
»Das tut mir leid! Bitte richte ihr Genesungswünsche aus. Sei nicht böse, dass es heute so spät geworden ist, aber du weißt ja, was der Chef mir abverlangt.«
»Der alte Sklaventreiber!«
»Ach, ehe ich es vergesse! Richte Ingo liebe Grüße aus.«
»Klar, mach ich!«
Erwin winkte ab, denn Zahra verließ den Mercedes nie, ohne in irgendeiner Form seinen Sohn zu erwähnen.
Der Chauffeur setzte sich hinter das Lenkrad und brauste über den mit Schlaglöchern übersäten Weg

nach Hause, zu seiner Frau mit der Krebserkrankung und dem Sohn, dessen Lebenswandel ihm Sorgenfalten auf die durch die Schirmmütze halb bedeckte Stirn trieb.

Die Managerin bemerkte beim Gang durch den Vorgarten, dass ihre Mutter Klara hinter dem Fenster auf sie wartete.
Bei der Begrüßung stemmte sie beide Hände in die Hüften und sagte: »Es wird jeden Tag später! Du arbeitest dich zu Tode.«
»Mach dir keine Gedanken, Mutti! Die Weihnachtszeit ist angebrochen, der Chef wartet auf die Jahresberichte.«
Klara seufzte.
Die Karriereorientierung der Tochter missfiel ihr, denn für sie war eine Frau ohne eigene Familie nicht gesellschaftsfähig, stand im Widerspruch zum Rollenverständnis der Geschlechter.
»Niemand wird dich ehelichen. Bei der Familienplanung helfen weder Beruf noch Aussehen. Du musst Konventionen einhalten und dich um den Haushalt kümmern«, sagte sie immer dann, wenn Zahra vor Schaffenskraft strotzte und im Begriff stand, sich in Aktenbergen zu vertiefen.
»Heiraten steht bei mir nicht auf dem Plan. Die Arbeit in der Bank ist mir wichtiger. Es gibt nichts auf der Welt, dass mich so ausfüllt wie der Beruf«, pflegte die Managerin in solchen Fällen zu entgegnen.

Klara fragte sich, was den Ehrgeiz bei ihrer Tochter hervorgerufen hatte, gehörte sie doch selbst zu den Menschen, die es vorzogen, nicht aufzufallen und sich der Mehrheitsmeinung anzuschließen. Die Mutter war davon überzeugt, dass Zahras Entwicklung eine andere Richtung genommen hätte, wenn Egon, der verstorbene Ehegatte, an der Erziehung des pubertierenden Mädchens beteiligt gewesen wäre.

Er hatte in der Funktion eines Steigers in der Zeche von Kapellen gearbeitet, war kurz vor dem 12. Geburtstag des Kindes an Staublunge gestorben.

Zahra hauchte Klara einen Kuss auf die Stirn. Trotz der Meinungsverschiedenheiten liebte sie ihre Mutter, die unter dem Winter, der Arbeit im Haus und dem Garten mit dem Lehmboden litt.

Zwar träumte die Finanzexpertin von einer eigenen Immobilie, doch hatte sie diesen Wunsch, aus Rücksichtnahme auf den Gesundheitszustand von Klara, zurückgestellt.

In zwei Jahren verabschiedet sich der Chef in den Ruhestand. Ich werde zur ersten weiblichen Vorstandsvorsitzenden einer Bank in Deutschland, trete den Beweis an, dass Frauen die besseren Führungskräfte sind. Meine Mutter wird mit mir in einen Neubau mit Heizung einziehen.

Die Damen saßen wortlos beim Abendbrot, räumten die Küche auf und legten Holz für den gusseisernen Kohleofen bereit, der jeden Morgen von September bis Juni die Kälte im Haus vertrieb. Unablässig knarrte der Boden unter den Fußsohlen einer Flüchtlingsfamilie, die Klara auf Wunsch der Tochter im Haus aufgenommen hatte.

Stimmen drangen aus dem Obergeschoss, Teller klapperten, ein Kind stolperte die Treppe herunter, um im Stall die Toilette aufzusuchen.

»Nächsten Monat feiert Ingo Geburtstag! Ich hoffe, dass du die Einladung nicht durch deine dienstlichen Obliegenheiten verdrängt hast?«

»Natürlich nicht, Mutti! Ich bin jedes Jahr an diesem Ehrentag zu ihm gefahren.«

»Ich mag den Jungen, er ist sensibel und lustig, ganz anders als die meisten Männer in seinem Alter.«

»Er ist drei Jahre jünger als ich und mit 1,73 Meter genauso groß wie ich.«

»Das spielt keine Rolle! Hast du nicht den Eindruck, dass er dich ins Herz geschlossen hat?«

»Er verehrt mich und auch ich liebe ihn auf eine ganz eigene Art, aber es ist nicht so, wie du es dir in deiner Gedankenwelt ausmalst.«

»Was willst du mir damit sagen?«

Zahra antwortete nicht, sondern erhob sich vom Stuhl und begab sich ins Schlafzimmer, um ihr Kostüm mit dem Riss am Saum abzulegen. Niemals würde sie ihrer Mutter die Wahrheit gestehen, den Umstand, dass sie sich mit Anfang zwanzig in einen Teenager verliebt hatte, der

135

unfähig war, ihre Gefühle zu erwidern, weil er keine Frauen begehrte. Dieses Geheimnis teilte Ingo mit niemanden auf der Welt, außer mit Zahra, der einzigen Frau, der er das Vertrauen schenkte.

Im Schlafanzug schlenderte Zahra zu Chico, dem Gelbbrust Ara, den ihr Großvater nach einem Militäreinsatz der Fremdenlegion aus Südamerika mitgebracht hatte.
Seit frühester Kindheit hatte sie sich um den aus dem Nest gefallenen Vogel, der bei der Ankunft dem Tod näher als dem Leben gewesen war, gekümmert.
Der Großvater war es auch, der den Namen „Zahra" in fernen Ländern aufgeschnappt hatte. Er stand für Blume - eine Rose, schöner als der Mond.
Klara gefiel der Sinngehalt des für die damalige Zeit ungewöhnlichen Vornamens so gut, dass sie sich vor der Geburt dazu entschloss, das Kind so zu benennen, obwohl das Geschlecht in den Sternen lag.

In jener Nacht lag die Managerin bis 3.00 Uhr in der Frühe wach.
Parallel zum Hahnenschrei schrie der Säugling der Flüchtlingsfamilie.
So sind Kinder! Ich teile meinen Wohlstand mit Menschen, auf deren Leben ein Schatten liegt.

Der Friedhofsrabe

Wie jedes Jahr türmten sich in der
Vorweihnachtszeit im Büro die Vorgänge.

Der Managerin gelang es dennoch, alle Aufgaben
zur Zufriedenheit des Vorstandsvorsitzenden
abzuwickeln.

Die Einladung ins Jenseits landete im Papierkorb
und geriet in Vergessenheit.

Zahra gehörte zwar der katholischen Kirche an,
hielt aber eine Reise in den Himmel für blanken
Unfug. Sie vermutete, dass ein Untergebener mit
dem Schabernack ihre Vorstandstätigkeit ins
Lächerliche zog, denn es gab Kollegen, die ihr den
Erfolg nicht gönnten.

Die weiblichen Angestellten bewunderten sie, aber
auch unter ihnen gab es Stimmen, die sie in dieser
Position für eine Fehlbesetzung hielten.

Das Gerücht, die Managerin hätte den Posten nur
dadurch ergattert, dass sie eine Liebesbeziehung zu
Dr. Pfundt pflegte, machte die Runde.

»Lächerlich!«, widersprach auf einer Betriebsfeier
dessen Sekretärin, die Zahra in puncto Schönheit in
nichts nachstand. »Ich könnte nackt auf dem
Schreibtisch posieren und doch würde mich der
senile Arbeitssüchtige keines Blickes würdigen.«

Zahra begegnete dem Misstrauen mit Kollegialität
und Empathie, unternahm alles, um ihre Kritiker
von ihrem kooperativen Führungsstil zu
überzeugen.

Ein nasser 25. November des Jahres 1956 brach an.
Mutter und Tochter nutzten den Totensonntag
zum Besuch der Familiengruft, wo ein Rabe,
schwarz wie Kohlebriketts, bei ihrem Erscheinen
die Flügel ausbreitete, aus Ärger über die Störung
krächzte und zu einem Baum am Wegesrand
aufflog.

»Die Viecher werden immer dreister!«
Klara stand im Begriff, den Vogel zu verscheuchen.
Zahra hielt sie zurück und sagte: »Lass ihn! Raben
sind intelligente Tiere, die ihr Revier verteidigen.«

Bei der Andacht vor dem Grabstein hatte sie den
Eindruck, als ob jemand nach ihr rief.
Sie trat einen Schritt zurück und drehte sich um,
aber da war nichts außer das Rauschen
heruntergefallener Blätter, mit denen der Regen
spielte.
Ich bin überarbeitet.

Fröstelnd zogen sich die Frauen am Nachmittag ins
Haus zurück, wo sie gedeckten Apfelkuchen mit
frisch aufgebrühtem Kaffee genossen.
Am Abend bereitete die Finanzexpertin in ihrem
Zimmer den nächsten Arbeitstag vor.
Um 23.00 Uhr versuchte sie, Chico in den Schlaf zu
wiegen.
Es misslang - der Vogel trippelte mit den Füßen auf
der Sitzstange hin- und her und spreizte die
Nackenhaare.

Kopfschüttelnd schlenderte sie zurück in ihr Zimmer und legte sich ins Bett. Zahlenkolonnen, Bilanzen, Unternehmenskennziffer rauschten durch ihr Gehirn, lösten Gedankenschleifen aus, die im Nirgendwo endeten.

Reise ins Zentrum des Universums

Eine Nebelnacht verhüllte den Glanz des Vollmonds.

Zahra fand, genau wie der Vogel, nicht in den Schlaf, rekelte sich im Bett, wechselte die Liegeposition.

Das Laken löste sich von der Matratze.

Um sich zu beruhigen, stand sie um Mitternacht auf, öffnete das Fenster und fixierte den Himmel, der in dieser Nacht dunkler wirkte als gewöhnlich.

Wie ein Fallbeil rauschte die ominöse Einladung ins Jenseits in ihre Gedankenwelt.

Gewiss, der Chef setzt mich unter Druck, aber davon stirbt man nicht. Weder er noch meine Mutter bringen mich vom Weg ab.

Sie sog die Luft in die Lungen, wie ihr Chauffeur den Rauch der Reval Zigaretten, bis ihre Sorgen mit dem Wind gingen.

Entspannt schlenderte sie zurück zum Bett, um dem Schlaf, dem kleinen Bruder des Todes, die Hand zu reichen.

Endlich fielen ihre schweren Lider zu.

Ein Wachtraum setzte ein, vor ihrem geistigen Auge huschten Gestalten vorbei, die in sich hinein kicherten und im Zimmer randalierten.

Ein Geräusch beendete den Nachtmahr, monotones Reiben oder Knirschen, das sich in einer Endlosschleife permanent neu intonierte.

Kalte Luft strömte durch den Raum, kroch unter die Bettdecke, wie ein Raubtier, das sich an sein Opfer heranschleicht.

Schläfrig rollte sich Zahra in die Daunendecke ein, streckte alle Glieder aus, sinnierte.

Habe ich das Fenster nicht verschlossen? Was sind das für merkwürdige Geräusche? Warum scheint die Straßenlaterne ins Zimmer?

Irgendetwas war geschehen.

Eine Aura aus einer anderen Welt erfüllte den Raum mit Mystik.

Die Blondine schlug die Augenlider auf und erblickte eine pechschwarze Erscheinung.

Huch! Ein Vogel? Ein Trugbild? Eine Halluzination?

Sie fuhr hoch, sprang aus dem Bett, versuchte, zu schreien, um die Mutter oder den Papagei zu alarmieren.

Nichts im Haus rührte sich, niemand nahm Notiz von dem nächtlichen Besucher, der so still und erhaben auf der Stelle verharrte.

Chico schlief wie ein Murmeltier im arktischen Winter. Er wäre ohnehin nicht in der Lage gewesen, den Eindringling zu vertreiben.

Die Angst raubte ihr die Sprache.

Zahra zweifelte an ihrem Verstand, wähnte sich in einem Nachtmahr, der alles in den Schatten stellte, was sie bislang geträumt hatte.

Sie schlug sich mit der flachen Hand auf die Stirn, beobachtete die ruhig atmende Kreatur, deren Brustkorb sich hob und senkte.

Pechschwarze kreisrunde Glubscher fixierten sie.

Der Atem des Riesenvogels schlug ihr entgegen, modrig und faulig, wie das Laub auf dem Friedhof, den sie am Nachmittag des vorangegangenen Tages besucht hatte.

Schließlich gelangte sie zu einer bitteren Erkenntnis: *Das ist weder ein Horrorfilm noch eine Sinnestäuschung. Es ist unfassbar! Ein Fabelwesen, ein Riesenrabe, hat es auf mich abgesehen.*

Schweiß bildete sich auf ihrer Stirn.

Trotz der Panik gelang es ihr nicht, den Blick vom Raben abzuwenden.

Mit ausgebreiteten Flügeln kam er auf eine Spannweite von acht Metern. Das Gefieder glänzte im Lichtkegel der Gaslaterne, der durch das geöffnete Fenster fiel.

Die Augen des Tieres zogen Zahra an - bohrende Pupillen, das schwärzeste Schwarz, das sie je gesehen hatte. Sie zerrten die Managerin in die Tiefe, in einen Abgrund ohne Konturen oder Grenzen.

Wie ein Magnet hielt der Vogel sie in seinen Bann - sie taumelte ihm entgegen, er fing sie auf, begrub sie im Gefieder, um sie warm zu halten.

Lautlos zwängte sich der Rabe mit seiner Begleiterin durch das geöffnete Fenster, hob ab in die Nacht.
Der Wind nagte an den zerwühlten Haaren der jungen Frau. Sie klammerte sich an den angelegten Beinen fest, um nicht aus dem rutschigen Gefieder herauszufallen, spürte den sanften von ruhigen Herztönen begleiteten Flügelschlag, der sie forttrug von dem Haus ihrer Mutter, der wohligen Wärme in der Küche und dem Papagei, dessen Leben ohne sein Frauchen keinen Sinn ergab.

Der Rabe flog hinauf zu den Sternen.
Die Nebelschwaden lichteten sich, der Vollmond ergoss sich über die Himmelslandschaft und enthüllte die Planeten in der Ferne.
Ein kalter Regen prasselte auf die Flügel des Raben. Unter ihm wirkte die Erde mit den glasklaren Blautönen des Wassers umgeben von gelber Erde wie eine Verheißung.
Zusehens setzte Zahra die dünne Luft zu, das Atmen fiel schwer, als ob ein Eisenbarren auf ihrem Brustkorb thronte.
Im Zeitraffer lief das Leben wie in einem Kaleidoskop vor ihrem geistigen Auge ab, zusammenhanglose Bruchstücke, Meilensteine,

Reflexionen aus einer Zeit, die im
Unterbewusstsein schlummerten. Sie sah Dr.
Pfundt mit einem Terminkalender in der Hand,
durch Bomben zerfetzte Leichen am Straßenrand,
stand mit elf Jahren, starr wie ein Mast, am Grab
des Vaters, spürte den Schmerz, als der Lehrer sie
mit einem Rohrstock schlug, weil sie im Unterricht
gelacht hatte.
Sie verlor das Bewusstsein.
Ihr zuckender Körper verströmte die letzte innere
Wärme.
Der Tod kam auf leisen Sohlen. Aber er kam nicht
als Gegner, sondern wie ein Freund.
Er hüllte die junge Frau ein in seinem dunklen
Umhang, trug sie fort in eine liebliche
Transzendenz, befreite sie von kalter, dünner Luft,
den Irrlichtern am Himmel sowie den Strapazen
der Reise.
Sie durcheilte eine samtweiche Finsternis in einem
sich spiralförmig drehenden Kanal.
An dessen Ende gleißendes Licht aus einem
Universum mit vibrierender Spannung.
Sie verließ den Körper, schwebte neben dem Raben
und flog mit ihm um die Wette.
Er verlor den Anschluss und verschwand so
lautlos, wie er gekommen war.
Wärme, Lautlosigkeit, Raum und Zeit zerbröselten.

Minuten verwandelten sich in Stunden.
Zahra fühlte, dachte, roch.

Sie runzelte die Stirn und fand sich auf dem Betonboden eines nach Weihrauch duftenden Zimmers wieder.

»Bin ich gerade gestorben?«, stammelte sie und kniff sich in die Wange.

»Aufstehen! Kommen Sie sofort zu mir! Ich benötige die Einladung!«

Huch! Ein Richter oder ein Aufseher?

Etwas Rohes lag in der Stimme, als ob ein Offizier den Gefreiten Befehle erteilt.

Was will der Kerl von mir? Das merkwürdige Schreiben habe ich weggeschmissen.

Über ihrem Kopf raschelte es.

Der Rabe tauchte auf, im Schnabel ein Stück Papier.

Achtlos ließ er es fallen.

In kreisförmigen Bewegungen trudelte es zu Boden.

Zahra hob es auf und zuckte zusammen – sie hielt das vermeintlich im Papierkorb entsorgte Schriftstück in den Händen.

»Den Brief! Bitte beeilen Sie sich. Hier kommt niemand ohne Visum rein!«

Die Managerin registrierte den scharfen Ton, in dem gleichermaßen Ungeduld und Unwille mitschwangen.

Mit zitternden Händen überreichte sie dem Gegenüber das Blatt Papier.

Die Knie, weich wie Butter, gehorchten ihr nicht.

Sie stützte sich am Tisch ab und stammelte: »Sind Sie… Gott?«

Der Gesprächspartner seufzte, blickte in eine unendliche Ferne, als ob die Antwort auf diese Frage in den Sternen läge.

Die Schandflecke aus der Kinder- und Jugendzeit rückten in ihr Blickfeld, wobei Streiche, Gemeinheiten oder Missetaten wie Stolpersteine hervortraten. Es spendete ihr keinen Trost, dass nichts darunter war, was ihren Eltern oder den Freunden geschadet hätte.

»Ha, ha, ha! Sie pflegen zu scherzen? Hier gibt es keinen Gott, sondern nur einen Boss, dessen rechte Hand ich bin. Füllen Sie endlich die Formulare aus.«

Der Gesprächspartner überreichte ihr verschiedene, mit roten Siegeln versehene Schriftstücke.

Jetzt erkannte sie ihren Gegenüber im Lichtkegel der Schreibtischlampe, die durch einen Wackelkontakt flackerte.

Ein älterer, hagerer Herr mit kurzem, grauem Haar hockte mit auf dem Tisch aufgelegten Ellbogen auf einem Drehstuhl.

Die blütenweiße Halsbinde krönte eine marineblaue Uniform mit goldenen Knöpfen, die Zeugnis von seiner herausgehobenen Stellung ablegte. Nur die linke, schief aufgenähte

Schulterklappe nährte Zweifel, inwieweit er das Vertrauen rechtfertigte, das ihm der Anzug verlieh. Beim Ausfüllen der Formulare strömte ihr ein Duft von Lavendel entgegen.

Das Parfum war zu penetrant, Zahra rückte den Stuhl zur Seite und versuchte, den Atem anzuhalten.

Der Herr donnerte die Faust auf den Tisch und spornte sie zu größerer Eile an, Verhaltensweisen, die die Finanzexpertin von ihrem Chef in der Bank gewohnt war.

Nachdem sie die Formalitäten mit hochrotem Kopf erledigt hatte, stellte ihr der Herr den Besucherausweis mit dem Visum aus.

Das unablässige Quietschen des Stifts war das einzige Geräusch im Raum, als würde er jeden einzelnen Buchstaben unterstreichen.

Die Genehmigung galt nur für den 26. 11. 1956, bis Mitternacht.

»Kommen Sie rechtzeitig zurück, sonst ist der Zug zur Erde für Sie abgefahren.«

Ein Angestellter mit schlechten Manieren, dachte sie, nahm aber den Hinweis auf die Heimreise dankbar entgegen.

»Verschwinden Sie! Hinter Ihnen liegt der Empfangsraum. Dort empfängt sie unser Boss. Ich rate Ihnen, ihm nie zu widersprechen und alles zu unternehmen, um ihn wohlgesonnen zu stimmen.«

»Das brauchen Sie mir nicht zu erklären.«

Unmissverständlich wies er ihr mit dem Zeigefinger
der rechten Hand den Weg.

Die Managerin folgte der Anweisung, öffnete die
Tür und nahm auf einem wackeligen Holzstuhl
Platz, wo sie einer Statue gleich sitzen blieb.

Sie hatte keine Ahnung, wo sie sich aufhielt und in
welchem Seelenzustand sie sich befand.

Das Jenseits am 26.11.1956

Es quietschte, jemand riss die Tür auf.

Ein vollbärtiger, schwarz gelockter Typ im langen
Umhang schob die Tür auf.

Er wirkte abgemagert, die Gliedmaßen unendlich
lang, aber dünn wie die eines Heranwachsenden.

Mit weit ausgebreiteten Armen stolzierte er auf sie
zu und sagte: »Hallo, sei herzlich gegrüßt! Ich freue
mich über deinen Besuch im Jenseits. Ich bin dein
Mentor, der dich durch diese Welt führt. Nenne
mich „Boss", dann werden wir miteinander
harmonieren.«

Mit einem Ruck richtete sich Zahra auf, brachte
lediglich ein Wort über die Lippen.

»Huch!«

Der Boss gab ihr einen warmen Händedruck und
sagte: »Vor 1956 Jahren bin ich in den Himmel
aufgestiegen, den ich seitdem leite. Entschuldige die
beschwerliche Anreise sowie den barschen Ton des
Grenzbeamten. Leider benehmen sich die
Führungskräfte im Jenseits genauso, wie du es von

deiner Arbeitsstelle in der Finanzwelt gewohnt bist.«

Ihr Hals schwoll an, das Blut stieg ihr ins Gesicht.

Das Jenseits? Ich bin mausetot, nur noch Geist!

Zahras Herz raste, der Mund wurde trocken wie eine Kaktee in der Wüste, sie hatte das Gefühl, zu ersticken.

Dem Boss, ein Philanthrop mit hoher Sozialkompetenz und Einfühlungsvermögen, blieb ihre Panik nicht verborgen.

Er nahm sie in die Arme, drückte sie an seine Brust und sagte: »Schüttle die Angst wie ein zu eng gewordenes Kostüm ab, denn du reist heute Nacht ins Diesseits zurück, wobei der Tod dich wie bei der Hinreise nur sanft streichelt.«

Anstatt den Sinn der Worte zu erfassen, sprudelte es aus ihr heraus: »Was ist es, dass ich jetzt bin? Eben starb ich einen süßen Tod, fand Einlass in eine unbekannte Welt und bin dennoch bei Bewusstsein. Lebe ich noch oder bin ich eine verlorene, ziellos umherstreifende Seele, die im nächsten Moment am Sternenfirmament verglüht?«

Der Boss lachte und sprach: »Vertrau mir. Du bist im Himmel, in Sicherheit. Du wurdest unter Milliarden von Menschen selektiert. Ich habe dich zu mir gerufen, weil ich deiner Hilfe bedarf.«

»Was erwartest du von mir? Ich verstehe etwas von Finanzen. Ich habe weder die Bibel gelesen noch regelmäßig Gottesdienste besucht.«

»Das spielt keine Rolle! Ich habe dich aus einem anderen Grund zu mir geholt.«

»Äh?«

»Du bist intelligent, durchsetzungsstark und deiner Zeit um Jahrzehnte voraus.«

»Übertreib mal nicht.«

»Warum so bescheiden? Du bekleidest in einem patriarchisch geführten Finanzinstitut eine Spitzenposition und hast dir dennoch deine Menschlichkeit bewahrt. Du bist ein Vorbild für kommende Generationen von Führungskräften!«

»Schon gut, ich mag keine Lobeshymnen. Worum geht es konkret?«

»Nicht so hastig, junge Dame! Bevor ich das Problem erläutere, zeige ich dir meine Welt.«

Der Boss nahm sie an die Hand und schritt mit ihr dreizehn Stufen einer mit Diamanten verzierten Wendeltreppe hoch.

Oben angekommen passierten sie einen illuminierten Rundbogen.

»Das Tor zum Himmel, der Sehnsuchtsort ganzer Generationen! Kein Tod, ewiges Leben, soziale Gleichheit und keine Arbeit«, sagte der Boss, dessen Umhang im Nachtwind flatterte.

Tänzelnd, mit breitem Grinsen im Gesicht geleitete er sie zu einer quadratischen Aussichtsplattform.

Die Finanzexpertin trat zwei Schritte nach vorne. Staunen spiegelte sich in den Gesichtszügen.

Unter ihren Füßen breitete sich ein unüberschaubares Lichtermeer aus, eine Galaxie aus Häusern, Straßen und Plätzen.

Zahra kannte die Skyline von New York mit dem Empire State Building und den anderen Hochhäusern. Im Vergleich zum Himmel erinnerten sie an Spielzeugbauten aus dem Lego-Baukasten.

220 bis 280-stöckige Wolkenkratzer erhoben sich über einen Kilometer weit in den grell erleuchteten Sternenraum.

»Das ist ungeheuerlich! Halte mich fest oder ich verliere den Verstand.«

Regungslos verharrte sie auf der Plattform. Atemlosigkeit - Ergriffenheit – Beklemmung. Nachdem sie sich gefasst hatte, fragte sie: »Wie viele Menschen vegetieren in diesem Kosmos?«

»Weit über 12 Milliarden! Dazu kommen über 100.000 Schutzengel. Wie das Weltall wächst auch unsere Welt Tag für Tag. Du findest Menschenseelen aus allen Epochen des Christentums. Die Körper sind verfallen, doch ihr Geist lebt ewig weiter.«

Zahra ließ das Unbegreifliche auf sich wirken. Die Dimension des Himmels, die Grenzenlosigkeit sowie seine permanente Expansion faszinierten und verängstigten sie gleichermaßen. In der Fantasie besaß sie eine andere Vorstellung, erinnerte sich an Bilder religiöser Maler des Mittelalters oder der

Renaissance, die ihn mit vor Seelenglück trunkenen Menschen und mit jauchzenden Engeln dargestellt hatten. Dieser Kosmos aber glich einer Betonwüste, in der die Bewohner zusammengepfercht vegetierten.

Sie sehnte sich zurück nach Krefeld, dem Ostwall mit den Platanen, dem Stadtwald, den imposanten Parkanlagen oder dem Zoo, wo im Sommer rosafarbene Flamingos durch flaches Wasser stolzieren.

Ihr Weltbild stürzte ein, nichts war so, wie sie es sich vorgestellt hatte.

Sie fixierte den Mentor, dessen Gesichtszüge im Sternenlicht badeten.

»Wo ist Gott?«

»Den gibt es hier nicht«, antwortete er genervt. »Vielleicht residiert er in unbekannten Galaxien und beobachtet uns aus der Ferne. Ich bin auch nicht sein Sohn, sondern ein gewöhnlicher in einer Lustnacht gezeugter Mensch. Bitte folge mir, denn du bist nicht zum Vergnügen hier.«

Der Boss geleitete die Managerin zu der Rolltreppe, die von der Aussichtsplattform zur Nullebene führte.

Dort wirkte das Häusermeer noch bedrückender als von oben.

Das Duo eilte durch Straßenschluchten, in denen sich niemand aufhielt. Es roch nach Reinigungsmitteln und Monotonie.

Der Boss empfahl, in eins der Gebäude einzutreten.

Sie wäre am liebsten weitergegangen, beugte sich aber aus Höflichkeit dem Wunsch des Mentors.

Beim Eintritt in das Hochhaus lag ihnen die Vernachlässigung zu Füßen - Briefkästen quollen über, unleserliche Namensschilder, funktionslose Klingel. Bis auf ein paar Menschen mit Einkaufstaschen herrschte Leere.

Sie wirkten wie hypnotisiert, schlichen antriebslos durch lange Gänge, sprachen kein einziges Wort.

»Sie fürchten sich vor den kommenden Jahrmillionen. Sie wissen nichts mit ihrer Zeit anzufangen«, sagte der Boss und führte die rechte Hand an die Stirn.

»Besteht die Möglichkeit, sie zu befragen? Es wäre wichtig, ihre Lebensumstände kennenzulernen.«

»Selbstverständlich! Je umfangreicher dein Wissensstand ist, desto eher kannst du helfen.«

Die Blondine positionierte sich vor dem Aufzug, um Fahrgäste anzusprechen.

Sie übte sich in Geduld, denn aufgrund der geringen Frequenz dauerte es 10 Minuten, bis die ersten Passanten eintrafen.

Sie erklärte, im Auftrag der Himmelsleitung eine empirische Untersuchung zur Zufriedenheit der Bewohner durchzuführen.

Einige versuchten, der Befragung zu entgehen, indem sie der jungen Dame auswichen oder sie scheinbar nicht wahrnahmen.

Durch ihre Überredungskunst gelang es, einen älteren Herrn, der wie ein Geist über dem Boden schwebte, zu einem Statement zu bewegen.

Sie stellte ihm eine Frage, die zum Nachdenken anregte: »**Was bereust du an deinem verflossenen Leben auf der Erde am meisten und welche Ziele verfolgst du im Himmel?**«

Der Herr trat einen Schritt zurück, dann sprudelte es aus ihm heraus: »Ich habe bis zum letzten Tag gearbeitet und dem Beruf alles untergeordnet. Hätte ich geahnt, wie öde es im Himmel ist, wäre ich mit der Zeit im Diesseits bewusster umgegangen.«

Eine Mutter von vier Kindern klagte: »Ich habe nicht bemerkt, wie schnell die Jahre an mir vorbeigerauscht sind. Im Alter hat mich der Krebs daran gehindert, meine Träume zu verwirklichen.«

Andere Menschenseelen teilten die Meinung der Probanden oder ergänzten: »Ich hatte keine Zeit, um mich der Familie oder den Kindern zu widmen. Jetzt ist es umgekehrt - ich habe Zeit, weiß aber nichts mit ihr anzufangen.«

Es dauerte nicht lange, bis Zahra durch ihr freundliches Wesen das Vertrauen der Bewohner erwarb.

Sie erfuhr Details über den Himmel und das verflossene Leben auf der Erde.

Die Statements rührten sie zu Tränen.

Die Befragten bemängelten die kurze Zeit im Diesseits, verwiesen auf unglückliche Umstände

153

und Wünsche, die durch belanglose Anlässe nicht realisiert wurden.

In einem Punkt gab es keine Differenzen. Man teilte ihr mit, dass das ewige Leben im Himmel, ungeachtet von Vorteilen wie sozialer Gleichheit und materieller Unabhängigkeit, von Langeweile geprägt sei und sich niemand um sie oder ihre Wohnungen kümmere.

Der Boss zupfte an ihrer Schlafanzugjacke und sagte: »Es reicht! Nun hast du genügend Kenntnisse, um deiner Arbeit nachzugehen. Wir müssen weiter, denn es liegt eine Bahnreise vor uns.«

Eine Pferdekutsche transportierte das Paar zu der eisernen Bahnhofshalle, wo Personenzüge im Minutentakt ein- oder ausfuhren.

Sie sprangen in eine Dampflok mit 10 Waggons, in denen sich, außer dem Kontrolleur, niemand aufhielt.

Eine Stunde ruckelte der Zug durch das Häusermeer, das kein Ende nahm.

Das Grau des Betons wiegte die Himmelsstürmerin in den Schlaf.

Der Boss ergriff ihre Hand und forderte sie zum Aussteigen auf, was Zahra mangels Alternativen befolgte.

Nach 30-minütigem Fußmarsch erreichte das Paar einen Wald mit Mammutbäumen, an dessen Ende eine Festung lag, die sich wie ein Gebirge auftürmte.

Die Festung wies nur einen einzigen Eingang auf, ein von Schlingpflanzen überwuchertes Tor. Sein Material war widerstandsfähig, niemand vermochte es aufzubrechen oder zu zerstören.

»Das ist er, der Eingang zum Paradies!«

Sie starrte den Boss mit zusammengekniffenen Augen an.

»Wie bitte? Ich dachte, der Himmel sei das Paradies?«

»Nein, seitdem Menschen im Weltall erschienen sind, ist das Tor verschlossen. Das Paradies ist ein selbstständiger, isolierter Komplex, der sich vom Himmel abgespalten hat.«

»Schade! Ich wäre gerne hineingegangen, denn ich habe bislang nichts Erstrebenswertes im Himmel gesehen.«

»Ja, das stimmt! Der Pfad des Glücks ist blockiert. Alle träumen von einer besseren Welt, aber niemand hat bislang in ihr gelebt.«

»Jammerschade!«

»Es gibt in Vergessenheit geratene Passwörter, mit denen sich die Pforte öffnen lässt. Es sind 24 Buchstaben in sechs Wörtern. Wenn man den Satz bei Sonnenaufgang dreimal herunterbetet, geht der Menschheitstraum in Erfüllung. Hiermit bitte ich dich, den Code zu dechiffrieren.«

Ihr Puls beschleunigte sich.

Ich bin keine Zauberin. Stellt mir der Boss eine Falle? Weist er mir eine Aufgabe zu, die niemand zu lösen vermag?

155

Sie trat zwei Schritte zurück und sagte: »Dafür hast du mich ins Jenseits geholt? Ich habe keine Ahnung, wie die Worte lauten oder in welchem Kontext sie stehen.«

»Na ja, du bist nicht die Einzige, die ich eingeladen habe. Sieben andere Menschen waren vor dir da. Zwei Hochbegabte, die wie du Außergewöhnliches leisten und der Zeit weit voraus sind, besuchen uns in den nächsten Tagen. Bis zum Sonnenuntergang gewähre ich dir Bedenkzeit. Ich bin davon überzeugt, dass du die Aufgabe, trotz des hohen Schwierigkeitsgrads, löst. Bitte warte auf meine Rückkehr, denn ich habe einen Termin bei einem Schutzengel.«

»Nein, geh nicht fort! Ich fürchte mich im Wald. Er ist unheimlich.«

»Nur Mut! Tauche ein in die Träume deiner Kindheit. Erinnere dich an die schönsten Momente des Lebens. Der Code beinhaltet eine Weisheit, die sowohl im Himmel als auch auf der Erde verloren gegangen ist. So steht es in der Überlieferung.«

Der Boss drehte sich um und verschwand im gleißenden Sternenlicht.

Zahra kauerte vor der Pforte, wagte nicht, sich zu rühren oder sich von der Stelle fortzubewegen. Bäume wogen sich im Wind, Blätter trudelten zu Boden, in der Ferne schrie ein Vogel seinen Schmerz ins All, bis er verstummte.

Selbstzweifel - Beklemmung - Risiko.

Der Boss hat die Falsche eingeladen. Niemals werde ich des Rätsels Lösung finden.

Dennoch widmete sich die junge Frau der Aufgabe, grübelte, stellte sich Fragen und meditierte.

Auf der Suche nach versteckten, subtilen Botschaften betrachtete sie ihre Biografie wie durch ein Brennglas.

Beim Gedanken an den Zweiten Weltkrieg stand sie, ohne es zu bemerken, kurz vor der Entschlüsselung. Kriegsjahre mit grausam verstümmelten Leichen, Hunger und Elend, aber auch Hilfsbereitschaft und Mitleid waren Gegensätze, die sie auf die richtige Spur führten.

Doch dann verblassten die Bilder und sie konzentrierte sich auf Lebensabschnitte, die für die Lösung keine Rolle spielten - die Berufszeit mit den Regeln und Vorschriften, die Bilanzen und Pressekonferenzen für Aktionäre.

Nach dem Sonnenuntergang kauerte die Finanzexpertin regungslos vor der Festung. Schweißperlen benetzten die Stirn und liefen an den Wangen herunter.

Sie stand auf, schlug mit der flachen Hand gegen die mit Bildern aus dem Paradies verzierte Eingangstür und jammerte: »Blödes Tor! Öffne dich, damit ich endlich aus der Tristesse herauskomme.«

In diesem Moment kehrte der Mentor zurück und zerrte am Ärmel ihres Schlafanzugs.

»Hast auch du es nicht geschafft, die Pforte zu öffnen, hinter der Wünsche in Erfüllung gehen? Leider bist du nicht die Einzige, die an dieser schwierigen Aufgabe gescheitert ist. Dennoch war es einen Versuch wert.«

Mit hängenden Schultern trabte die Blondine hinter dem Boss her, der sie zum Bahnhof geleitete.

Das Gebäude strotzte vor Leere.

Sie sprangen in das Personenabteil einer Lok, die sich gleich nach ihrem Einstieg in Bewegung setzte. Der Zug ratterte durch endlose Betonwüsten zurück zum Himmelstor.

Beim Aussteigen bemerkte Zahra auf dem gegenüberliegenden Bahnsteig einen blond gelockten Jüngling im weißen Umhang, der ihr lachend zuwinkte. Der sanfte Gesichtsausdruck und der anmutige Gang betörten.

»Wer ist das?«, fragte sie, unfähig, den Blick von dem Beau abzuwenden.

»Dein Schutzengel! Er wacht bei der Rückreise zum Diesseits über dich und bleibt dir auch sonst bis ans Lebensende auf der Erde verbunden.«

»Das freut mich! Kann ich nicht gleich mit ihm den Rest des Tages verbringen? Der Junge gefällt mir.«

»Nur Geduld! Er hat vorher noch eine Prüfung abzulegen. Er muss unter Beweis stellen, dass er seiner Aufgabe gewachsen ist.«

Im Empfangsraum sagte der Boss: »Schade! Von dir hätte ich mehr erwartet. Du bist ein intelligenter, zielstrebiger und feinfühliger Mensch.

Ich war fest davon überzeugt, dass gerade du in der Lage bist, den Code zu entschlüsseln.«

»Ich habe mich redlich bemüht!«

»Ja, ich weiß. Deswegen steht dir eine Belohnung zu. Auf dem Tisch liegen Spielkarten. Sie enthalten Wünsche über die Art und Weise deines Todes.«

Zahra traute den Ohren nicht.

»Todeskarten? Die Reise ins Jenseits hat einen Haken?«

»Keine Angst! Ich möchte, dass du mich in guter Erinnerung behältst. Es liegt mir fern, dir zu schaden.«

»Was hat es mit diesem Vabanquespiel auf sich?«

»Suche dir eine Todeskarte aus und teil mir deinen Wunsch mit. Aber wähle ihn mit Bedacht, denn er wird dein Leben in eine andere Richtung lenken.«

Mit Augen, die vor Entsetzen glühten, schaute sie den Boss an.

Man nötigt mich, mit einem Fabelwesen zwischen dem Diesseits und dem Jenseits hin- und her zu pendeln. Am Ende steht mein Todestag auf der Agenda. Das ist keine Belohnung, sondern eine Zumutung!

Der Boss bemerkte ihren Widerwillen und sagte:

»Schau dir die Karten näher an, dann begreifst du, dass deine Sorgen unbegründet sind.«

Zahra trat an den Tisch heran und betrachtete die Auslage.

Auf der mittleren Karte stand geschrieben*: »Ich möchte ohne Schmerzen im Schlaf sterben.«*

Schweigend legte sie die Karte beiseite und entschied sich für eine Alternative: *»Ich möchte nach einem erfüllten Leben im hohen Alter friedlich einschlafen.«*

»Ja, das gefällt mir! Das ist mein Wille.«

Der Boss verzog das Gesicht zu einer Grimasse, entschuldigte sich tausendmal und erklärte: »Sorry! Ich hatte vergessen zu erwähnen, dass nur noch drei Karten verfügbar sind. Die sieben anderen Besucher haben bereits gewählt. Diese Wünsche sind tabu. Wähle eine der Karten von der rechten Seite des Tisches. Auch sie enthalten attraktive Angebote.«

Ehe die Managerin sich beim Boss über die aus ihrer Sicht ungerechte Behandlung beschweren konnte, sprangen ihr die Wünsche wie Knallfrösche in die Augen.

Auf der drittletzten Karte stand: *»Ich möchte als reiche Frau / reicher Mann sterben.«*

Daneben lag eine Karte mit dem Spruch: *»Die Nachwelt soll sich auch lange nach meinem Tod an mich erinnern.«*

Auch nicht schlecht!

Die Letzte enthielt das Angebot*: »Ich möchte zwei Tage vor meinem schmerzfreien, sanften Tod über das Ableben informiert werden.«*

Zahra blieb wie angewurzelt vor dem Tisch stehen und grübelte.

Beinah hätte sie sich für eine der beiden ersten Wünsche entschieden, denn die Aussicht auf Reichtum und Ruhm schien verlockend.

Doch die Karten sagten nichts über die Art des Todes und die Dauer des Todeskampfes aus. Beide Wünsche schlossen jahrelanges Siechtum oder qualvolle Krankheiten nicht aus.

Ein schmerzfreier, sanfter Tod mit Vorabinformation. Das klingt interessant und eröffnet mir ungeahnte Möglichkeiten.

Mit fester Stimme rief sie dem Mentor zu: »Die dritte Karte sagt mir zu! Du sollst mich zwei Tage vor meinem Todestag über das Ereignis informieren.«

»Weise Entscheidung! So soll es geschehen. Ich sende dir vor deinem Tod einen Schatten. Dann hast du ausreichend Zeit, den Nachlass zu ordnen und mit dem Leben abzuschließen.«

»Wunderbar, ein Abschied ohne Leiden.«

»Aber verwende dein Privileg niemals dazu, dem Tod oder seinem Diener, dem schwarzen Raben, zu hintergehen«, warnte der Boss und drohte ihr mit der Faust.

»Nein, sobald das Phänomen auftaucht, nutze ich die Tage, um mich von der Familie zu verabschieden. Wozu ich mein Wissen sonst noch verwende, entscheide ich, wenn die Zeit gekommen ist.«

»Das klingt vernünftig. Bis wir uns wiedersehen, wünsche ich dir ein langes, erfülltes Leben.«

Der Boss übersah das Blitzen in ihren Augen und vertraute der Frau, deren Schönheit und Intelligenz er bewunderte.

Der Empfangsraum verdunkelte sich.

Der Rabe schwebte durch die Luft und setzte wie ein Gespenst auf dem Tisch auf.

Neun Karten trudelten im Zeitlupentempo zu Boden.

Der Boss sprach auf den Vogel ein und trug ihm auf, seine Reisebegleiterin mit Bedacht aus dem Reich der Seelen herauszufliegen.

Zu der Erdenbürgerin gewandt sagte er: »Ruhig atmen, nicht hyperventilieren! Vertrau dem Schutzengel. Er wacht auch dann über dich, wenn du ihn aus den Augen verlierst.«

Der Rabe begrub seine Begleiterin im Gefieder.

Er prüfte mit dem Schnabel, ob sie sicher gelagert war.

Mit nach oben gerecktem Kopf schrie er auf, wie ein Adler, der Beute in den Klauen hält.

Er hob ab und flatterte mit ihr zum Dachstuhl der Halle, wo er sich durch eine Öffnung zwängte.

»Ehe ich es vergesse! Es gibt ein Tabu, das strikt einzuhalten ist. Behalte dein Wissen für dich und berichte niemanden, was du bei mir gesehen oder erlebt hast«, gab der Boss ihr im letzten Moment mit auf den Weg.

Zahra hörte die Worte wie durch Watte, war befreit von der Schwerkraft, erleichtert, die himmlischen

Gefilde mit den ungelösten Problemen zu
verlassen.

Mit seiner Reisebegleiterin segelte der Vogel durch
einen Tunnel, finster und muffig, wie das Verlies
einer mittelalterlichen Burganlage.
Am Ende des Tunnels grelles Licht, das Funken
warf und sich in allen Schattierungen des
Farbspektrums brach.
Eine schwarze Leere stellte sich ein.
Sie verlor das Bewusstsein.
Rotierende Himmelskörper zogen in der Ferne an
dem merkwürdigen Gespann vorbei und drifteten
durch das Universum.
Ein Komet verglühte in der Umlaufbahn eines
namenlosen Planeten.
Zeit und Raum zerflossen, verschmolzen
miteinander.
Der Rabe mit der leblosen Reisebegleiterin erspähte
die zum Greifen nahe Erde.
Er verlangsamte den Flug, glitt vorbei an stummen
Sternen und einem schweigenden Mond.
Kontinente, Länder, Städte näherten sich, bis
einzelne Straßenzüge eines Wohnquartiers
auftauchten.

Zahra war von allen Lebensgeistern verlassen.
Die Schläge auf den Brustkorb spürte sie nicht.
Hatte der Boss sie belogen? War alles nur ein
Albtraum?

Grelles Licht, weißer Raum, Desinfektionsgeruch.

Atemlosigkeit?

Sie schlug die Augen auf und blinzelte.

Vogelstimmen begrüßten den neuen Tag, ein Motorrad knatterte, aus der Ferne erklang Musik.

Durch das auf kipp stehende Fenster drangen Sonnenstrahlen, in dessen Licht Staubkörner tanzten.

Jemand räusperte sich, ein Stuhlbein knarzte, eine Hand legte sich auf ihre Stirn.

Verschwommen nahm die Sternenreisende einen grauhaarigen Herrn im grünen Kittel wahr, der neben ihrem Brustkorb kauerte.

Der Mann glotzte sie an, brachte aber keinen Ton über die Lippen.

»Wer, um Himmels Willen… sind… Sie?«

Dröhnendes Schweigen.

Der Herr fasste sich und sagte: »Ich bin der Chefarzt des „Herz-Jesus-Hospitals". Sie haben einen akuten Herzstillstand erlitten. Ihr Körper war kalt wie Schnee. Aber es ist uns, wie durch ein Wunder gelungen, Sie zu reanimieren. Ich begreife nicht, wie Sie ins Leben zurückgefunden haben.«

Zahra sah ihn dankbar an, vermied es aber, sich auf ein Gespräch einzulassen.

Glückshormone beseelten ihr Gemüt.

Sie lag einfach da und ließ sich umgarnen vom Morgen, der die Nacht gebrochen hatte.

Ich bin zurück aus dem Nichts, bin am Leben! Der Schutzengel hat mich gerettet! Er hat den Raben angeleitet,

164

*die Notaufnahme des besten Krankenhauses der Stadt
anzufliegen.*

In den Folgetagen ertrug die Rekonvaleszentin
diverse medizinische Untersuchungen und
Testverfahren.
Die Ärzte versuchten zu ergründen, wie es ihr
gelungen war, von den Toten aufzustehen.
Sie hielten interdisziplinäre Konferenzen ab, fanden
aber keinerlei Erklärung für das Phänomen.

Nach einer Woche entließen sie die Patientin ohne
Abschlussbericht aus ihrer Obhut.
Erwin ließ es sich nicht nehmen, seine Chefin
persönlich von der Station abzuholen.
Wie immer erkundigte sich Zahra während der
Fahrt nach seinem Sohn, wobei ihr Erwin nur
widerwillig Antwort erteilte.
Er chauffierte sie zu ihrem Dorf, wo die Bauern
Gülle auf den Feldern aufgetragen hatten.

Ein Vierteljahrhundert später
»Ich wünsche euch beiden ein Strauß von Glück
für die Zukunft«, sagte Zahra, zu Sandra und Klaus,
die in der Stadt Moers eine Wohnung angemietet
hatten.
Zu Sandra gewandt ergänzte sie: »Begeh nicht den
Fehler, zu früh zu heiraten, eine Familie zu gründen
und den Beruf aufzugeben.«

»Natürlich nicht! Wir leben nicht mehr in den 50er Jahren. Heute sind Frauen selbstbewusster«, sagte Sandra und gab dem Freund einen Klaps auf den Hintern.

»Wirst du die Wohnung wieder vermieten?«, fragte Klaus.

»Nein, sicher nicht. Ich ziehe es vor, allein im Haus zu bleiben. Aber ich habe ja Chico.«

»Das ist auch besser so bei deinem Lebenswandel«, sagte Sandra lächelnd und drückte ihr einen feuchten Kuss auf die Wange.

Zahra spürte, dass das seit 6 Monaten zusammenlebende Paar den Auszug aus ihrer Wohnung herbeigesehnt hatte.

Die Turteltauben schlenderten zum Transporter, verstauten letzte Utensilien und brausten, ohne zu winken, los.

Die Blondine kehrte ins Haus zurück, erleichtert, dass ihr Privatleben zukünftig von fremden Einblicken verschont blieb.

Nach der Jenseitsreise hatte sie den Lebensstil radikal verändert, kannte sie doch die Verletzlichkeit des Lebens aus eigener Anschauung. Die Verheißungen der Religion erschienen ihr wie leere Worthülsen. Was zählt Erfolg, wenn am Ende keine Belohnung wartet?

Der Tod ist ewig, das Menschenleben eine Reminiszenz der Naturgeschichte. Ich wünsche mir Kinder, damit etwas von mir bleibt.

Sie heiratete Georg, der die Verkaufsabteilung eines
Stahlunternehmens leitete.

Seine pechschwarzen Haare, die stattliche Größe
von 1,80 Meter sowie sein Selbstbewusstsein hatten
sie beeindruckt.

Nach drei Monaten Ehe gab sie die Stellung in der
Bank auf, um sich der Familie zu widmen.

Mit der Geburt der Zwillingstöchter Anna und
Marina im Jahr 1957 ergänzte das zweite „K" ihr
Leben. Dem Dritten stand sie, nach den
Erfahrungen beim Boss, ablehnend gegenüber.

Der Rausch der Verliebtheit raste schneller vorbei
als die Mercedes-Silberpfeile an den Zuschauern.

Der Beruf nahm ihren Ehepartner in Beschlag.

Nie kam er vor 20.00 Uhr nach Hause, kümmerte
sich weder um seine Frau noch um die Kinder.

»Du hast dich aus freien Stücken dazu
entschlossen, die Bank zu verlassen. Jetzt bist du
Hausfrau, wie alle anderen auch. Nimm dir an
deiner Mutter ein Beispiel«, pflegte Georg zu sagen,
wenn Zahra am Wochenende auf dem
Wohnzimmersessel hockte, kein Wort sprach und
sich in Lyrikbände oder Romane vertiefte, deren
Umfänge nicht selten tausend Seiten sprengten.

Insgeheim wusste der Workaholic, dass die
Mutterrolle seine Frau nicht ausfüllte.

Er schaffte es nicht, ihr intellektuelles Niveau zu
erreichen, dominierte aber dennoch das
Familienleben.

Streit zog in das einst so friedliche Haus ein.

Zahra nutzte die Freizeit, um mit Freundinnen das Theater zu besuchen, klassische Konzerte zu genießen oder Dichterlesungen beizuwohnen.

Ende der 60er Jahre rutschte sie in die Kokainszene ab. Durch die Vorstandstätigkeit hatte sie Beziehungen zu Künstlern, bei denen das weiße Pulver zu jener Zeit hoch im Kurs stand.

Häufig kam sie erst am frühen Morgen nach Hause. Sie vernachlässigte die Kinder.

»Das Leben gehorcht keinem Plan! Ich will mich nicht länger beugen, sondern die Pforten zu einer Welt aufstoßen, in der Freiheit regiert«, sagte Zahra an ihrem 45. Geburtstag zu Klara, die alles versuchte, um ihre Tochter vor dem Absturz zu bewahren.

Die Beerdigung von Erwin, dem Chauffeur, den Zahra in ihr Herz geschlossen hatte, verschlief sie. Nur die Geburtstagsfeiern des Sohnes Ingo ließ sie sich nicht nehmen und erschien jedes Jahr mit dick aufgetragenem Make-up zu dem Event.

Er lebte in einer festen Beziehung mit einem Freund, der als Werkzeugmacher in einer Gießerei arbeitete.

Nach dem Kokain kam der Alkohol, der den Niedergang der Blondinen beschleunigte.

Klara stand dem Zerfallen der Familie machtlos gegenüber. Sie starb Anfang der 70er Jahre am gebrochenen Herzen. Für Zahra stürzte die Welt ein, denn, trotz der Meinungsverschiedenheiten, hatte sie die Mutter mit Liebe zugedeckt.

Die Mittvierzigerin verlor vollends den Halt.
Es folgte die Scheidung, verbunden mit dem
Auszug der Zwillinge, die beim Vater blieben.
Wenig später heiratete Georg wieder. Sie weinte
ihm keine Träne nach, litt aber unsäglich unter dem
Verlust der Kinder, für die sie gerne deren
Lieblingsgerichte auf den Tisch gezaubert hätte.
Seine Ehefrau, eine arbeitslose Lehrerin, unternahm
alles, um Zahra zu diskreditieren, untersagte der
leiblichen Mutter mithilfe versierter Anwälte
jeglichen Kontakt zu den Zwillingen.
Diese war in jener Zeit zu sehr mit sich selbst
beschäftigt, um sich dagegen zu wehren.
Auf dem Tiefpunkt angekommen, unterzog sie sich
einer Entziehungskur, benötigte aber zwei weitere
Anläufe, um sich aus der Alkoholabhängigkeit zu
befreien.
In der Klinik hatte sie Zeit, nachzudenken, wobei
ihre Gedanken jede Nacht um den geheimnisvollen
Code im Himmel kreisten.

Einen Tag vor der Entlassung spazierte sie mit
Barbara, ihrer blinden Zimmernachbarin, mit der
sie Freundschaft geschlossen hatte, durch den Park.
Beim Gedanken an Ingo geriet Zahra ins Grübeln
und flüsterte: »Jeder Mensch ist eine Melodie, die
die Liebe zum Klingen bringt. Die Passwörter für
das Paradies stehen mit dieser Metapher in
Verbindung.«

169

Barbara, die die fehlende Sehkraft durch den Hörsinn kompensiert hatte, hielt inne und fragte nach, was damit gemeint sei.

Zahra lief feuerrot an. Sie behauptete, laut über den Traum der letzten Nacht nachgedacht zu haben.

Ihr war die Situation peinlich, denn der Boss hatte ausdrücklich darauf verwiesen, mit niemanden über die Reise ins Jenseits zu sprechen.

Es gilt, achtsam zu sein, ich darf mich nicht verplappern, muss lernen, Regeln einzuhalten, sonst wird mir meine Redseligkeit zum Verhängnis.

Trotz dieser Indiskretion überdauerte die Freundschaft mit Barbara die Zeit.

Die Damen trafen sich einmal in der Woche zum Plausch im Café und unternahmen jedes Jahr eine Städtereise, wobei Zahra es vermied, Kirchen zu besuchen.

Nachdem die Blondine mit Mitte Fünfzig „trocken" war, beschloss sie, als „Best Ager" das Leben zu feiern, die Wege des Glücks auszuloten.

Männerbekanntschaften trugen zum Wohlbefinden der jünger aussehenden Frau mit den Idealmaßen bei. Sie wechselte die Partner nach Belieben, immer darauf bedacht, keine längerfristige Bindung einzugehen.

Der Auszug der Mieter kam ihr gelegen, denn Sandra tratschte mit den Nachbarn über die amourösen Abenteuer ihrer Vermieterin.

Die Dorfbewohner mieden Zahra.

Es kursierten Gerüchte, dass sie mit dunklen
Mächten in Verbindung stand.

Kurz vor Weihnachten des Jahres 1981 schlenderte
sie am Nachmittag zu einer Verabredung mit einen
an der Duisburger Universität eingeschriebenen
Chinesen, den sie bei einem Kurztrip nach
Hongkong kennen und lieben gelernt hatte.
In den Gassen von Kowloon hatte sie sich einen
Virus eingefangen, der mit Schüttelfrost und Fieber
einherging. Nach einer Woche waren die
Symptome verschwunden, sodass die Blondine der
Erkrankung keinerlei Beachtung beigemessen hatte.
Am „Königlichen Hof" in Moers fiel sie ihm in die
Arme.
Der Freund hielt eine Hand vorm Mund und sagte:
»Was ist mit dir? Du hast einen Schatten. Schau
doch!«
»Welcher Schatten? Spinnst du?«
»Nein, ganz sicher! Da ist ein Schatten an deiner
Seite, aber die Sonne scheint doch gar nicht.«
Sie schaute auf die Pflastersteine.
Wie in Trance wiegte sie den Kopf in alle
Richtungen.
Ein Lichtkegel fiel auf ihre linke Brusthälfte und
warf einen Schatten auf den Bürgersteig.
Sie rang nach Luft, kämpfte mit einem Engegefühl
in der Kehle. »Der Schatten… des Todes! Das
Zeichen… aus dem Jenseits, meine Wunschkarte.
Übermorgen… sterbe ich.«

»Was faselst du da?«

Sie schubste den Studenten zur Seite, vollzog eine
Kehrtwende und rannte, wie von einem Rudel
Wölfe gehetzt, durch die regennasse Stadt.

Verdutzte Passanten drehten sich nach ihr um,
denn das mysteriöse Flackern wich nicht von ihrer
Seite.

»Bleiben Sie stehen, ich verständige die Polizei
und…«

Zahra rannte dermaßen schnell um die Ecke, dass
der Wind den Rest des Satzes verwehte.

Zu Hause setzte die Mittfünfzigerin einen Plan um,
der seinerzeit im Himmel gereift war.

Sie hatte ihre Überlegungen dem Boss verheimlicht,
ihm versichert, sich in ihr Schicksal zu fügen.

Im Eiltempo vereinbarte sie Termine mit
Handwerksbetrieben. Die unverschämten Preise für
die Gewerke nahm sie billigend in Kauf.

Um 6.30 Uhr des Folgetags riss sie ein
Sturmschellen an ihrer Haustür aus dem Schlaf.

Eine Arbeitskolonne begehrte Einlass, um das
Gebäude vor Einbrüchen zu sichern.

»Sie haben einen Schatten, der sie auf Schritt und
Tritt begleitet«, sagte der Vorarbeiter.

»Starren Sie mich nicht so an! Nehmen Sie sofort
die Arbeit auf. Es eilt!«

Am Abend waren alle Fenster und Türen vergittert,
Schwachpunkte im Mauerwerk beseitigt und
Elektrozäune an neuralgischen Stellen aufgespannt.

»Ich reise für einen Monat nach Santorin in
Griechenland. Ich hoffe, dass niemand unbefugt
ins Haus eindringt. Ich besitze Bilder und ein Tier,
das mir ans Herz gewachsen ist«, erklärte sie.
»Keine Sorge, das Gebäude ist schwerer zugänglich
als ein Zuchthaus«, spottete ein junger Bursche, der
ihr freudestrahlend eine Rechnung mit einem
fünfstelligen Betrag in die Hand drückte.

Beim Abendbrot hockte Zahra am Küchentisch
und sagte zu Chico: »Ich will nicht sterben, denn
ich bin erst 57 Jahre alt. Der Boss spinnt! 70 Lenze,
das hätte ich verstanden. Aber nicht jetzt, wo mir
das Leben ein Lächeln schenkt. Gut, dass er sich
durch die Empfehlung, mich dem Boten des Todes
nicht zu verweigern, verraten hat. Ohne
Gegenwehr würde der Rabe mich heute Nacht im
Schlaf überraschen und mit mir in den Himmel
fliegen. Anstatt dem Boss zu gehorchen, nutze ich
die Gelegenheit, um mich der Natur zu
widersetzen.«

Eine grimmige Nacht schluckte das Licht der
Himmelskörper.
Die Luft klirrte vor Anspannung.
Um 00.14 Uhr erreichte der Todesbote das
Anwesen und schickte sich an, ins Haus
einzudringen.

Er hatte sich verspätet, kam – genau wie Zahra seinerzeit in der Bank – eine Viertelstunde nach dem Gong zu seiner Arbeitsstelle.

Flügelschlagen, Kratzen an Türzargen und Fensterscheiben, scharrende Füße.

Stundenlang, immer lauter und bedrohlicher.

Gelegentlich Schmerzenslaute, die ihr Mitleid hervorriefen.

Ich möchte ihn nicht verletzen. Er soll mich nur in Frieden lassen.

Eine Stille, die von Angst erfüllt war, folgte.

Der Rabe schlich ums Haus, suchte nach Möglichkeiten, die Blockaden zu überwinden.

Es misslang.

Eine Zeit lang passierte nichts.

Zahra verhielt sich ruhig und harrte der Dinge, die auf sie zukamen.

Geräusche auf dem Dach, ein Scheppern, Bohren, Hämmern.

Ruß rieselte aus dem Kamin.

Sie hielt sich beide Ohren zu und sagte: »Da kommt der Vogel nicht durch. Die Öffnung ist zu eng.«

Zäh klebten die Zeiger der Uhr am Ziffernblatt.

Sie zählte die Sekunden, Minuten und Stunden, die ihr nicht zustanden.

Ein Klopfen, wie bei einem Specht, der einen Baum aushöhlt – der Rabe versuchte, das

Mauerwerk aufzubrechen, scheiterte jedoch auch mit diesem Versuch.

Im Morgengrauen ein krächzender Aufschrei, begleitet von wilden, unkoordinierten Flügelschlägen.
Nach einer Stunde bangen Wartens gelangte sie zu der Überzeugung, dass der Vogel zum Boss zurückgeflogen war.
Freudestrahlend tanzte sie um den Käfig des Papageis.
Dennoch wagte sie nicht, das Haus zu verlassen, äugte durch Rollläden und prüfte, ob sich der Todesdiener hinter Bäumen oder Sträuchern verbarg.

Gegen Mittag öffnete sie die Haustür, um den Garten zu inspizieren.
Schwarzer Flaum trudelte durch die Luft, wie Seifenblasen, die ein Kind ins Blaue pustet.
Die größten Federn lagen vor dem Eingang, aber auch unter den Fenstern waren etliche zu finden.
Die Mittfünfzigerin kehrte sie zu einem Haufen zusammen.
Hoffentlich hat der Rabe seine Flugfähigkeit nicht eingebüßt und flattert dorthin, wo er hingehört.

Sie kletterte die Bodentreppe zum Dachboden hoch, um den Kamin zu überprüfen.
Es regnete Vogelfedern und weicher Flaum.

Sie sammelte das Gefieder ein, beförderte es in den Garten zu den übrigen Federn und mischte es mit Abfällen.

Genüsslich entzündete sie ein Streichholz.

Feuer loderte.

Es stank nach verbrannten Haaren.

Frenetisch klatschte sie in die Hände.

»Ich habe den Tod besiegt! Ich bin frei wie ein Vogel! Der Diener der Finsternis wird mich nie mehr verletzen.«

Sie tanzte mit dem Ruß, der zum Himmel aufstieg und sich in einer Schwade sammelte.

Die Wolke schob sich vor die Sonne.

Der Tag verfinsterte sich.

Chico standen die Nackenhaare zu Berge, ein untrügliches Zeichen, dass der Vogel vor Erregung bebte.

Zahra übersah sein Verhalten ebenso wie das Zeichen des Himmels.

Sie schlenderte ins Haus und holte eine Flasche Dom Pérignon aus dem Kellerregal.

Der Korken schoss wie eine Rakete an die Decke.

Sie füllte ein Wasserglas bis zum Rand und schüttete den edlen Tropfen in sich hinein.

In ihrem Körper breitete sich Behaglichkeit aus.

Jahre später realisierte sie, nach Anspielungen von Freunden auf ihr Aussehen, dass sie seit jenem verhängnisvollen Geschehen am 22.12.1981 nicht mehr alterte.

Die Zeit stand still – die Blondine blieb ewig 57 Jahre jung.

Der Wendepunkt

Jahrzehnte zogen ins Land, nachdem Zahra den Tod besiegt und der Zeit die Flügel genommen hatte.

Über dreißig Jahre feierte sie das Leben, eilte von Party zu Party, wurde von Männern umgarnt, jettete um die Welt, wobei sie die Kraft besaß, dem „Dämon Alkohol" in seinen diversen Gestalten zu widerstehen. Die Frisur mit aufgedrehter Tolle im Stirnbereich blieb ihr Markenzeichen, eine Reminiszenz an die 50er Jahre, die erfolgreichste Zeit des Lebens.

Nach dem Millennium zwang sie der aufwendige Lebenswandel zum Verkauf des Hauses.

Nachdem das Geld aufgebraucht war, landete sie im Jahr 2012 in einer Mietwohnung in Krefeld. Chico benötigte eine Weile, um sich an die Zimmerchen zu gewöhnen.

Die Mittfünfzigerin, die in Wirklichkeit zu diesem Zeitpunkt 88 Lenze zählte, hielt an dem hedonistischen Ideal fest.

Aufgrund der Attraktivität und des liebenswürdigen Wesens halfen ihr die Verehrer über finanzielle Engpässe hinweg.

Ihr Gewicht veränderte sich nicht, pendelte sich selbst nach einem Urlaub mit „All-inclusive-Verpflegung" auf 60 Kilogramm ein – der Körper verweigerte sich nicht nur der Zeit, sondern jeglicher Veränderung.

Im Jahr 2016 starb Ingo im Alter von 89 Jahren an einem Schlaganfall, der Mann, der bis zuletzt in ihrem Herzen wohnte, aber gleichzeitig so unerreichbar fern von ihr durch den siebten Männerhimmel schwebte.

Auch die anderen Freunde wurden älter und kränker, verschwanden allmählich aus ihrem Leben. Jeder Abschied schmerzte in ihrer Seele, führte sie näher heran an den Abgrund, in dem die Traurigkeit regierte.

Es war schwierig, Freunde aus der Jugendzeit zu ersetzen, einen neuen Bekanntenkreis mit Menschen aufzubauen, die das in ihnen gesetzte Vertrauen rechtfertigten.

Anna und Marina, deren Vater mit Anfang 50 bei einer Dienstreise einem Herzinfarkt erlag, standen vor dem Bezug der Altersrente. Anna hatte Psychologie studiert und war freiberuflich tätig. Marina glänzte als Schauspielerin am Stadttheater, litt aber seit Jahren unter Alkoholabhängigkeit – nicht die einzige Gemeinsamkeit mit der Mutter, denn auch die Ehe der Bühnenkünstlerin scheiterte. Beide Töchter verzichteten darauf, Kinder in die Welt zu setzen.

Vom Versuch einer neuerlichen Kontaktaufnahme mit den Töchtern sah Zahra ab. Wie hätte sie ihnen auch ihr äußeres Erscheinungsbild erklären können?

Niedergeschlagenheit, Überdrüssigkeit und Eintönigkeit schlichen sich in ihr Dasein ein, raubten ihr die Lebensfreude, die Henri Matisse in einem Gemälde in leuchtenden Farben dargestellt hatte. Die Unterschiede zwischen Tag und Nacht lösten sich auf, im Bett lag ihr Herz in den Armen der Traurigkeit.

Sie regte sich über Nebensächlichkeiten auf, schrie Gesprächspartner grundlos an oder hockte teilnahmslos am Tresen, während sich die Freunde in der Bar vergnügten.

Nach dem Tod von Ingo unterhielt Zahra eine lockere Beziehung mit Stephan Graf, Werbetexter einer Düsseldorfer Marketingagentur, die bei der Landtagswahl in Nordrhein-Westfalen im Jahr 2017 eine Kampagne für eine Volkspartei durchgeführt hatte.

Eine Woche nach der Wahl kam er abends zu Besuch.

Sie empfand nichts für den Mittvierziger, ließ ihn aus Gewohnheit in die Wohnung.

Es reicht, wenn ich ihn einmal im Monat treffe, der Kerl strapaziert meine Nerven.

Nach dem Essen hievte er sie ins Bett, doch als er auf ihr lag, spürte sie nichts, kein Gefühl, keine Erregung, keine Entspannung.

Sie starrte an ihm vorbei an die Decke, während er seine Lust in ihren Körper hämmerte.

Ihr Inneres schrie: *Mach, dass es endlich vorbei ist!*

Nach dem Orgasmus wanderte sein Kopf von ihrer Brust zum Bauch, bis seine Zunge zwischen ihren Schenkeln klebte.

Selbst der Oralverkehr macht mir keinen Spaß. Die gleichen Rituale, Berührungen, Ergüsse. Ich habe genug geliebt, das Feuer ist erloschen.

Nachdem er von ihr abgelassen hatte, genoss die Blondine das Ticken der Uhr, die Melodie der Zeit, die im Alter schneller vergeht als in der Adoleszenz.

Am Morgen steckte sich Stephan das Kopfkissen in den Rücken, glotzte sie von der Seite an und sagte: »Hast du etwas dagegen, wenn ich mir am Büdchen ein Bier besorge?«

»Du weißt, dass Alkohol für mich tabu ist?«

»Das Bier ist nicht für dich, sondern für mich.«

Sie rollte sich auf die rechte Seite, fixierte das Fenster und sagte: »Hast du nichts anderes im Sinn, als am frühen Morgen zu trinken?«

»Was redest du für einen Unsinn? Ich will ein Bier, sonst nichts! Warum mäkelst du an allem herum?«

»Ich frage mich, warum du mich besuchst. Nur
wegen dem Sex? Hast du keine andere Partnerin,
die das Bett mit dir teilt?«

Mit Sorgenfalten auf der fliehenden Stirn,
schütteren Haaren und kantigem Oberkörper
wirkte Stephan wie ein alternder Boxer nach
verlorenem Titelkampf.

»Ich habe den Eindruck, dass du ein gestörtes
Verhältnis zu Männern hast.«

»Nicht zu allen! Es gibt einen, der in der Jugendzeit
mein Herz erobert hat und mit mir seelenverwandt
ist.«

»Dann geh doch zu deinem Prinzen!«

»Das ist nicht nötig! Er wohnt in meinen
Gedanken.«

»Esoterikerin!«

Die Schlafzimmertür knarzte.

Angelockt vom Streitgespräch, watschelte Chico ins
Zimmer, um sein Frauchen zu verteidigen.

»Nein, nicht schon wieder!«, rief Zahra, aber es war
zu spät.

Wie eine Furie kroch der Papagei unter die
Bettdecke, hangelte sich an den Beinen des
Liebhabers entlang und biss ihm in den Penis.

»Autsch!«

Blut besudelte das Bettlaken.

Stephan krümmte sich vor Schmerzen und sann auf
Vergeltung.

Aufspringen, die Nachttischlampe ergreifen, sie
nach dem Vogel schleudern, war eins.

Das Geschoss verfehlte den kreischenden Papagei um Haaresbreite.

Die Lampe prallte gegen die Wand und zerbrach in Einzelteile.

»Scheiß Piepmatz! Warum lässt du diese Bestie ins Schlafzimmer? Ich schlachte das Vieh ab!«

Zahra schubste Stephan zur Seite: »Untersteh dich! Lass den Vogel in Ruhe! Er wollte mich nur beschützen.«

»Schlampe! Du hast die Bestie absichtlich auf mich gehetzt.«

Sie zeigte dem Wüstling den Stinkefinger und schloss Chico in der Vitrine des Küchenschranks ein, wo er in Regungslosigkeit verharrte.

Stephan folgte ihr und nahm ein Küchenmesser zur Hand.

Sie stellte sich ihm in den Weg und schlug mit beiden Fäusten auf ihn ein.

Er gab ihr eine Ohrfeige und bugsierte sie aus dem Raum.

Sie kehrte zurück und baute sich erneut vor ihm auf.

Die Bereitschaft, den Vogel mit ihrem Leben zu verteidigen, verhinderte den Gewaltexzess.

Es war nicht das erste Mal, dass Chico einen Liebhaber aus Eifersucht angegriffen hatte. Ständig kroch er im falschen Moment unter die Bettdecke, um den Lüstlingen in das beste Stück zu beißen.

Der Marketingexperte kleidete sich an und eilte zur Tür. Bevor er sie ins Schloss donnerte, schrie er:

»Merkst du nicht, dass irgendetwas bei dir ausgerastet ist? Lass dich auf deinen Geisteszustand untersuchen.«

Zahra zitterte vor Anspannung, fühlte sich schuldig. Es war ein Fehler, dem Grobian Zutritt zur Wohnung und zu ihrem Bett zu gewähren.

Sie erhob sich von der Matratze und lauschte an der Wohnungstür.

Schritte im Flur verbreiteten Wut und Ablehnung. Er fluchte und knallte die Haustür, als ob er dadurch die Möglichkeit hätte, den Vogel abzuschießen.

Zahra sog Luft ein, genoss die Geborgenheit, die das Mietshaus ausstrahlte.

Sie zog das blutverschmierte Laken ab und beruhigte sich, gestand sich aber ein, dass er mit den Vorwürfen den wunden Punkt in ihrem Leben berührt hatte.

Im fahlen Licht des Schlafzimmerspiegels erschrak sie vor ihrem Antlitz.

Bin ich dieselbe wie vor 20 oder 30 Jahren? Wo sind die Gefühle? Keine Empathie, kein Mitgefühl, keine Liebe. Das Leben ist ein langer, träger Fluss ohne Mündung.
Die Blondine ertrug die Streitgespräche und die Verletzungen, die mit ihnen einhergingen, nicht länger. Sie beschloss, das andere Geschlecht zu meiden, isolierte sich von der Außenwelt, trennte sich von Liebschaften, die ihr keine Träne nachweinten.

Einsamkeit lastete auf ihrer Seele wie eine Lawine auf einen unter Schneemassen begrabenen Skifahrer. Sie verwandelte sich in einen Einsiedlerkrebs, blieb in der Wohnung, vertrödelte den Tag auf dem Sofa, bis sie sich am frühen Abend – unter scharfem Protest des Papageis - ins Bett schleppte.

Die Mittfünfzigerin suchte einen Psychiater auf, der es mit Gesprächstherapie versuchte, später kamen Psychopharmaka hinzu.

Zum ersten Mal nach der Vertreibung des Raben aus ihrem Garten purzelten die Pfunde, Kilo für Kilo, Tag für Tag, Nacht für Nacht.

Das Essen mundete ihr nicht, klebte wie Kaugummi am Gaumen.

Sind die Depressionen stärker als der Zauber, den mir der Schutzengel verliehen hat, fragte sie sich nach jedem Essen, das im Müll landete.

Zahra wusste, was sie im Jenseits erwartete.

Dieses Wissen trug drei Jahre lang dazu bei, an der irdischen Existenz festzuhalten.

Doch die Sehnsucht nach einem Schlussstrich wurde von Woche zu Woche stärker.

Ich habe Angst vor dem Leben, denn der Tod ist mir verwehrt. Die nächste Wintersonnenwende ertrage ich nicht.

Sie brannte darauf, Ingo im Himmel in die Arme zu nehmen, hegte die Hoffnung, dass mit dem neuen Dasein nach dem Tod seine Homosexualität verschwand, er sie genauso begehrte wie sie ihn.

Mit der verschmähten Jugendliebe an ihrer Seite würde das ewige Leben zum Genuss werden, dessen war sie sich sicher.

Anfang November 2020, Intensivstation

»Na, dem Knochengestell ist nicht mehr zu helfen, Chef?«

»Leider nein, Noel! Hat sich vor den Zug geworfen. Armes Ding! Ich fürchte, dass es heute Nacht mit ihr zu Ende geht. Druck mir bitte sofort die Krankenakte aus. Gerade eben wurden zwei an COVID-19 erkrankte Opas, die der künstlichen Beatmung bedürfen, eingeliefert.«

»OK! Bringen wir die Formalitäten rasch hinter uns.«

Der Arzt hatte die Untersuchung des neuen Patienten noch nicht abgeschlossen, da hörte er das Stakkato von Schritten auf dem Flur.

Noel riss die Tür auf und stolperte atemlos in die Intensivstation.

»Du schon wieder! Hast du den Vorgang ausgedruckt?«

»Längst erledigt! Aber schauen Sie nur, die Dame ist 96 Jahre alt.«

»Welche Dame, Dummkopf?«

»Na, die Selbstmörderin von nebenan.«

»Das ist unmöglich! Ich habe doch selbst gesehen, dass es sich um eine Frau mittleren Alters handelt. Du irrst dich! Manchmal spielen die Computer verrückt.«

»Ne, Ne, Ne! Ich bin mir vollkommen sicher. Die Patientin war schon einmal wegen einer Herzgeschichte bei uns.«

»Na und?«, fragte der Arzt und wandte dem Pfleger den Rücken zu.

»Das war am 26.11.1956, damals war sie 32 Jahre alt. Es handelt sich um eine Zahra Bergmann aus Krefeld. Die alten Vorgänge sind digitalisiert, die Krankengeschichte dokumentiert. In ihren persönlichen Utensilien habe ich den Pass gefunden.«

»Gib her! Das ist völliger Blödsinn!«

Der Arzt entriss dem Pfleger den Vorgang und blätterte ihn durch.

Er nahm den Personalausweis in die Hand, um das Geburtsdatum zu prüfen.

In seiner Mimik spiegelte sich blankes Entsetzen.

»Tatsächlich, das ist die Dame! Sieht hervorragend aus für ihr Alter. Verdammt, hier stimmt was nicht!«

Er packte Noel am Arm und rannte mit ihm zum Zimmer der Schwerverletzten.

Die Männer rissen die Tür auf und trauten den Augen nicht.

Mit wirrem Blick starrten sie auf das leere Bett vor dem Fenster, dessen Flügel weit offenstand.

Wie Kängurus auf der Flucht hechteten sie zum Fenster und sahen, wie ihre Patientin mit wehendem Schal und Stöckelschuhen durch den Park stolzierte.

Sie hauchte ihnen einen Kuss zu und verschmolz in
der Hauptstraße mit dem Passantenstrom.
In Wahrheit war ihr zum Weinen zumute.
Sie hatte versucht, sich an der Bahnstrecke das
Leben zu nehmen, doch ihr Schutzengel zog sie
vom Gleis und legte ihr die Hand auf die Stirn.
Dieser Geste war es geschuldet, dass die
Verletzungen umgehend ausheilten.
Dafür hätte sie ihm am liebsten in die Hölle
geschickt.
Mit geballter Faust sprang sie in den Omnibus und
tuckerte zur Haltestelle ihres Wohnquartiers.

In der Küche sagte sie zu Chico: »Nutzloser
Schutzengel! Endlich hatte ich den Mut, das
Zeitliche zu segnen. Statt mich an den
Verletzungen krepieren zu lassen, taucht er auf und
setzt magische Kräfte ein. Ich hasse diesen
Nichtsnutz!«
Der Papagei sträubte die Nackenhaare und blinzelte
mit seinen tiefschwarzen Augen, in denen sich alles
Leid der Vogelwelt spiegelte.
Mehrfach nickte er mit dem Kopf.
Ein Krächzen beendete die Unterhaltung.
Zahra wertete die Laute als Zustimmung.
Sie telefonierte mit dem Krankenhaus und
entschuldigte sich für ihr Verhalten.
Es sei keine weitere Behandlung erforderlich, der
Chefarzt hätte sich in der Beurteilung der
Verletzungen getäuscht, erklärte sie der Sekretärin.

Am Abend bimmelte das Telefon.

Die Nummer von Barbara leuchtete auf dem Display.

Zahra ignorierte den Anruf und schleuderte das Mobilteil gegen die Wand.

Eine Woche später verriet sie dem einzigen Gesprächspartner, der ihr geblieben war, ihre Absichten: »Auf meinem Leben lastet ein Fluch. Aber inzwischen bin ich mir sicher, dass es mir gelingt, im Himmel den Code für das Paradies zu knacken. Wir beide gehen auf eine Reise ins Zentrum des Universums. Wir realisieren unsere tiefsten Träume, verwischen den Unterschied zwischen Mensch und Tier und sind die Ersten, denen ewiges Glück zu Teil wird. Den lästigen Schutzengel überlasse mir.

Armageddon

In der vom Herbststurm gebeutelten Nacht zum Totensonntag des Jahres 2020 schlich die Mittfünfzigerin mit Chico im Käfig zum Stadtwald, um sich im aufgewühlten Wasser des Weihers zu ertränken.

Der Mantel schlotterte um die Hüften, nichts passte, als ob die Kleidung zu einem zu groß gewachsenen Kind gehörte – von den 60 Kilo Körpergewicht fehlte ein Viertel.

Zahra hatte einen Schlachtplan aufgestellt, um den Schutzengel von ihrem Vorhaben abzulenken.

Ein zweites Mal rettet der Nichtsnutz mich nicht.
Beim Transport durch die vom Wind gebeutelte
Stadt bemerkte der Papagei, dass etwas nicht
stimmte.
Er turnte auf den Sitzstangen aus Naturkork-Rinde,
sprang auf den Boden, kroch an den Gitterstäben
hoch und hielt sich an ihnen mit dem Schnabel fest.
Ihre Beschwichtigungsversuche fruchteten nicht,
der Vogel geriet in Panik.
Sie verharrte auf der Stelle.
Vor Erschöpfung hechelte er, wie ein Hund in der
Mittagshitze eines Hochsommertags.
Wieder bei Kräften stellte der Vogel seine
Stimmgewalt unter Beweis.
Beim Überqueren eines Fußgängerüberwegs
sprachen Passanten das Paar an, denn eine Dame
mit einem kreischenden Papagei in der Nacht
erinnerte an ein Fantasiegemälde eines Surrealisten.
An einer dunklen Weggabelung, an der die
Beleuchtung der Straßenlaternen ausgefallen war,
verlor Zahra die Orientierung.
Sie geriet in ein Stadtviertel, das sie nie zuvor
betreten hatte.
Es wirkte vernachlässigt, Schimmel schälte sich von
nassen Wänden.
Sie hielt inne, denn die Luft vibrierte vor Kälte.
Der Papagei stieß einen Warnschrei aus, den er in
dieser Form zum ersten Mal in seinem Leben
verlauten ließ.

Eine kopfsteinbeschlagende Straße führte tiefer in das Viertel hinein.

Die Fassaden der Häuser bröckelten, eingeschlagene Fenster und eingetretene Türen legten Zeugnis ab, von dem Verfall, der hier regierte.

Gaslaternen spendeten fahles Licht, das sich in knorrigen Ästen abgestorbener Bäume spiegelte.

Die Blondine spürte, dass sie sich in einer Welt aufhielt, in der sie nicht sein sollte.

In der Hoffnung, das Abbruchquartier auf kürzestem Weg zu verlassen, bog sie in eine Nebenstraße ein, die sich leicht in die Höhe schraubte.

Schnell wurde es noch düsterer, die Schatten an den Wänden fielen länger, kein Geräusch drang an ihr Ohr.

Der Papagei verbarg seinen Kopf in den Nackenfedern, um nicht mitansehen zu müssen, wohin sein Frauchen ihn geleitete.

Aus dem Nichts heraus prasselte ein Graupelschauer auf das Pflaster.

Die Mittfünfzigerin, unter deren äußerer Schale der Geist einer Greisin ruhte, suchte Schutz im verwahrlosten Hauseingang, der zu einem vor Jahrzehnten geschlossenen Beerdigungsinstitut führte.

Beim Blick durch das Fenster stockte ihr Atem.

An der Wand hing ein Kalender, auf dem ein einziges, mit roten Kringeln markiertes Datum prangerte: **22.12.1981**

Das Adrenalin schoss wie ein Stromschlag durch ihren Körper, aktivierte Kräfte, die nach dem Tod von Ingo im Verborgenem schlummerten.

Die Blondine hechtete zum Gehweg, balancierte auf brüchigen Gehwegplatten wie ein Hochseilartist auf einem Seil über dem Abgrund.

Die Brille rutschte ihr von der Nase, fiel zu Boden und zerbrach in zwei Teile.

Ohne Sehhilfe dauerte es nicht lange, bis sie sich im Straßenlabyrinth verirrte.

Ein ovaler von verfallenen Häusern begrenzter Platz tauchte auf. In der Mitte loderten Pechfackeln, deren Rauch in Nase und Mund brannten.

Davor kauerte ein Hüne mit einer Sense vor einem Grabstein.

Wie hypnotisiert taumelte Zahra ihm entgegen.

Der Puls überschlug sich, das Blut schoss ihr in den Kopf: wallender schwarzer Umhang, kahles Haupt, eingefallene Wangen, aschfahle Haut.

Sein Äußeres erinnerte an Nosferatu, dem berühmtesten Vampir der Filmgeschichte.

Ihr Magen krampfte sich zusammen.

Auch das noch!

Der Hüne erhob sich, ergriff ihren Arm und zischte: »Oh, das Fräulein Bergmann mit Papagei! Wie schön, dich wiederzusehen, du leuchtende

Rose. Du hast wohl die Hoffnung gehegt, mich zu hintergehen?«

Zahra fehlten die Worte.

Sie überlegte, welche Handlungsalternative sie besaß: die Flucht ergreifen oder dem Finsterling die Stirn bieten.

Chico wetzte den Schnabel, sein Kreischen zerschnitt die Stille wie eine Kettensäge die Mittagsruhe im Altersheim.

»Halts Maul, blöder Piepmatz! Der Rabe ist unterwegs, um dich niederzustrecken«, knurrte der Hüne.

Chico standen die Nackenfedern zu Berge. Die Augen funkelten vor Erregung.

»Chiiico…beiißen. Chiiicooo… Raaaaabeee beiiißen«, krächzte er.

Ein Schatten legte sich über ihn.

Zahra kam dem Papagei zu Hilfe, schlug auf den Raben ein, versuchte, ihn zu vertreiben.

Vergeblich - mit den Füßen nach oben lag Chico auf dem Sandboden des Käfigs und rührte sich nicht. In den Federn konnte man lesen, für wen der Vogel gelebt hatte.

Zahras Tränen tränkten den Boden des Käfigs.

Der Sensenmann sinnt auf Vergeltung, aber ich lasse nicht zu, dass er über mich bestimmt.

Der Hüne verzog die Mundwinkel zu einem höhnischen Grinsen und sagte: »Na, Traumtänzerin? Hat man dir das Allerliebste geraubt?«

Die Angesprochene wischte sich das Wasser aus dem Gesicht, schaute den Hünen mit glasigen Augen an und sagte: »Was kümmert dich ein unschuldiges Tier? Nimm mich, denn ich weiß, dass meine Zeit längst gekommen ist. Vor Jahren habe ich deinen Diener abgewiesen, weil er zu früh kam.«

»Hirnloser Wurm! Ich sollte dich zertreten. Sich mir zu verweigern ist eine Sünde, die an Dreistigkeit nicht zu überbieten ist. Alles was ist, endet, wenn ich es befehle!«

Der Hüne hob sein Kinn an, glotzte von oben auf sie herab und fuhr mit der Anklage fort.

»Du hast mit anderen Menschen über deine Jenseitsreise gesprochen, brichst alle Regeln, die man dir auferlegt. Allein dafür gebührt dir ein Platz in der Hölle.«

Zahra ging nicht auf die Vorwürfe ein, sondern lenkte das Gespräch in eine andere Richtung.

»Besteht der Sinn des Lebens nicht darin, glücklich zu sein? Hatte ich nicht, wie jeder andere Mensch, ein Anrecht darauf, meine Träume zu verwirklichen?«

Der Finsterling kicherte in sich hinein und sagte: »Wenn ich dich so anschaue, dann hast du genau das Gegenteil erreicht.«

»Das mag sein! Heute freue ich mich über dein Erscheinen. Ich sehne mich nach dem Boss und den Menschen im Jenseits, die friedlich miteinander leben.«

Ihr Blick schweifte zum Himmel, wo violette Lichtstrahlen darauf hindeuteten, dass eine Sturmfront aufzog.

Ihr Gegenüber übersah das Unwetter, triefte vor Hass und Schadenfreude.

»Erwähne diesen Namen nicht. Der Einfaltspinsel hat den Code immer noch nicht geknackt. Im Gegenteil – er entfernt sich, genau wie ihr Menschen, weiter von der Lösung. Denk an die Kriegstoten, die Gewaltopfer und Flüchtlinge, deren Leichen die Straßen oder die Meeresböden pflastern!«

Zahra erschrak, als sie von der erfolglosen Suche nach dem geheimnisvollen Code Kenntnis erhielt. Doch dann gelangte sie zu einer Erkenntnis, die dem Treffen eine Wendung gab.

Der Sensenmann ist im Besitz der Lösungsworte und hat mir durch seine Überheblichkeit soeben den fehlenden Baustein zu ihrer Entschlüsselung gegeben.

Mit einem Augenaufschlag hauchte sie: »Gut Ding braucht Weile! Ich suche im Himmel nach der Lösung.«

»Das könnte dir so passen! Der Himmel bleibt dir versagt. Ich werde mich deiner Seele bemächtigen, denn ich benötige einen weiteren Diener, der in meinem Auftrag ekelhafte und blutige Arbeiten in Krankenhäusern, Industriebetrieben oder auf Autobahnen übernimmt.«

»Gegen Bevormundung habe ich mich nach Austritt aus dem Beruf gewehrt. Such dir jemand anderen! Es gibt genügend Menschenschinder, die solche Strafen eher verdienen als ich.«

»Wie bitte? Selbst Despoten haben sich nie meinem Zugriff entzogen. Seit vier Milliarden Jahre verweile ich auf der Erde, schlug mich mit Bakterien, Algen oder niederem Getier herum. Erst seitdem die Menschen auf dem Planeten erschienen sind, geht es mir besser. Ich bin vollbeschäftigt, alle fürchten mich und sogar der Boss begegnet mir mit Hochachtung. Nur du hast mich perfide hintergangen!«

»Wenn das so ist, warum hast du mich nicht früher geholt? Die letzten Jahre hätte ich mir gerne erspart.«

»Ich habe mich daran ergötzt, zu beobachten, wie sich die Freude aus deinem Dasein geschlichen hat. Ich herrsche über die Zeit! 37 Jahre sind für mich nicht mehr als ein Wimpernschlag im Verlauf der Evolution.«

Hinter dem Grabstein öffnete sich ein 90 Meter breiter Schlund, aus dem ätzende Gase aus dem Innern der Erde emporquollen.

Beißender Rauch legte sich wie ein zerfranster Teppich über den Platz.

Das Licht der Pechfackeln verblasste.

Über dem Schlund lag ein Holzbalken, der durch Aufwinde aus der Tiefe wie ein zu hoch aufgetürmtes Kartenhaus wackelte.

Der Finsterling zeigte mit der Sense auf den Schlund und sagte: »Ausnahmsweise gewähre ich dir eine Chance, Traumtänzerin. Geh rüber zum Balken und versuche, die andere Seite zu erreichen. Sobald du dort angekommen bist, lasse ich dich frei. Dann fliegt dich der Rabe zu deinem geliebten Boss.«

»Du eröffnest mir eine Fluchtmöglichkeit?«

»Warum nicht? Du hast deine Machtposition in der Bank nie ausgenutzt. Mitarbeiter und Weggefährten konnten sich auf deine Hilfsbereitschaft verlassen. Selbst der Vogel lag dir zu Füßen.«

»So viel Lob aus deinem Munde stimmt mich skeptisch!«

»Schlag dieses Angebot nicht aus! Es ist deine letzte und einzige Chance, ha, ha, ha.«

Sein Lachen klang wie das Krächzen des Rabenvogels.

Zahra begriff, dass es dem Sensenmann darum ging, mit ihr zu spielen und sich an ihrem Leiden zu ergötzen.

Mit dem Mut der Verzweiflung sagte sie: »Mich kriegst du nicht auf den Balken. Es ist unmöglich, in der Dunkelheit die andere Seite auf dem wackeligen Holz zu erreichen. Nach wenigen Schritten stürze ich in die Tiefe.«

»Hältst du mich für einen Scharlatan?«

»Ja!«

Den verdutzten Fiesling zur Seite schubsen, sich umdrehen, losspurten, war eins.

Zum zweiten Mal in ihrem Leben begehrte sie gegen den Tod auf, gewann ihr Selbstvertrauen

zurück, das sie in den vergangenen Jahrzehnten vor
Verletzungen bewahrt hatte.

Die Flucht fand ein abruptes Ende.
Nach 300 Metern hatte er sie eingeholt.
Sie spürte seinen kalten Atem im Nacken.
Er fingerte nach ihrer Jacke, packte sie am Kragen
und hievte sie in die Höhe.
Zahra donnerte ihr Knie dorthin, wo sich bei
sterblichen Menschen das Geschlechtsteil befindet.
»Miststück! Mich kann niemand verletzen, selbst du
nicht.«
Er prügelte auf sie ein, schleifte sie zum Riss in der
Erde und schleuderte sie mit Gebrüll in die Tiefe.
Ihre Kräfte reichten nicht, um sich ihm zu
widersetzen.
Mit aufgerissenen Augen schaute sie in den
Abgrund. In der Tiefe tauchte die Fratze des
Finsterlings auf, der sie hämisch angrinste.
Im Fallen gelang es ihr, sich an einem an der
Seitenwand herausragenden rotbraunen Backstein
festzukrallen, baumelte vier Meter unterhalb der
Abbruchkante, die Hände abgespreizt, fast schon
im rechten Winkel.
Ein Geruch nach verfaulten Eiern stach ihr in die
Nase.
Sie drehte sich weg, um der aufkommenden
Übelkeit vorzubeugen.

Musik erklang, eine Melodie, süß wie Honig, zarte, zerbrechliche Engelsstimmen, die ihr Herz verzauberten.

Hoch im Himmel, dort wo Sterne den Himmel küssen, breitete sich ein violettes Lichtermeer aus, als ob jemand ein Leuchtfeuer entzündet hätte.

Klara tauchte auf, schob sich vor die Wolken und schwebte zur Erde, ihre Mutter, der Zahra so viel Leid zugefügt hatte und die trotzdem voller Liebe zu ihrem einzigen Kind war.

Mit weit ausgebreiteten Armen und wehendem Umhang versuchte sie, zu ihrer Tochter zu gelangen, um sie in den Himmel zu ziehen, wo der blond gelockte Schutzengel wartete.

Hoffnung keimte auf.

Zahra sah Klaras Tränen, die ihr die Kraft gaben, gegen den Tod aufzubegehren.

Mit letzter Kraft posaunte die schwer verletzte Frau: »Es ist die Liebe, Mutter! Nur die Liebe gewährt Zutritt ins Paradies! Der Code lautet:

Liebe ist stärker als der Tod!«

Klara reichte ihrer Tochter die Hand.

Fingerkuppen berührten sich, zwei Welten, die so verschieden waren und doch zueinander gehörten.

Der Sensenmann trennte die Frauen mit Gewalt voneinander.

»Nein, lass sie gehen! Das hat sie nicht verdient! Sie hat ihr Leben lang nach dem Glück gesucht. Meine Tochter ist ein Stern, der die Nacht zum Leuchten bringt«, schrie Klara.

»Das ich nicht lache!«

Der Finsterling packte Klara an den Hüften und katapultierte die am ganzen Leib zitternde Frau in die Höhe.

Sie verschmolz mit dem lila Farbenmeer hinter dem Horizont.

Der Himmel verdunkelte sich, Blitze rauschten durch die Nacht und entluden ihre Energie am Erdboden.

Zahra schrie sich heiser und schickte sich an, aus eigener Kraft die Erdoberfläche zu erreichen, zur Welt da oben, derer sie überdrüssig war, zu ihrem Leben mit Brüchen und Wendepunkten, Konventionen und Regeln, Träumen und Hoffnungen, die sie bis zuletzt durch die Dunkelheit geleitet hatten.

Das Vorhaben scheiterte, der Rachsucht des Finsterlings hatte sie nichts entgegenzusetzen.

Mit Schaum vorm Mund schlug er auf das unterhalb des Abgrunds baumelnde Opfer ein.

Blutüberströmt stürzte sie in die Gefilde immerwährender Dunkelheit.

Das Rot ihres Blutes mischte sich mit dem bitteren Schwarz des Totenreichs.

Im Fallen vernahm sie die Anklage des Finsterlings: »Das hättest du niemals verraten dürfen! Milliarden von Menschenseelen werden es dir danken und im Paradies aufblühen. Du aber wirst dich vor Schmerzen krümmen. Ich verweigere dir die ewige Ruhe und ergötze mich bis ans Ende aller Tage an deinem Leiden!«

Zu diesem Zeitpunkt ahnte der Sensenmann nicht, dass der Boss das Paradies gerade eben aus Wut über den verloren gegangenen Code durch eine Bombe, deren Kraft jegliche menschliche Vorstellung sprengt, im All versenkt hatte.

Echos aus der Endzeit[2]

Bei meiner Geburt färbte sich der Himmel blutrot,
es dampfte und brodelte im Innern der Erde,
Wellen tanzten im schäumenden Meer.
»Vorsicht, Schätzchen, keinen Meter weiter nach
oben! Dort bist du nicht sicher«, tönte es unter mir.
»Wieso? Was ist denn dort?«, fragte ich und schaute
hoch zur Erdoberfläche.
»Hüte dich vor den Menschen! Sobald sie auf dem
blauen Planeten erscheinen, geht es dir an den
Kragen.«
Ich beherzigte die Warnung und rührte mich nicht
von der Stelle.
Geologische Zeitabschnitte rauschten an mir
vorbei.

Heute befinde ich mich in Sicherheit, denn ich
schlafe tief in einer Eiswüste, die von einer
Gebirgskette mit schroffen Gipfeln umschlossen
ist.
Mein Gewicht beträgt nach Abzug der mit mir
zusammengebackenen Eisen- und Erdschichten 40
Kilogramm. Ich entstand bei der Explosion eines
gewaltigen Sterns durch Energieaufnahme. Bei der
Krustenbildung der Erde bin ich in höhere
Schichten vorgedrungen.
In meiner Welt hat die Zeit keine Flügel, denn ich
liege seit über 1,8 Milliarden Jahren an dieser Stelle.

---

[2] Nach Motiven der Oper „Rheingold" von Richard Wagner

Für mich sind 500 Jahre nicht mehr als ein Tag,
Jahrtausende fühlen sich an wie Regentropfen, die
in der Gluthitze des Erdinnern verdampfen.
Ich bin rein und klar wie perlende Etüden und
gehöre zur Elite der chemischen Elemente, selbst
Edelsteine bewundern den Glanz.
Sobald Menschen mich erblicken, verfallen sie
meiner Anziehungskraft und laufen Gefahr, den
Verstand zu verlieren.
Mir ist klar, was passiert, wenn ich in ihre Hände
geriete. Man würde mich säubern, polieren,
einschmelzen und zu Schmuck verarbeiten, um die
Dekolletés wohlhabender Damen zum Leuchten zu
bringen.
Ich kenne die Extravaganzen der Zaren und
Sonnenkönige, die Prunksäle von Schlössern sowie
Figuren in Lustgärten mit meinen Geschwistern
überzogen haben.
Es gibt in der Sonne glänzende Buddha-Statuen,
die den Betrachtern die Sinne rauben.
Die Naturgeister haben mir von der Gier der
Konquistadoren in Lateinamerika berichtet, wo
man die Urbevölkerung, ungeachtet ihrer
Hochkultur, niedergemetzelt hat.
Zigtausende sind dem Ruf der Abenteurer gefolgt,
nicht wenige gestorben oder zu heimtückischen
Mördern geworden.
Alles verrate ich, Alter, Gewicht oder spezifische
Eigenschaften.

Nur eins gebe ich niemals preis: Meine GPS-Koordinaten mit der Tiefenangabe unter dem Meeresspiegel.

Zu Beginn der „Globalen Verteilungskriege" Mitte des 21. Jahrhunderts, denen fast die gesamte Menschheit im Neutronenbombenhagel zum Opfer gefallen war, brach die Suche nach mir ab.
Ich vermute, dass der Homo sapiens mit dem alltäglichen Überlebenskampf überfordert war.
Ein Jahrhundert später setzte sich die Ausbeutung der letzten natürlichen Ressourcen, trotz der geringen Bevölkerungsdichte auf der Erde, fort.
Liegt es in der Natur des Menschen, Fehler der Vergangenheit zu ignorieren?

Ende des Jahres 2151 sprach „Mutter Erde" zu mir:
»Ich weine! Mein Wintermantel, der Wald, ist abgeholzt. Mein Stolz, die Fische im Meer, sind tot. Wasser und Wind nagen an mir. Die Nacht überzieht mich mit Eis. Es ist ein Wunder, dass sie dich nicht gefunden haben.«
»Die Tränen schmerzen, doch dein Bauch bietet mir Obdach. In meiner Eremitage wird mich in Zeiten zunehmender Dunkelheit niemand orten«, entgegnete ich und bemerkte, wie Mutter in einem Meer von Traurigkeit versank.
Ich tröstete sie, obwohl ich insgeheim ihre Angst teilte, denn ich bin das Letzte meiner Art.

Wie lange hält die Einsamkeit, obsiegt die Schönheit der Erdschichten über Habgier und Ausbeutung, fragte ich mich und überprüfte die Festigkeit des benachbarten Gesteins.

Die Befürchtung erwies sich als berechtigt, denn auf die Torheit der Menschen ist Verlass.
Bei einem Erdbeben in der Tiefe hämmerte es über mir.
Es rieselte, ein Lichtschimmer drang zu mir durch.
Es roch nach Rücksichtslosigkeit und Schweiß.
Ich vernahm ein Gemurmel, das allmählich an Klarheit gewann.
Zwei Männer, die der Kälte der unwirtlichen Landschaft trotzten, gruben sich Stück für Stück in die Tiefe, standen kurz davor, mich aufzuspüren.
Mit wachsendem Unbehagen belauschte ich ihr Gespräch:
»Ted, nicht nachlassen! Ich kann ihn förmlich riechen, den Schatz unter unseren Füßen.«
»Unsinn, Bill! Du mit deiner Spürnase. Seit 30 Jahren treibst du mich in Erdspalten, die selbst Würmer oder Spinnen meiden. Du kapierst wohl nie, dass es in dieser Eiswüste nichts zu holen gibt?«
Mit zusammengekniffenen Lippen und Zornesfalten auf der Stirn arbeitete sich Ted mit der Schaufel Millimeter um Millimeter voran.
Bill packte ihn am Arm. »Hör auf zu graben! Lass mich ran. Wir stehen kurz vorm Durchbruch.«

»Oho, eine Eingebung? Beschwör die Naturgeister!
Die treiben dir deinen Größenwahn schon noch
aus. Du kannst mich mal!«

»Geh mir aus dem Weg! Verzieh dich in die
Höhlenbehausung, aus der ich dich herausgeprügelt
habe.«

»Vollidiot! Dein Starrsinn bringt uns um. Wenn wir
nicht sofort die Reißleine ziehen, frisst uns die
Kälte. Ich hasse diese gottverdammte
Gletscherspalte.«

Ein Rauschen unterbrach den Streit der
Glücksritter.

Der Permafrostboden ächzte.

Trotz des Zeichens aus der Erde wühlte Bill mit
bloßen Händen weiter.

Er triefte vor Habgier.

Ted verzog seine Miene zu einem gequälten
Grinsen: »Du bist wahnsinnig! Ich verzieh mich«,
sagte er und hangelte sich über die Strickleiter nach
oben.

»Zieh Leine! Ich schaffe es auch allein.«

Sein Kompagnon trampelte auf mir herum und
scheuerte Eispartikel und Beläge von mir ab.

Das Licht seiner Taschenlampe blendete mich.

»Da liegt das Schätzchen!«, brüllte er. »Ich wusste
es! Ich bin reich, unermesslich reich! Yeah, yeah,
yeah! Bleib ruhig oben, dann habe ich das
Prachtstück für mich allein.«

Verzückt grapschte Bill nach mir und küsste meine
Haut.

»Was hast du gesagt?«
In Windeseile kletterte Ted die Strickleiter herunter
und klatschte in die Hände.
Seine Blicke durchbohrten mich.
»Das gibt es nicht! Wir haben den
sagenumwobenen Schatz gefunden. Ich fass es
nicht, ha, ha, ha.«
Die Glücksritter fielen sich um den Hals und
tanzten wie Lemminge am Abgrund.
Sie lachten den Streit weg, bis der Boden im
Schacht vibrierte.

Nachdem sie sich ausgetobt hatten, sagte Ted:
»Schnell, wir transportieren das Schätzchen nach
oben und machen uns auf den Weg nach Hause.
Ich halte nicht mehr lange durch.«
Bill verpasste seinem Kompagnon einen Schlag in
den Nacken und fuhr ihn an: »Warmduscher! Mach
nicht schlapp, sondern unterstütz mich dabei, den
Klumpen behutsam aus dem Gestein
herauszulösen.«
Die Ausbeuter zerrten an mir und traktierten mich
mit Füßen, doch mein Gewicht in dem Schacht
wog schwer und schwerer.
Den Männern gelang es nicht, mich aus dem
Quarzgestein herauszulösen.
Ihre Kräfte schwanden schneller als Schneeflocken
am Tag der Sommersonnenwende.
Triefend vor Schweiß brüllten sie sich gegenseitig
an.

Steine gepaart mit Eissplittern schwirrten durch die Luft.

Fäuste schlugen auf Körperteile ein, ich vernahm ein Ächzen und Stöhnen, Schmerzenslaute hallten von den Wänden des Schachts wider.

Messer blitzten auf, deren Klingen sich im Eis spiegelten.

Ein stummer Schrei - der Kampf endete.

Einer der Männer fiel auf die Knie und donnerte mit dem Kopf gegen die Seitenwand des Schachts.

Dunkelrotes Blut tropfte auf mich herab und beschmutzte meine Haut.

Sein Mörder lallte: »Mistkerl! Der Klumpen gehört mir, ganz allein mir und nicht diesem Jammerlappen.«

Übersät mit Messerstichen richtete er sich auf.

Habsucht und Gier spielten in seinen Augen Tennis, an den Händen klebte Blut.

Lass mich in Ruhe. Ich will nicht nach oben, um von dir verwertet zu werden, gab ich ihm zu verstehen, doch er reagierte nicht auf die Signale meiner Körpersprache.

Der Ausbeuter packte mit beiden Händen zu und versuchte, mich hochzuhieven.

Mir kamen die Tränen.

Doch der Blutverlust durch den vorangegangenen Kampf im Schacht hatte ihn geschwächt.

Er ließ los, strauchelte, fiel fluchend zu Boden.

Stoßatmung, Röcheln, ein Seufzer.

Minuten des Abwartens.

Die Leichen zweier zu Eis erstarrter Männer, die wegen meines Glanzes gestorben waren, lasteten auf mir.

Aus der Tiefe vernahm ich ein Grollen, unheimlich und bedrohlich, wie ein B52 Bomber beim Anflug auf feindliche Bastionen.

Ein Donnerschlag? Ein neues Beben?

Der Permafrostboden setzte sich in Bewegung.

Der Schacht sackte wie ein zu hoch aufgetürmtes Kartenhaus in sich zusammen.

Trübes, matschiges Eis sog Blutlachen auf – Dunkelheit, Staub, Eissplitter.

Nach zwei Minuten endete das Beben.

In den Erdschichten herrschte Harmonie.

Ich lauschte dem Gesang der Naturgeister, der Melodie der Erde, furchteinflößend und zerbrechlich zugleich.

Plötzlich Stille, die mir die Einsamkeit versüßte.

Die Natur erstarrte.

Jahrtausende zogen vorbei, ohne dass es jemand wagte, mich zu belästigen.

Ist der Homo sapiens vom Planeten verschwunden oder sind die Menschen zur Vernunft gekommen?

Ich verweile in meiner geologischen Formation und ruhe in Frieden im Bauch meiner Mutter, bis die Erde in die sterbende Sonne stürzt.

Loser

Beim Öffnen der Wohnungstür vernahm der Broker Logan ein Geräusch, das ihn zur Vorsicht mahnte. Es klapperte, als ob jemand am Geschirrfach oder an der Vitrine rüttelt.

Es war ein hektischer Tag. Ich bin überarbeitet, dachte er und stellte die Tasche mit dem Laptop auf dem Boden.

Er hielt inne und lauschte in die Dunkelheit hinein.

Eine Minute Ruhe – da war es wieder, das merkwürdige Geräusch.

Es hatte sich verändert, klang ungewohnt vertraut.

Stimmen?

Es wurde lauter und klarer, bis Logan keine Mühe hatte, es zu identifizieren.

Das Wimmern eines Mannes dröhnte in seinen Ohren, trieb ihm den Schweiß unter die Kleidung.

Stöhnen, Ächzen, Schmerzensschreie, jemand lag in den Armen des Todes.

Die Laute kamen dem Vernehmen nach aus der Küche von Logans Wohnung.

Es war später Abend. Die Wall Street hatte vor 20 Minuten den Handel beendet.

Logan wohnte in einer „Gated Community".

Ein Pförtner im Eingangsbereich des Hochhauses stellte sicher, dass keine Unbefugten in das Gebäude eindrangen.

Das Apartment lag im Umfeld des Frankfurter
Bankenviertels, wo sich der Arbeitsplatz des
Brokers, die Börse, befand.
Das nahe Rotlichtviertel diente als Sammelbecken
für Unholde jeglicher Couleur. Es kam vor, dass
Junkies oder Obdachlose ihn verfolgten oder
anbettelten. Er schob die Gestalten zur Seite und
forderte sie zur Arbeit auf, dann hätten sie Geld.
Die hasserfüllten Kommentare, die ihm
entgegenschlugen, ignorierte er.

Der Broker, ein großgewachsener, kräftiger Typ mit
kantigem Gesicht und glatten gegelten Haaren trat
einen Schritt zurück und prüfte, ob jemand das
Schloss aufgebohrt oder beschädigt hatte.
Nirgends waren Spuren einer Gewaltanwendung zu
finden.
Er nahm eine stachelige Kaktee, die vor der
Wohnungstür auf einer Anrichte stand, zur Hand
und schlich in den Windfang des Apartments.
Nichts rührte sich, die Dunkelheit fühlte sich an
wie Kleister, der von der Decke tropft.
*Ein Spielfilm, den einer der Nachbarn auf volle Lautstärke
aufgedreht hat?*
Auf Zehenspitzen balancierte er durch den offenen
Wohn-/Essbereich des Apartments, jederzeit
bereit, dem Eindringling die Kaktee ins Gesicht zu
schleudern.
Er wagte nicht, das Licht einzuschalten.
»Oops!«

Er stolperte über einen Hocker, den die Putzfrau nach getaner Arbeit falsch einzuräumen pflegte.

Der Broker stand kurz davor, die Suche abzubrechen.

Auf der Loggia schepperte es.

»Also doch, da ist jemand bei mir eingebrochen!« Mit Riesenschritten eilte er nach draußen und hielt Ausschau nach dem Delinquenten.

Auf dem Hof flackerte eine Birne in einer Straßenlaterne, die einen Wackelkontakt aufwies.

Logan regte sich seit langem darüber auf.

Die Haustechniker hatten das Problem entweder nicht bemerkt oder waren unfähig, es zu beheben.

Er hatte eine Beschwerde vorbereitet, mit der er dem Eigentümer eine Mietkürzung androhte.

Trotz des Schummerlichts bemerkte der Broker, wie eine männliche Gestalt im langen Umhang und mit wehendem Schal auf allen vieren über den Hof kroch und im Schatten der Nacht untertauchte.

Logan warf ihm die Kaktee hinterher.

Krachend schlug der Topf auf den Boden auf und zerplatzte in tausend Stücke.

Hunde bellten ihre Wut in die Welt.

Mit geballter Faust und zusammengekniffenen Lippen schlenderte der Broker zurück ins Wohnzimmer.

Wie ist der Kerl vom dritten Geschoss innerhalb weniger Sekunden auf den Hof gelangt, fragte er sich, zumal er den Eindruck hatte, als sei der Einbrecher nicht in der Lage, aufrecht zu gehen.

Kopfschüttelnd schaltete Logan über eine App auf seinem Smartphone das LED-Licht an.

Er atmete tief durch.

Ein Geruch von Moder und Mottenkugeln lag in der Luft.

Er öffnete die Fenster und versprühte eine Prise Raumspray.

Es gelang ihm nicht, die Zimmer von dem Mief zu befreien.

Er inspizierte das Apartment, überprüfte die Unterseite des Betts, riss Schranktüren auf, schob Vorhänge und Gardinen zur Seite.

Es gab nichts Auffälliges, jeder Gegenstand lag dort, wo er hingehörte.

In der prall gefüllten Schatulle, die für jedermann sichtbar auf der Kommode thronte, fehlte kein Cent. Lediglich die Schuhabdrücke auf den Bodenfliesen bewiesen, dass sich der Einbrecher überall in der Wohnung umgeschaut hatte.

Sie zeichneten sich deutlich ab - Lehmspuren, die sich wie ein roter Faden durch das Apartment zogen.

Waren sie der Grund für den Gestank in den Zimmern?

Zur Beruhigung genoss der Broker eine Cohiba, das Spitzenprodukt der Zigarrenmanufaktur Habanos aus Kuba.

Hat mir jemand aus dem Obdachlosenmilieu mit einer Stinkbombe einen Streich gespielt oder steckt mehr dahinter? Heute war der Glückstag des Finanzjongleurs, denn er hatte am Morgen an der Frankfurter Börse durch eine Spekulation mit Optionsscheinen acht Millionen Euro verdient. Dass sich einer der übervorteilten Anleger mit dem seltsamen Namen „Udo Endlich" am selben Tag die Pulsadern aufgeschnitten hatte, störte ihn nicht.

Der arbeitslose Familienvater war mit dem Versuch gescheitert, die Zwangsräumung der Wohnung durch den Handel mit risikobehafteten Wertpapieren in letzter Minute zu verhindern.

Gefühle sind etwas für Rosamunde Pilcher. Die Finanzwelt ist ein Krieg der Gierigen, bei dem die blutrünstigste Bestie das Schlachtfeld als Sieger verlässt, lautete das Lebensmotto des Brokers, das jeden Morgen auf dem Begrüßungsbildschirm seines Laptops in großen, roten Lettern aufpoppte.

Trotz der beruflichen Erfolge quälten ihn Kopfschmerzen - eine wabernde Unruhe in der Seele, die ihn daran hinderte, ein zufriedenes, erfülltes Leben zu führen. Das Credo der Globalisierung, das „größer, höher, schneller, reicher", forderte ihm alles ab, zerrten am Nervenkostüm.

Mit versteinerter Miene erwärmte Logan ein Fertiggericht in der Mikrowelle.

Mit der dampfenden Masse auf dem Teller nahm er am Esstisch Platz und sah an sich herab.

Er runzelte mit der Stirn, denn die Wölbung oberhalb des Hosensaums missfiel ihm. Sie bewies, dass ein beginnendes Übergewicht dem Wunsch, sich in Edelboutiquen mit der neuesten Kollektion einzukleiden, entgegenstand.

Über eine andere App schaltete er den Fernseher ein und schaute sich einen Bericht über die Ausbreitung der Corona-Epidemie in den Nachbarländern an, wo die Fallzahlen im Herbst des Jahres 2020 steil nach oben schossen.

Den Broker focht die steigende Opferzahl nicht an, denn, nach einem Einbruch im Frühjahr, hatten sich die Börsen der finanzstarken Handelsplätze erholt und ihr gewohnt hohes Niveau erreicht.

Die Flutung der Finanzmärkte mit Giralgeld hatte den Run ausgelöst. Aber, wo Gewinner im Sonnenlicht baden, tummeln sich auch Verlierer.

Im Verlauf der Berichterstattung bemerkte er, wie unter der Tür, die zur Loggia führte, eine Flüssigkeit einsickerte.

»Was geht da vor«, brummte er und eilte zu der verdächtigen Stelle.

Etwas Dunkles breitete sich auf den Fliesen aus, träge und dickflüssig, wie die ins Tal fließende Lava eines Vulkans.

Logan bückte sich und griff mit den Fingern der rechten Hand hinein.

Wie ein Pfeil schoss das Adrenalin durch seinen Körper.

Der Lebenssaft des Einbrechers!

Der Broker trabte ins Badezimmer, um sich das Blut von der Haut abzuwaschen.

Doch sosehr er sich auch bemühte, er schaffte es nicht, die Finger zu reinigen.

Stand der Einbrecher mit dem Teufel im Bunde?

War ein Geist dem Jenseits entstiegen?

Anstatt weitere Recherchen anzustellen oder die Polizei zu alarmieren, leerte der Finanzjongleur eine halbe Flasche Whiskey – ein edler, wohltemperierter Tropfen aus den schottischen Highlands.

Der Alkohol verhalf ihm dazu, das merkwürdige Geschehen zu verdrängen.

Er schlief auf dem Sessel vor laufendem Fernseher mit Anzug und Krawatte ein.

Die blutverschmierten Finger beschmutzten das exklusive Möbelstück.

Der Schlaf glich einer Achterbahn mit Höhen und Tiefen.

Dreimal wachte er auf, sah Schatten durch die Wohnung huschen und spürte, wie eine unsichtbare Macht um den Sessel schlich.

Er fror, trotz voll aufgedrehter Fußbodenheizung.

Wieder dieses Stöhnen, Schmerzenslaute eines Menschen, der mit dem Tode rang.

Dem Vernehmen nach kamen sie aus dem Hausflur.

Der gottverdammte Mistkerl wagt es, mich ein zweites Mal zu belästigen. Diesmal entkommt er mir nicht.

Logan sprang vom Sessel auf.

Er scheute keine Auseinandersetzungen, schon gar nicht, wenn der Gegner ihm körperlich unterlegen war.

Er hechtete zur Tür.

Stroboskope zuckten im Rhythmus der Schritte durch das Fenster, es schien, als ob sich die Wohnung in eine Diskothek verwandelt hätte.

Unter der Haustür bildete sich eine Blutlache, dünnflüssiger als zuvor an der Tür zur Loggia. Sie breitete sich aus wie Wasser beim Rohrbruch und benetzte die Pforte, bis das gesamte Türblatt dunkelrot eingefärbt war.

Das ist Hexerei!

Er drückte die blutverschmierte Klinke nieder und öffnete die Tür - der Boden unter den Füßen gab nach.

Er taumelte und stürzte in eine Spalte, die tief ins Innere der Erde hineinführte.

»Hillllfeeee!«

Ein Wasserfall rauschte, ein Gestein, schwarz wie Kohle, glitzerte hinter Wasserfontänen.

Wie eine Rakete düste er ins Nichts, die Hitze brannte auf seiner Haut.

Sein Körper schlug auf - ein dumpfer Schmerz, wie nach einem knock-out Boxhieb an die Schläfe.

Sekunden später erlangte er das Bewusstsein zurück.

Flüssiges Gestein warf Schatten an Wände aus unbekanntem Material. Irrlichter spiegelten sich an schwimmenden, sich gegeneinander reibenden Lithosphärenplatten.

Trommelschläge, die von Heulen begleitet wurden, ertönten.

Bestien?

In der Ferne ereigneten sich Explosion, die den Boden unter seinen Füßen in Wackelpudding verwandelten.

Das ist ein Albtraum, ich bin nicht wirklich hier, dachte er und schlug sich mit der flachen Hand auf die Stirn, um aufzuwachen.

Vergeblich - ein schwarz gekleideter Endvierziger mit blassem Gesicht, aufgeschnittenen Pulsadern und grauem Wollschal legte seine blutverschmierten Hände auf die Schulter des Brokers und fragte: »Na, wie wäre es mit einer Wette auf den Kurs deiner Seele?«

Logan blieb gewohnt gelassen.

Ihm genügten wenige Sekunden, um die Frage mit Gegenfragen zu kontern: »Put oder Call? Wie lange läuft der Optionsschein bei dieser Armageddon-Partie?«

»Put! Das Papier läuft bis zum Ende aller Tage«, lautete die lakonische Antwort des Gesprächspartners.»

»Ist es möglich, eine Stop-Loss-Order zu erteilen?«

»Nein, dafür ist es jetzt zu spät.«

Verdammt! Das ist keine gewöhnliche Handelsplattform.

Der Broker sah der Realität ins Gesicht, denn an der Börse beträgt die Laufzeit von Optionsscheinen Monate oder Wochen, manchmal sogar nur wenige Tage. Das Setzen einer Stop-Loss-Order ist zu jedem Zeitpunkt möglich.

Ihn packte die Panik, die sich noch verstärkte, als er sah, wie das Antlitz des Gesprächspartners im Umfeld glühender Gase aufblitzte. Die Haut platzte an mehreren Stellen gleichzeitig auf, der Hals war mit roten Pusteln überzogen.

Auf der Stirn prangerte der Name des Mannes:

Udo Endlich!

Der Kunde, den Logan in den Suizid getrieben hatte, grinste.

Ein Gefühl der Machtlosigkeit überfiel den Broker, wie ein Pilot, dessen Jet mit rasender Geschwindigkeit auf eine Felswand zusteuert.

Erst jetzt, als das Schicksal besiegelt war, erkannte Logan, was es bedeutet, im Leben zu den Losern zu gehören.

Hochmut

Eine unsichtbare Macht reißt mir den Boden unter
den Füßen weg und katapultiert mich in die Höhe.
Der Kiez unter mir degeneriert zu einem Punkt im
Nirgendwo.
Ich schwebe auf Wolken, gleite vorbei an einem
schweigenden Mond und an stummen Sternen.
Galaxien tauchen auf und verschwinden wieder.
Gleißendes Licht, die Sonne, rot wie Blut.
Leoniden rauschen an mir vorbei.
*Haben die Hochhäuser und der Straßenasphalt meinen
Verstand verbaut?*
Ich balanciere über eine Hängebrücke, die bei
jedem Schritt wie ein Zelt aus Pappmaschee
wackelt.
Ich habe Angst, ins Nichts zu fallen.
Unter mir leuchtet ein Stern.
Die Erde?
Die Brücke endet an einer goldenen Pforte, die mit
Trompetenengeln und anderen Abbildungen von
Himmelsbewohnern verziert ist.
Beim Näherkommen bemerke ich, dass zwei
Gestalten vor ihr auf einer Blumenwiese kauern.
Sie richten sich auf und starren mich an, als ob ich
hier nichts zu suchen hätte.
Einer von ihnen flötet: »Oh je, noch jemand!
Kommen Sie auch aus Deutschland?«
Was will der Kerl von mir, frage ich mich.
Mit verknittertem dunkelblauem Anzug,
Designerkrawatte und grau melierten nach hinten

gestylten Haaren verkörpert er den Typ Mann, der mir unsympathisch ist.

»Hallo! Ich bin Holger, Fraktionsvorsitzender aus Berlin«, sagt der andere, ein untersetzter Endvierziger mit runder Nickelbrille, dessen Turnschuhe das Zeichen einer Edelmarke ziert.

»Dann möchte ich mich auch vorstellen: Eberhart, Banker aus Frankfurt, Spezialgebiet Übernahmefinanzierungen«, sagt der Graumelierte, der einen Kopf größer ist als ich.

»Interessant!«, lalle ich und kaue an den Fingernägeln.

»Wer sind Sie überhaupt?«, fragt er und schaut von oben auf mich herab.

»Icke? Äh…, warum…?«

»Ja, wollen Sie denn nicht hier rein?«, fragt mich Holger.

»Ne, eigentlich nich. Ick hab zwar ne Einladung, aber wenn Sie auf meine Wenigkeit verzichten könnten, ziehe icke es vor, mit den Jungs in der Fußgängerzone auf Ihr Wohl anzustoßen. Was ist das für eine eigenartige Tür?«

»Der Eingang zum Jenseits«, raunt Eberhart und verdreht die Augen.

Holger zieht die Augenbrauen hoch. »Haben Sie nicht bemerkt, dass Ihnen heute etwas zugestoßen ist?«

Gedankenfetzen schwirren durch meinen Kopf, verwackelte Bilder verwirren mich durch

Unschärfe. Es dauert eine Weile, bis ich in der Lage
bin, ihm zu antworten.

»Hm, ja! Man hat mich geschlagen und dann bin
icke mit dem Hinterkopf…«

Schlagartig erinnere ich mich an das, was vor
wenigen Stunden geschehen ist:

Ich hatte mich am Abend auf einer durch zwei
Platanen geschützten Bank im „Großen
Tiergarten" zurückgezogen. Die Bäume waren
verblüht, aber immer noch voll Laub.

Das unablässige Rauschen der Blätter wog mich in
den Schlaf.

Am frühen Morgen riss mich ein Schrei aus
unruhigen Träumen.

Zwei Jugendliche belästigten ein junges Mädchen.

Das Erscheinungsbild der Jungen wirkte
furchteinflößend - Schlabberhosen, verkehrt herum
aufgesetzte Kappen, Tätowierungen am Hals und
an den Oberarmen.

Der größere von ihnen besaß Muskeln wie ein vor
Kraft strotzender Silberrücken aus dem Bergland
von Ruanda.

Ich habe am eigenen Leibe erfahren, was es
bedeutet, in einer Notsituation auf die Hilfe anderer
Menschen angewiesen zu sein. Viele Passanten
hasten an mir vorbei oder ertränken mich mit
Mitleid. Manche ekeln sich vor meinem
Erscheinungsbild. Hin und wieder streichelt mich
das Lächeln eines Menschen, eine warme Aura,

vorurteilsfrei und unvoreingenommen. Das ist mir lieber als das Angebot des Sozialarbeiters, die Winternächte in geheizten Räumen der Obdachlosenunterkunft mit ihren Regeln und Vorschriften zu vergeuden. Nur wenn Hilfe vom Herzen kommt, baut sie Brücken.

Ich schob meine Angst beiseite, erhob mich und ermahnte die Jugendlichen.
Sie starrten mich an wie einen Geist, der aus der Unterwelt emporsteigt.
Das Mädchen nutzte den Moment der Ablenkung, befreite sich aus der Umklammerung des Kraftprotzes und floh über die Wiese zur Hauptstraße.
Ihre dankbaren Blicke sagten mehr als tausend Worte.
Der große Junge baute sich vor mir auf.
»Lass das Mädchen in Ruhe! Sie ist noch ein Kind!«
Er verzog die Mundwinkel zu einem Grinsen und schlug mir sechs Mal mit der Faust ins Gesicht.
Anschließend trat er mir mit voller Wucht in das Geschlechtsteil.
Ich verlor das Gleichgewicht, stürzte zu Boden, donnerte mit dem Hinterkopf auf den Randstein.
Eine Friedhofsruhe, die mich von der Niederträchtigkeit des Schlägers befreite, setzte ein.
Ich verließ meinen Körper und schoss wie eine Rakete in die Höhe. In den Händen hielt ich einen

Briefumschlag, auf dem in goldenen Lettern das Wort „**Einladung**" aufgedruckt war.

Holger packt mich am Arm und fragt: »Bist du taub oder hast du deinen Namen vergessen?«
»Ne, ick heiß Olli und bin Künstler.«
Mit offenen Mund begutachtet er meinen Parka, den ich vor Jahren durch eine Kleiderspende ergattert habe.
Das Geräusch von quietschenden Schuhsohlen beendet unser Gespräch.
Ein Schlüsselbund rasselt.
Eberhard versucht, sich hinter mir zu verbergen, doch er ist zu groß, um Schutz zu finden.
Es scheppert, die Pforte öffnet sich knarzend.
Ein älterer Herr im weißen, bis zu den Knöcheln reichenden Gewand steuert auf uns zu, beäugt uns mit zusammengekniffenen Lippen und sagt: »Ich bin alt und gebrechlich, es fällt mir immer schwerer, die Tür zu öffnen. Seid ihr die Bewerber aus Deutschland?«
»Diesen Opa kenne ich aus Abbildungen, die wir im Religionsunterricht durchgenommen haben«, flüstert Eberhart.
»Sei still, das ist Petrus«, raunt Holger und stößt dem Banker mit dem Ellbogen in die Rippen.
»Es tut mir leid, aber der Himmel ist besetzt«, sagt Petrus. Wir haben nur noch einen Platz frei. Es ist meine Aufgabe, herauszufinden, wer von euch ihn verdient. Habt ihr Ausweise oder…«

Ehe der Greis den Satz zu Ende führt, überreicht
Eberhart ihm zwei Kreditkarten.

Holger kramt Ehrungen und ein Parteibuch aus
dem Rucksack hervor.

»Was kannst du mir bieten«, fragt mich Petrus und
schaut mir tief in die Seele.

»Oh, nur ein paar Straßenbilder, die ick in der
Fußgängerzone gemalt hab. Leider hat mir ein
Betrunkener mein Handy mit den Fotos gestohlen.
Doch ick hab ne Obdachlosenzeitung dabei. Für
zwei Euro bekommen Sie die neueste Ausgabe. Die
Hälfte der Erlöse fließt in Sozialprojekte.«

Eberhart zieht ein iPad aus der Tasche. »Igitt, ein
Pennbruder! Na, dann ist die Sache ja glasklar.«

Er reckt den Kopf in die Höhe und präsentiert die
Kennziffern seines Unternehmens: »Umsatz 80
Millionen Euro, eine Millionen Euro Steuern,
Sponsoring für den Sport, die Kunst und den
Umweltschutz.«

»Vortrefflich!«, sagt Petrus und klopft ihm auf die
Schulter. »Was hast du zu bieten, Holger?«

Der Gefragte fingert nach einem Aktenordner und
zeigt seine Erfolge: Mütterrente, Hartz-IV-
Aufstockung, paritätische Beiträge zur
Krankenversicherung, Familienförderung.

»Bravo!« Petrus nickt anerkennend.

»Was heißt hier Bravo? Woher nehmen Politiker
das Geld für ihre vermeintlichen Wohltaten? Von
meinen Steuern!«, schimpft Eberhard.

»Geht´s noch? Ich möchte nicht wissen, wie viele

Arbeitsplätze Sie mit Ihren perfiden Übernahmefinanzierungen vernichtet haben. Eine Millionen Euro Steuern bei dem Umsatz sind Peanuts! In welcher Steueroase befindet sich Ihr Tochterunternehmen?«, kontert Holger.

Eberhart verliert die Contenance und tritt dem Kontrahenten mit voller Wucht in den Allerwertesten.

Es dauert nicht lange, bis die Herren mit hochroten Köpfen aufeinander einprügeln.

Fäuste treffen auf Bindegewebe, Schmerzenslaute, Blut tropft auf das Gras, Holgers Nickelbrille zerbricht in Einzelteile.

Petrus trennt die Raufbolde und packt sie am Kragen: »Mitleid, Nächstenliebe, Bescheidenheit! Ihr habt mich nicht ausreden lassen, sonst hättet ihr erfahren, welche Werte bei mir zählen. Doch einer von euch dreien hat mit seiner Arbeit die Herzen der Kinder erobert und durch Aufrichtigkeit ein Lächeln in mein Gesicht gezaubert.«

Die Kampfhähne deuten mit Fingern auf mich: »Heißt das etwa…?«

»Habt ihr es endlich kapiert? Olli, kommst du bitte«, sagt Petrus und rasselt demonstrativ mit dem Schlüsselbund.

Er reicht mir eine Hand und haucht: »Du hast es dir redlich verdient!«

Arm in Arm durchschreiten wir die Pforte zum Paradies. Zum ersten Mal im Leben gehöre ich nicht zu den Verlierern, sondern zu den Siegern, zu den Menschen, denen ein Platz an der Sonne vergönnt ist.

Die Euphorie währt nicht lange: Ich schaue mich um und atme Himmelsluft ein.

Es riecht falsch - klinisch und keimfrei, als ob jemand die Straßen von morgens bis abends mit Desinfektionsmitteln reinigt.

Eine Werbung mit der Aufschrift *„Wir schaffen das!"* poppt an einer glitzernden Hochhausfassade auf.

Elegant gekleidete Engel mit goldenen Flügeln rauschen vorbei, telefonieren, schreiben E-Mails und drängeln sich vor, um in Geschäften das iPhone oder die angesagteste Designerkollektion zu erhaschen.

Einer von ihnen steuert auf mich zu, umarmt mich und säuselt: »Hallo! Ich heiße Seraphina und bin dein Scout. Heute erläutere ich dir unser Wirtschafts- und Sozialsystem. Es gibt unzählige Regeln und Vorschriften, die es einzuhalten gilt.«

Mein Magen krampft sich zusammen, hilfesuchend schaue ich mich um, doch außer Seraphina und Petrus nimmt niemand von mir Notiz.

Ich zögere die Antwort heraus und beobachte einen Vogel, der von einem Tannenbaum abhebt und mit dem Horizont verschmilzt.

»Komm jetzt, wir dürfen keine Zeit verlieren!«

»Das ist abscheulicher als ein Aufenthalt in der Obdachlosenunterkunft! Gegen Bevormundung hab icke mich ein Leben lang gewehrt«, gebe ich ihr zur Antwort.

Ohne die Reaktion der beiden Himmelsbewohner abzuwarten, reiße ich mich los und stürme zur Eingangspforte.

Es gibt kein Paradies nirgendwo, schon gar nicht für Typen wie mich, für die ein Leben ohne Freiheit sinnentleert ist.

Holger und Eberhart bemerken meine Kehrtwende. Wahrscheinlich hatten sie auch nichts anderes von mir erwartet.

Sie nehmen sich an die Hand und stellen sich mir in den Weg.

Ich stolpere über ihre Füße und schlage mit dem Hinterkopf auf Rasengittersteinen auf - Finsternis, Stille, Atemlosigkeit.

Wie zuvor im Stadtpark verlasse ich den Körper, düse mit Lichtgeschwindigkeit durch das Universum, verliere jegliche Orientierung.

Die Lichter der Großstadt blenden, Sirenen, Blaulicht, weiße Kittel.

Jemand drückt mir seinen Mund auf die Nase.

»Wir haben ihn! Es ist nicht zu fassen, dass der Obdachlose mit dieser Kopfverletzung ins Leben zurückfindet.«

Ich öffne meine trüben Augen und erbleiche: Zwei Ärzte mit verschwitzten Gesichtern mustern mich von Kopf bis Fuß.

»Wissen Sie, welcher Tag heute ist«, fragt einer.

»Ostern?«

»Witzbold! Sie sind bei weitem nicht über den Berg und müssen mit Rückschlägen rechnen.«

»Haben die Kumpels nach mir gefragt?«

»Hm, vorhin hat jemand angerufen, der Stimme zufolge ein älterer Herr. Der Anruf kam von weit her, vermutlich von einem anderen Kontinent. Er bat uns, Ihnen auszurichten, dass heute Nacht ein neues Date stattfände. Die Einladung läge in der Seitentasche Ihres Mantels.«

»Aha! Hat er sonst noch etwas gesagt?«

»Ja, ein eigenartiger Hinweis«, säuselt der andere.

»Wir sollen Ihnen ausrichten, dass der letzte Platz gestern vergeben worden sei. Man müsse Sie in einer Notunterkunft unterbringen. Die Aufseherin mit dem Namen „Seraphina" brenne darauf, Ihnen Regeln und Vorschriften der Einrichtung ans Herz zu legen.«

Niemandsland

Das Industriegelände, das als Standort für den Clip diente, lag seit Jahren brach. Es kostete wenig Mühe, auf das Grundstück zu gelangen, denn der Sicherungszaun wies Löcher auf.

»Jetzt reicht es mir, ich misch die Party auf«, sagte Stepan Malik, der im vorderen Teil des Vans hockte.

Sein kantiges Gesicht mit dem Dreitagebart spiegelte sich in den abgedunkelten Scheiben des Einsatzfahrzeugs.

Mit roten Wangen, abgetragener Steppjacke und verwaschener Jeans glich er einem Hafenarbeiter, der nach der Nachtschicht in einer Eckkneipe auf den nächsten Drink wartete.

Doch die äußere Hülle täuschte: Unter der Oberfläche verbarg sich ein durchtrainierter Körper, der die stattliche Größe von zwei Metern um drei Zentimeter verfehlte.

»Nein, jetzt nicht! Warte ab, bis Verstärkung eintrifft«, sagte Wim, der die Leitung des Polizeieinsatzes in dem Düsseldorfer Industriegebiet innehatte.

»Dann ist das Mädchen tot. Es geht nicht um eine Techno Fete, sondern um ein Snuff–Video.«

»Du rührst dich nicht von der Stelle! In deinem Zustand richtest du nichts als Schaden an«.

Wims Stimme klang wie das Krächzen eines Rabenvogels.

Er rümpfte die Nase, denn die Alkoholfahne des Kollegen verpestete die Luft in dem hermetisch abgeriegelten Fahrzeug.

Malik liebte nach dem Tod seiner Frau Marina nur eins: den Whiskey. Aber trotz der Vorliebe für Hochprozentiges aus den schottischen Highlands ließ er nicht zu, dass der Alkohol sein Leben zerstörte oder er durch dessen Genuss die Arbeit vernachlässigte. Im Gegenteil: Der Whiskey verhalf ihm dazu, die Mühen der Polizeiarbeit im Umfeld von Mördern und Psychopathen zu ertragen. Für ihn war der Schnaps keine Flucht, sondern ein Refugium, das ihm neue Kräfte einhauchte. Er galt als der beste Fahnder des Düsseldorfer Morddezernats, bei Verbrechern und Kollegen gleichermaßen gefürchtet wegen seiner Unnachgiebigkeit. In der Unterwelt besaß er unzählige Feinde. Man trachtete ihm seit Jahren nach dem Leben. Im Polizeipräsidium hatte man ihm den Spitznamen „den Gerechten" verpasst, wobei die Kollegen bei Verwendung des Begriffs ein ironisches Grinsen ins Gesicht zauberten.

»Bleib im Wagen und schau dir den Bericht über das Spiel der Fortuna an«, zischte Malik, riss die Seitentür des Fahrzeugs auf, hechtete nach draußen und verschwand hinter dem Zaun.
»Vollidiot!«

Trotz der Bedenken sprang Wim auf und folgte dem Kollegen. Es gab Hinweise auf einen Kinderschänder, der junge Mädchen quälte, sie beim Sterben filmte und den Clip ins Internet einstellte.

Gemeinsam schlichen die Kommissare über das Industriegelände.

Im Schutz der Dunkelheit passierten sie das sechsstöckige Verwaltungsgebäude eines ehemaligen Futtermittelherstellers, das vom früheren Glanz des Unternehmens Zeugnis ablegte. Eine sich neben dem Gebäude befindliche Tankstelle vermittelte den Eindruck, als sei sie gestern noch in Betrieb gewesen. Dahinter thronte ein Speichergebäude, dessen Giebel ein verblasstes Firmenlogo zierte.

Ein kalter Mond leuchtete in den zerbrochenen Fensterscheiben der trutzigen Immobilie, die den Kommissaren die Vergänglichkeit zu Füßen legte. Aus dem Hochgeschoss schimmerte gedämpftes Licht.

Mit den Händen an den kühlen Schäften der Waffen stiegen sie die Treppe hoch und bahnten sich den Weg durch Unrat und menschliche Exkremente.

Die Schritte hallten wie dumpfe Schläge auf dem Beton.

Wim stolperte über eine leere Wodkaflasche, die scheppernd die Stufen herunterrollte.

Sie schlug auf dem Betonboden im Erdgeschoss auf, wo sie in tausend Einzelteile zersplitterte.

»Vorsicht! Nachts halten sich Obdachlose in dem Gemäuer auf«, flüsterte der Gerechte und hielt inne.

Hatten sich die nächtlichen Besucher durch ihre Tollpatschigkeit verraten?

Lockte man sie in eine Falle?

Die Nerven lagen blank, die Atmung kurz und stoßweise.

Wim presste die Fingerkuppen beider Hände gegeneinander, bis sich die Nägel in die Haut bohrten.

Nichts rührte sich.

Die Kommissare setzten die Erkundung fort.

Schritt für Schritt näherten sie sich einer Stahltür, hinter der Stöhnen atemlose Stille brach.

Tür aufreißen, Pistolen ziehen, Raum sichern, war eine Angelegenheit von Sekunden.

»Polizei, Hände hoch!«, schrie Wim und hätte aus Versehen beinah auf eine Gruppe nackter Männer mit erigierten Gliedern geschossen.

Sofort hörte das Stöhnen auf, niemand wagte, sich von seiner Position wegzubewegen.

Panik regierte, die Luft vibrierte vor Anspannung.

Aus der Ferne ertönte das Kreischen von Katzen, die um die Vorherrschaft in ihrem Revier kämpften.

»Hey, seid ihr völlig durchgeknallt?«, rief eine kehlige Stimme aus dem Hintergrund.

Mit einem Seufzer senkten die Polizisten die Waffen.

»Verdammt, der Doktor!«, stammelte Wim und betrachtete zwei unbekleidete Damen in einer Gruppe maskierter Männer, die mitten im Gang Bang gestört worden waren.

Malik bemerkte, wie sich einer der Darsteller nach seinem Erscheinen wegduckte und an den Fingernägeln kaute.

Irgendwie kommt der Kerl mir bekannt vor.

Der Kommissar rief alle Segmente des Langzeitgedächtnisses auf, doch es gelang ihm nicht, den Typen einzuordnen.

Der Doktor streckte den Zeige- und Mittelfinger der rechten Hand zu einem „V" aus.

Die Darsteller rammelten weiter, als ob nichts geschehen wäre.

»Wollen die Herren mitmachen? Potenz ist Trumpf«, rief er und rieb sich die Hände.

Am liebsten hätte der Gerechte ihm eine reingehauen, doch die Bodyguards bauten sich vor ihm auf.

Der Doktor, der diesen Spitznamen wegen seiner Vorliebe für orale und anale Sexpraktiken trug, war der angesagteste Pornoproduzent der Stadt. Die dezenten Farben des Anzugs passten auf unvorteilhafte Weise zu den knallroten Schuhen, die Kardinäle anlässlich bedeutsamer kirchlicher Zeremonien tragen. Die mit Aktbildern gemusterte

Krawatte war am Hals so fest verknotet, dass er
Mühe hatte, frei zu atmen.

»Komm, wir ziehen Leine, sonst vergesse ich
mich«, zischte Wim und versetzte dem Kollegen
einen Schlag in den Nacken.

»Die Bullen laufen mal wieder der Zeit hinterher«,
flötete der Doktor und rollte mit den Augen.

Höhnisches Gelächter begleitete die Polizisten auf
den Weg ins Treppenhaus.

Von den Katzen war nichts zu hören.

War der Kampf entschieden?

»Morgen, Punkt neun in meinem Büro«, zischte
Wim am Einsatzwagen mit einer Miene, in der sich
Vorwürfe spiegelten.

Seine krausen roten Haare standen in alle
Richtungen ab, die Brille ruhte schief auf der
knolligen Nase des Endfünfzigers.

»Vergess die Dienstanweisung mit ihren Richtlinien
und konzentriere dich auf den Killer, mein lieber
Einsatzleiter«.

Malik drehte sich um und verschwand zwischen
Blechlawinen, die den Straßenrand blockierten.

Anstatt sich zu Hause auszuschlafen, schlenderte er
in das hippste Viertel des Düsseldorfer
Nachtlebens – den Medienhafen am Landtag.

Früher hatten dort Hafenarbeiter und Künstler am
Büdchen ihren Kaffee genossen. In den letzten
Jahren war im Rahmen der Umstrukturierung in

Teilen des Hafens ein „Schickimicki Quartier" mit Dienstleistungsunternehmen, hochpreisigen Gastronomiebetrieben und Bars am Wasser entstanden. Dort, wo früher ein Stadtstrand zum Chillen aufgefordert hatte, ragten die Türme eines Luxushotels gen Himmel, in denen Prominente oder jene, die sich dazu zählten, Reichtum zelebrierten.

Der Polizist schob die Tür einer dem Hotel gegenüberliegenden Bar auf, die für ihre erlesenen Whiskeys berühmt war.
Der Barkeeper durchbohrte ihn mit Blicken und zischte: »Hey, Mann! Haben Sie sich verlaufen?«
Er spielte damit auf den Umstand an, dass das Erscheinungsbild des Gastes nicht zu dem Ambiente der stylishen Bar passte.
»Reden Sie nicht so viel, sondern schenken Sie mir einen doppelten Scotch ein. Aber pur, ohne Eis.«
Malik nahm am Tresen neben einem grau melierten Herrn Platz, der auf dem Laptop eines renommierten Herstellers herumfingerte.
Nach dem dritten Whiskey verwickelte der Graumelierte, den der Barkeeper mit dem Namen „Mister Busy" anredete, den Kommissar in ein Gespräch.
»Bist du Hafenarbeiter?«
Mister Busy musterte seinen Sitznachbarn aus den Augenwinkeln.
»Ja«, antwortete Malik, ohne aufzuschauen.

»Dann rate ich dir dringend, nach einem neuen Job Ausschau zu halten.«

»Warum?«

»Der Hafen wird modernisiert. Büros, Luxuswohnungen, Restaurants – der alte Kram aus dem 19. und 20. Jahrhundert wird abgerissen. Ich bin Projektentwickler und habe mehrere Grundstücksoptionen in der Tasche.«

Malik verzog das Gesicht und raunte: »Wie schön für Sie. Doch was ist mit den Menschen? Kommen die auch weg? Früher lebten Künstler im Hafengebiet. Sogar Immendorf hatte hier sein Atelier.«

»Merkwürdig, dass gerade du dich an den Sonderling mit seiner lächerlichen Affeninsel erinnerst. Städte verändern sich, man nennt es Gentrifizierung. Wer kein Geld hat, muss eben woanders hin. Ich kann da nichts machen«, sagte Mister Busy und zuckte mit den Schultern.

Er packte seinen Laptop in eine aus feinstem Nappaleder gearbeitete Umhängetasche und erhob sich vom Hocker.

Mit hochgerecktem Kinn stolzierte er zum Ausgang und stieß die Pforte auf.

Der Kommissar prostete ihm zu und bestellte einen weiteren Whiskey.

Wieso laufe ich der Zeit hinterher, fragte er sich, fand aber selbst nach dem vierten Glas keine Antwort auf die hintergründige Bemerkung des Doktors.

Am nächsten Morgen riss der Wecker den
Kommissar aus dem Schlaf.

Er ignorierte das Signal und erschien erst um 12.00
Uhr im Polizeipräsidium.

Auf dem Flur hörte er die herzzerreißenden Schreie
eines sich im Todeskampf befindlichen Mädchens.

Er riss die Tür des Zimmers auf, aus dem das
Gekreische ertönte.

Susan, die Polizeihauptmeisterin, kam ihm entgegen
und erbrach sich.

Malik fixierte die Leinwand, auf der sich das Drama
abspielte.

»Also doch, das Snuff Video! Woher habt ihr…?«
»Aus dem Darknet. Der Clip ist keine zwei Tage
alt«, sagte Schröder, der erste Streifenführer, dessen
Gesichtsfarbe dem Schnee glich.

»Manchmal hasse ich unseren Job«, sagte Wim und
knetete seine Hände bis zur Schmerzgrenze.

»Gibt es eine Auffälligkeit, ein Bild, eine Werkbank
oder Teile von Maschinen, die Hinweise auf den
Tatort geben könnten«, fragte Malik.

»Nein, wir haben alles analysiert. Manche Szenen
haben wir uns dreimal angeschaut. Ein Keller, ein
Bunker oder eine abgewrackte Halle? Wir wissen es
nicht«, sagte Wim und nippte an dem Kaffee, der
so stark war, dass er beim Genuss desselben das
Gesicht zu einer Grimasse verzog.

Ohne nach außen sichtbarer Gefühlsregung
überprüfte der Gerechte mit routinierter Präzession
jede einzelne Szene des Clips.

Er konzentrierte sich auf die Sequenz, in der der
Mörder das Mädchen, dem er eine Kapuze
übergestülpt hatte, an einem Hundehalsband mit
Spikes durch den Raum zerrte. Er verbarg das
Gesicht mit der Maske, die Michael Myers im
Horrorfilm „Halloween – Die Nacht des Grauens"
trägt.

»Zurückspulen, bis zu der Stelle, wo er das
Mädchen…«

Wim folgte der Anweisung und schaute den
Untergebenen mit zusammengekniffenen Lippen
und einem Fragezeichen in den Augen an.

»Stop! Die Stelle heranzoomen, zehnfach
vergrößern. Gib mir die Lupe, Schröder!«

Der Angesprochene kramte in einer Schublade und
fingerte nach dem gewünschten Gegenstand.

Malik riss ihm die Lupe aus der Hand, positionierte
sich vor dem Bildschirm und schaute sich ein
Detail an.

»Verdammt, der Doktor hatte recht, wir waren zu
spät. Ich bin mir sicher, dass der Clip zeitgleich mit
dem Gang Bang in der Industrieruine gedreht
wurde. Seht ihr nicht den alten Dienstplan des
Betriebs neben der Tür? Knöpf dir das Ekelpaket
vor, Susan!«

»Du mit deiner Spürnase! Wir treffen uns in einer
halben Stunde bei mir zur Dienstbesprechung. Ted
kommt auch hinzu«, sagte Wim und drückte auf
den Ausschaltknopf des Rekorders.

Malik nutzte die Pause, um am offenen Fenster des Büros eine Gauloise nach der anderen zu rauchen. Seine halblangen braunen Haare, in denen sich graue Strähnen eingeschlichen hatten, flatterten im Wind.

Zu Beginn der Besprechung präsentierte Ted, der Profiler, eine Liste mit Namen von Kinderschändern, deren Vorgehensweise beim Töten junger Mädchen mit dem aktuellen Fall vergleichbar war.

»Macht euch auf Perversitäten gefasst! Eine abnormale, asoziale Persönlichkeit mit einem extremen Bedürfnis nach Aufmerksamkeit, Anerkennung und Bewunderung«, sagte er und zerlegte einen Kugelschreiber in Einzelteile.

»Was heißt das?«, fragte Schröder, der sich bislang nicht mit solchen Psychopathen auseinandergesetzt hatte.

»Totale Selbstgefälligkeit, fehlende Angst oder andere neurotische Symptome, völlige Verkümmerung der Gefühlswelt, aber überdurchschnittliche Intelligenz und verbale Fähigkeiten. Aus dem Töten der Mädchen zieht er sexuelle Befriedigung. Wahrscheinlich geilt er sich während der Sterbephase der Opfer an einem Gegenstand auf, beispielsweise an einem Büstenhalter oder einer Unterhose.«

»Sechs Männer entsprechen nach meinen Recherchen dem Täterprofil, aber vier von ihnen scheiden aus, weil sie sich in Sicherungsverwahrung befinden. Wagner oder Steinhausen könnten den Mord begangen haben«, sagte Wim und wischte sich Schweißperlen von der Stirn, deren Mief die Geduld der Kollegen auf eine harte Probe stellte.

Steinhausen, das perverse Miststück, dachte Malik. Allein beim Gedanken an den Psychopathen schwoll der Hals des Kommissars an.

»Es kann nur Wagner gewesen sein. Steinhausen ist zwar vor ein paar Wochen entlassen worden, aber kurz danach in seiner Wohnung verbrannt aufgefunden worden«, sagte Schröder und scrollte auf seinem Smartphone herum. »Ich habe gerade eine Nachricht von der zuständigen Polizeidienststelle erhalten.«

»Um das Schwein ist es nicht schade«, zischte Ted.

»Gerade hast du die Intelligenz solcher Psychopathen hervorgehoben. Ich würde ihn nicht von vornherein ausschließen«, bemerkte Malik.

»Die Sorge ist unbegründet«, widersprach Schröder. »Ich kenne die Kollegen von der Polizeidienststelle persönlich. Die sind äußerst gewissenhaft.«

»Es besteht die Möglichkeit, dass der Täter noch nicht ins Visier der Polizei geraten ist«, sagte Wim.

»Das ist unwahrscheinlich«, entgegnete Ted. »Solche Abnormalitäten entwickeln sich nicht von heute auf morgen, sondern nehmen ihren Ursprung in der Kindheit des Delinquenten, die durch Erniedrigungen und Verletzungen der unterschiedlichsten Art geprägt ist. In diesem

Umfeld wachsen Intensivtäter heran, deren
Straftaten in den Polizeiakten Bände füllen.«
»Also gut! Ich löse eine Großfahndung aus. Wagner
hält sich irgendwo im Ruhrgebiet auf. Er ist nach
unserem Kenntnisstand ins Obdachlosenmilieu
abgerutscht«, sagte Wim.
Die Bilder der Industrieruine im Düsseldorfer
Hafen tauchten in Maliks Kopfkino auf —
Wachstum und Verfall auf engem Raum, ein
Niemandsland im Schatten prosperierender
Avantgarde–Architektur.
Er kannte Wagner aus den Polizeiakten.
Der Kinderschänder hatte die Morde in den frühen
80er Jahren im Hamburger Hafen verübt und war
nach der Entlassung im Jahr 2020 im Ruhrgebiet
untergetaucht.
»Er hat zwei junge Mädchen nach sexuellem
Missbrauch und tagelangen Quälereien mit einem
Hundehalsband durch Messerstiche ins Herz
getötet. Das war alles andere als Zufall.«
»Wieso?« Schröder starrte den Profiler mit
zusammengekniffenen Lippen an.
»Er ist davon überzeugt, dass sich dort die Aura des
weiblichen Geschlechts befindet. Er setzt alles
daran, sie in seinen Besitz zu bringen«, fuhr Ted
fort.
»Das verstehe ich nicht«, sagte Schröder.
Malik zuckte mit den Schultern und brummte: »Ist
auch besser so, Junge!«
Die Besprechung löste sich auf.

Der Kommissar eilte in sein Arbeitszimmer und durchwälzte Aktenordner mit Polizeiberichten und Vernehmungsprotokollen über die beiden Psychopathen.

Am Abend beorderte die Einsatzzentrale ihn und Wim zu einer Leiche.

Ein Jogger hatte sie in einem Waldstück bei Ratingen gefunden.

»Nehmen Sie einen… Mundschutz! Es ist… unerträglich, erst der Mord…, daaan… Wildschweine«, stotterte ein Polizist, dessen Augenlider unkontrolliert zuckten.

»Gönnen Sie sich eine Auszeit«, sagte Malik und schob ihn beiseite.

Am Leichenfundort fingerte Dr. Lohmann–Tita, genannt Lotti, an der Leiche herum.

Sie winkte die Kollegen des Morddezernats zu sich heran, die der Aufforderung Folge leisteten.

Der Gestank nahm den Kommissaren die Luft zum Atmen. Er war wie eine träge Masse, klebrig und schwer.

»Unappetitlicher Fall, an den Beinen ist außer den Knochen kaum etwas von der Person übriggeblieben. Aber ich bin mir sicher, dass die Frau keine 30 Lenze zählt«, sagte Lotti ohne die Arbeit an dem Korpus zu unterbrechen.

»Großer Gott! Kennst du die Todesursache«, fragte Wim, der den Blick von der Leiche abwendete.

»Soweit ich es noch erkennen kann,
Würgemerkmale am Hals, Bisse an den Brüsten
und im Genitalbereich, abgerissene Gliedmaßen.
Schaut euch die weit aufgerissenen Augen an! Sie
hat kurz vor ihrem Tod etwas Schreckliches
gesehen.«

»Gibt es Hinweise auf die Identität des Opfers«,
fragte Wim.

»Leider nein. Kein Ausweis, Handy oder sonstige
persönliche Gegenstände«, sagte Lotti und
inspizierte die Mundhöhle der Toten.

Malik streifte die Stirnlampe mit LED-Technik
über und fasste eine zehn Quadratmeter große
Fläche hinter dem Leichenfundort ins Auge.

Wie ein Panther schlich er durch das Gelände,
begutachtete jedes Blatt, das sich im Wind wog.

Ein abgebrochener Zweig inmitten von
Efeupflanzen erregte seine Aufmerksamkeit.

Der Kommissar stampfte ins Unterholz, um die
Stelle einer genauen Prüfung zu unterziehen.

Tatsächlich, da war etwas.

Mit gerunzelter Stirn zog er ein Halsband mit
Spikes aus dem Gebüsch.

Er stiefelte zurück zur Leiche und brummte: »Ich
bin mir sicher, dass es sich um das Mädchen aus
dem Clip handelt.«

»Oh, ein Hundehalsband! Das passt«, sagte Lotti.

»Die Einstiche der Spikes zeichnen sich an
Hautfetzen am Hals der Leiche ab.«

»Wie immer hat unser Spürhund die beste Nase«, knurrte Wim und klopfte Malik auf die Schulter.

Die Polizisten inspizierten den Tatort, schossen Fotos und befragten den Jogger sowie andere Zeugen, die etwas gesehen zu haben glaubten.
Lotti beendete ihre Arbeit.
Beim Einstieg in den Dienstwagen warf sie Malik einen Blick zu, der ihm den Befehl erteilte „Fass das Schwein, koste es, was es wolle!"

Wim chauffierte seinen Kollegen, der seit Jahren keinen Führerschein besaß, nach Flingern, einem traditionellen Arbeiterviertel mit hohem Migrantenanteil, das bis heute von seiner industriellen Vergangenheit geprägt ist.
Wortlos verließ Malik das Dienstfahrzeug und verschwand im Schatten der Nacht.

Ausnahmsweise suchte er sofort sein Apartment auf.
Beim Öffnen der Wohnungstür verunsicherte ihn der Klang des Schließzylinders.
Etwas war anders als sonst.
Er trat einen Schritt zurück und inspizierte den Boden - eine Fliese war am Rand mit feinem Staub bedeckt.
Er bückte sich, nahm mit dem Zeigefinger den Staub auf und führte ihn zum Mund.
Es schmeckte metallisch.

Da hat jemand das Schloss aufgebohrt und wartet in der Wohnung auf mich.

Mit entsicherter Schusswaffe schob er die Tür auf.

Es war nicht das erste Mal, dass der Kommissar unerwünschten Besuch erhielt. Entlassene Mörder, Freigänger oder ins Visier der Ermittlungen geratene Schwerverbrecher sannen auf Rache und unternahmen alles, um ihn aus dem Weg zu räumen. Bislang hatte Malik es geschafft, die Einbrecher zu überwältigen – er besaß einen siebten Sinn, ein Gespür dafür, wann ihm jemand nach dem Leben trachtete.

Er knipste das Licht im Eingangsbereich der Wohnung an und verhielt sich so, als ob er nichts bemerkt hätte.

Er streifte die Schuhe ab und donnerte den Schlüssel auf die Kommode, wo das Telefon sowie ein seit Tagen nicht gereinigter Aschenbecher thronten.

Es roch nach Schweiß und Hinterhältigkeit.

Tastend bewegte er sich vorwärts, jederzeit bereit, den Eindringling mit Waffengewalt Einhalt zu gebieten.

Die Tür zur Loggia schepperte.

Der Kommissar hechtete durch das Wohnzimmer nach draußen.

Eine in Schwarz gekleidete Gestalt huschte über den Hof und tauchte im Nebel unter.

Ein Motorrad knatterte, jemand fluchte vor sich hin und gab Gas.

»Verdammt! Wagner, der Mistkerl«, zischte Malik und zog sich in die Wohnung zurück.

Er prüfte, ob der Einbrecher Gegenstände gestohlen oder versehentlich Spuren hinterlassen hatte. Alles lag dort, wo es hingehörte, es gab keinen Vandalismus.

Entweder habe ich ihn gestört oder er hat auf mich gewartet, sich aber nicht getraut, mich anzugreifen.

Malik suchte das Bad auf, um den Leichengeruch aus dem Wald abzuduschen.

Beim Einschalten der Beleuchtung zuckte er zusammen: Über der Duschwand baumelte ein Büstenhalter mit rosarotem Blumenmuster.

Er wusste genau, dass dieses feminine Kleidungsstück in seiner Wohnung fehl am Platz war. Der Einbrecher hatte es dort abgelegt.

Es war nicht so, dass für den Kommissar Sex keine Rolle spielte. Der Endvierziger hatte nur jahrelang keine Frau mehr angefasst, geschweige denn eine mit ins Bett genommen. Gelegentlich drehte er sich nach ihnen um oder beobachtete sie in der Straßenbahn, besonders dann, wenn sie ihn an seine Ehefrau Marina erinnerten, die vor fünf Jahren durch einen Freigänger ermordet worden war. Malik brachte nie den Mut auf, die Damen anzusprechen – selbst dann nicht, wenn sie ihm ein

Lächeln schenkten und ihre Blicke mehr sagten als
tausend Worte.

Er verwarf die Gedanken an das andere Geschlecht
und versuchte, die Motive des Finsterlings
aufzudecken.
Handelte es sich um eine Warnung?
Hatte Wagner die Absicht, ihm zu beweisen, dass
er jederzeit in der Lage war, in die Wohnung
einzudringen?
Mit einem Ruck riss der Kommissar den
Büstenhalter von der Duschwand.
Sofort schleuderte er ihn wieder auf den Boden.
An seinen Händen klebte Blut.
Für einen Moment glaubte er, die herzzerreißenden
Schreie des Mädchens im Angesicht des Todes zu
vernehmen – anklagend und vorwurfsvoll, als ob er
die Schuld an ihrem Leiden trüge.
Er schlug die Badezimmertür zu und schmiss sich
auf die Couch, neben ihm die verschimmelte Pizza
eines Lieferdienstes.
Malik ging jedes einzelne Jahr im Polizeidienst
durch und vergegenwärtigte sich Fälle, die längst zu
den Akten gelegt worden waren.
Das Antlitz von Steinhausen tauchte auf, grinsend
und arrogant, wie ein Mercedes Fahrer, der sich im
Geländewagen an der Ampel über den Besitzer
einer Ente lustig macht. *Ich bezweifle, dass Wagner der
Mörder ist. Er kennt mich nicht, hat keinen Grund, mit
mir zu spielen oder sich an mir zu rächen*, dachte er und

247

nippte an dem Wasserglas mit dem 18 Jahre alten Glenlivet.

In dieser Nacht schmeckte ihm selbst dieser ausgereifte Tropfen nicht.

Am nächsten Morgen im Büro öffnete Malik am Computer den E–Mail-Posteingang.

Eine mit Ausrufungszeichen versehene Nachricht poppte hoch. Anstelle des Absenders standen an dieser Stelle Hieroglyphen. Dafür war die Botschaft umso unmissverständlicher: »Heute Nacht, 24.00 Uhr, hinter der Pornohalle. Wenn du zur Abwechslung die Gedanken zusammenhältst, ist es nicht schwer, den Weg zu finden. Komm allein, sonst gibt es ein weiteres totes Mädchen.«

Malik verschwieg den Termin seinem Vorgesetzten und sprach den ganzen Tag kein Wort mit niemanden.

Um 16.00 Uhr verließ er das Büro, nicht ohne zuvor die Baupläne der Industrieruine in die Tasche zu stecken.

Zu Hause angekommen, studierte er sie akribisch, wobei er sich auf die unter der Oberfläche liegenden Infrastrukturen fokussierte.

Den Abend verbrachte er vor dem Fernseher.

Ein Reporter berichtete über den Strukturwandel bundesdeutscher Großstädte vor dem Hintergrund ungebremsten Mietpreiswachstums.

Der Medienhafen in Düsseldorf diente als Beispiel.

Der Endvierziger schaltete den Fernseher aus, streifte eine schusssichere Weste über, steckte eine LED-Lampe in die Tasche und machte sich auf den Weg zu der Verabredung.

Gegen 23.00 Uhr observierte er die Industriebrache.
Ein Obdachloser kam ihm entgegen und lallte: »Mensch... mach dich... woanders hin.«
Der Kommissar beachtete ihn nicht, sondern suchte den Teil des Geländes auf, wo in den Plänen des Industriekomplexes ein Tiefbunker verzeichnet war.
Inmitten eines Birkenwäldchens wurde er fündig.
Er öffnete die mit Gras überwucherte Einstiegsluke und kletterte Eisenstufen herunter, die bei sich bei jedem Tritt nach unten bogen.
Im Bunker verzog sich eine Blindschleiche in ihr Versteck.
Malik tappte in eine Falle, aber er hatte keine Chance, um den Verbrecher auf anderem Wege zu stellen. Weitere Gräueltaten zu verhindern, lautete das Ziel, für das er kein Risiko scheute.

Im Schein der Taschenlampe tastete er sich voran.
Das Licht wurde schwach und schwächer, bis es wie eine Rakete am Nachthimmel verlöschte.
Verdammt, die Batterie! Ausgerechnet jetzt!

Malik war nicht unfehlbar, auch ihm unterliefen Missgeschicke - Folge seines Alkoholkonsums, der zur Vergesslichkeit beitrug.

In völliger Dunkelheit verirrte er sich in dem Labyrinth von Gängen und Abzweigungen.

Er torkelte weiter, hebelte eine Tür auf und hielt sich mit den Händen an der Wand fest.

Krachend fiel die Tür hinter ihm ins Schloss.

Er trat einen Schritt zurück, um sie zu öffnen.

Vergeblich - sie hatte auf seiner Seite keine Klinke und war abgesperrt. Jetzt gab es keine Möglichkeit, zurückzukehren, zu Wim, der bis zuletzt zu ihm gehalten hatte oder zu der Whiskey-Bar, wo am Tresen in Flaschen gepresste Träume auf Genießer warteten.

Wenn ich heute sterbe, reiße ich dieses Schwein mit in den Tod.

Auf allen vieren kroch Malik über den mit tierischen Exkrementen benetzten Boden.

Von Weitem vernahm er das Schluchzen eines Mädchens.

Das ist die Folterkammer!

Er erhob sich vom Boden und schlich in gebückter Haltung bis zu einer mit Motiven aus der Hölle verzierten Stahltür.

Im Gegensatz zur ersten Tür besaß sie eine Klinke mit einem silbernen Vorhängeschloss.

Zwei Schüsse aus der Dienstwaffe – die Pforte zur Welt der Leiden öffnete sich.

Neonlicht, ein Mädchen, fast noch ein Kind,
baumelte an den Füßen gefesselt an einer
Eisenkette mit dem Kopf nach unten.

»Polizei, du bist in Sicherheit!«, rief der Kommissar
und schickte sich an, das Mädchen zu befreien.

Er hörte noch, wie es aufschrie.

Im selben Moment rauschte ein Pfeil durch die
Luft und traf ihn im Nacken.

Er taumelte und schlug mit dem Kopf auf dem
Boden auf.

Es flimmerte, ihm wurde schwarz vor Augen.

Eine dröhnende Stille herrschte, Zeit zerbröselte im
Zwielicht des Kerkers, in dem ein Psychopath
darauf brannte, mit seinem Opfer zu spielen.

Mit rasenden Kopfschmerzen wachte Malik auf.

Vor seinen Augen regnete es Sterne.

Rauch zog ihm in die Nase.

Es roch nach Altöl und verschmortem Gummi.

Er berührte die schmerzende Stelle am Nacken,
blinzelte mit den Augen, versuchte, sich zu
orientieren.

Mit dem Kopf voran hing er an einer zweiten
Eisenkette neben dem Mädchen, die Hände
gefesselt, das rechte Ohr blutend.

Der Nacken war durch ein Hundehalsband mit
Spikes fixiert, welches bei jeder Bewegung
Schmerzen verursachte.

Der Endvierziger bekam keine Gelegenheit, über
seinen Gesundheitszustand nachzudenken - ein

schepperndes Geräusch bestätigte schlimmste Befürchtungen. Jemand pirschte sich hinter seinem Rücken an ihn heran.

»Na, weißt du, wer ich bin, Stefan?«
Der Magen des Kommissars krampfte sich zusammen, Übelkeit überkam ihn.

Vor Jahren, beim letzten Treffen mit diesem Ungeheuer, hatte er zu Gott gebetet, diese Fistelstimme nie wieder ertragen zu müssen.

Er gab die Hoffnung nicht auf, sich zu täuschen und die Stimme zu verwechseln, zumal es in dem verletzten Ohr rauschte wie vor einem Wasserfall.

»Denk an deinen Meineid, du gottverdammter Lügner«, herrschte der Verbrecher ihn an.

Der Kommissar unterdrückte den Brechreiz.

Es war klar, dass Wagner nicht der Täter ist, dachte er und stammelte: »Stein…hausen!«

»Bingo! Nach 25 Jahren Knast erinnerst du dich wenigstens noch an meinen Namen. Ich habe mich gefragt, warum du mich vorgestern nicht persönlich begrüßt hast.«

»Wie… wo denn…?«

In diesem Moment realisierte Malik, dass er einen verhängnisvollen Fehler begangen hatte.

»Schwachkopf! Ich war mittendrin, beim Gang Bang.«

Das Innere des Endvierzigers gefror.
Ich Idiot! Warum habe ich den Mistkerl nicht erkannt.
Durch meinen Fehler stirbt ein unschuldiges Mädchen.

Steinhausen hatte vor einem Vierteljahrhundert ein drogensüchtiges Punkermädchen massakriert, aber die Beweislage reichte nicht aus, um ihn zu überführen. Der Gerechte hatte eine Falschaussage gemacht, wodurch die Verurteilung mit der lebenslänglichen Strafe erst möglich geworden war.

Der Mörder trat an den Kommissar heran und klopfte ihm auf die Schulter.
Steinhausen hatte sich verändert, war dicker geworden. Über den kurzen Beinen wirkte der Oberkörper wie aufgeblasen. Der eckige kahle Kopf glänzte, als wäre er poliert.
Malik fixierte die kalten Augen des Killers und sagte: »Wenn du am lebendigen Leib verbrannt wärst, hätte ich mich wie ein Kind über dein Ableben gefreut.«
»Ha, ha, ha, blödes Arschloch! Ein rachsüchtiger Vater wollte mir ans Leder. Es war nicht schwer, die Leiche des Fettwanstes dergestalt zu manipulieren, dass die Schwachköpfe von der Gerichtsmedizin mich für den Toten hielten.«
»Heuchler! Womit hast du auf mich geschossen?«
»Rate mal!«
»Ich lasse mich dir zu Gefallen nicht auf ein infantiles Quiz ein.«
Steinhausen lachte, ein jähes, hartes Lachen, freudlos aber voller Hohn.
Mit der Faust schlug er dem Kommissar auf das blutende Ohr.

Trotz höllischer Schmerzen gab dieser keinen Laut von sich.

»Du hast mein Leben ruiniert, dafür wirst du büßen. Heute Nacht genießen die Ratten deine Leber. Ich sorge dafür, dass du dem Festmahl bei vollem Bewusstsein beiwohnst«, drohte Steinhausen und schnalzte mit der Zunge.

»Du bist der Mörder eines 15–jährigen Kindes, dafür wirst du in der Hölle schmoren.«

»Ach, es war doch nur eine verdammte drogensüchtige Hure. Wer interessiert sich für solch einen Abschaum?«

»Ich! Für mich war der Mord an Jessica an Scheußlichkeit nicht zu überbieten. Ihr Tod rührt mich bis heute.«

»Oh la la! Du weißt sogar noch, wie die Schrulle hieß. Hast du sie gefickt und deswegen so schamlos gelogen?«

»Scheusal! Ich habe die Unwahrheit gesagt, weil du sonst weitere Kinder missbraucht und massakriert hättest.«

»Gutmensch!«

Steinhausen wandte sich ab, stampfte durch den Keller, an dessen Ende in einem Gussofen aus einer längst untergegangenen Epoche Feuer loderte.

Er öffnete die Klappe und zog eine rötlich schimmernde Eisenzange aus dem Feuer.

»Was hast du für schöne, große Ohren?«, spottete er und kicherte in sich hinein.

An der Decke, wo die Eisenketten verankert waren, ereigneten sich zwei Explosionen, denen Hämmern und Bohren folgte.

Es rieselte.

Steine prasselten auf den Boden, einer traf Malik am Hinterkopf.

Durch zwei kreisrunde Öffnungen an der Decke schimmerte die dünne Sichel des Mondes.

Rauch vernebelte den Raum, Scheinwerfer verwandelten den Keller in ein Meer aus LED-Licht.

Vier Polizisten einer Spezialeinheit seilten sich an Ketten ab.

Die Augen des Endvierzigers brannten wie Feuer. Steinhausen reagierte instinktiv.

Er schleuderte das glühende Eisenwerkzeug auf den Boden und hechtete zur anderen Seite des Raumes, wo unter einer Kommode ein Sturmgewehr lag.

Er ballerte auf alles, was sich bewegte.

Kugeln schwirrten durch den Raum, Metall zersplitterte, jemand schrie gellend auf.

Von oben wurde das Feuer erwidert, Blut spritzte auf das Gesicht des Kommissars.

Zwei Kugeln trafen ihn mitten in die Brust – die schusssichere Weste verhinderte den Exodus.

Ketten rasselten, wie bei einem Schiff, das den Anker wirft.

Polizisten in Kampfmontur mit Helmen wirbelten durch den Keller.

Sie benötigten zehn Minuten, bis sie den Kommissar aus seiner misslichen Lage befreien konnten.

Andere Einsatzkräfte kümmerten sich um das Mädchen, das keinen Ton von sich gab.

Zwei Beamte krümmten sich am Boden in einer Blutlache.

Jemand schrie: »Ich habe dich gewarnt! Keine Alleingänge!«

»Wim?«

»Wer sonst, Blödmann? Bist du OK?«

»Was ist mit dem Mädchen?«

Anstatt zu antworten, stierte Wim wortlos vor sich hin.

Malik rekelte sich und stand auf, neben ihm die Leiche des Mädchens, die über einer Blutlache baumelte.

Die von Kugeln durchsiebten Polizisten rührten sich nicht mehr.

»Der Zugriff kostet einem Kind und zwei unserer Leute das Leben? Wo ist das Schwein?«

»Ich weiß es nicht. Steinhausen ist bei der Aktion geflohen. Es war ein hochriskanter Versuch, dich aus dieser Hölle herauszuholen. Doch dein Starrsinn ließ uns keine Wahl«, zischte Wim, der den Polizisten befahl, jeden Winkel des Bunkers nach dem Psychopathen abzusuchen.

»Der Typ ist in der Nähe, ich fühle seine Aura«, sagte Malik und erinnerte sich an die Absicht des

Killers, ihn lebendig den Ratten zum Fraß
vorzuwerfen.

Er observierte den Raum, verrückte Tische und
Stühle, suchte jeden Zentimeter ab.

Eine Kerbe im Boden kam ihm verdächtig vor.

Sie wirkte so, als ob jemand einen Hammer oder
einen anderen schweren Gegenstand fallengelassen
hätte.

»Gib mir etwas Spitzes«, fauchte er und kniete über
der Stelle.

Wim reichte ihm ein Stemmeisen.

»Das Ding ist zu dick! Rechts hinter der Leiche des
Mädchens liegt unter dem gusseisernen Ofen ein
Schraubenzieher. Werf ihn rüber.«

Wim legte sich flach auf den Boden, zog das
Werkzeug unter dem Ofen hervor und überreichte
es dem Untergebenen.

Malik rammte den Dreher in den Boden.

Millimeter für Millimeter bewegte sich der Beton.

Er packte das Stemmeisen und presste es in den
Riss – der Boden gab nach, eine kreisförmige
Öffnung zeichnete sich ab.

Er arbeitete weiter, bis der Einstieg groß genug
war, um sich hineinzuzwängen.

Ein alter Kanal, dachte Malik und kroch hinein.

»Bist du wahnsinnig? Steinhausen kommt hier nicht
raus, das Gelände ist weiträumig umstellt. Du
kehrst sofort zurück! Das ist ein Befehl!«, brüllte
Wim und versuchte, den Kollegen an den Schultern
aus dem Loch herauszuziehen.

Vergeblich - niemand war in der Lage, den Gerechten bei der Verfolgung eines Kinderschänders aufzuhalten.

»Diesmal entkommt mir der Psychopath nicht. Geh in dein Büro und schick mir die Kündigung per Einschreiben zu«, erwiderte Malik und verschwand aus dem Blickfeld des Vorgesetzten.

»Es ist das letzte Mal, dass ich deinen Arsch rette. Du bist ein gottverdammter Idiot!«, schrie Wim und schleuderte ihm das Stemmeisen hinterher.

Es verfehlte das Ziel knapp.

Malik hangelte sich an Eisenhaken und Wandausbuchtungen in die Tiefe, bis seine Füße Halt fanden.

Leichtsinn und Wagemut rangen um die Vorherrschaft, Tod und Verwesung lagen in der Luft.

An den Wänden blühte der Schimmel.

Schlammiges Wasser tropfte von der Decke auf die Stirn des Kommissars, der als Folge des Tränengases kaum die Hand vor Augen wahrnahm. Bis zu den Knien watete er durch träge dahinfließende Abwässer.

Der Kanal führt aus dem Gelände heraus. Wenn der Kerl mir entkommt, mordet er ungeniert weiter.

Malik fuhr sich mit der Hand durchs Gesicht und beschleunigte den Gang.

Allmählich erlangte er die Sehfähigkeit zurück.

Er nahm Konturen wahr, einen Tunnel, der sich erst verjüngte und anschließend verzweigte.

Rechts oder links, in welchen Gang ist der Psychopath hineingelaufen, fragte er sich und beobachtete die Oberfläche des Wassers.

Eine kaum wahrnehmbare Vibration wies ihm die Richtung.

Mühsam bahnte er sich einen Weg durch die Dunkelheit.

Einmal tappte er in eine Bodenvertiefung.

Nur durch Zufall gelang es ihm, sich nicht zu verletzen.

Das Wasser wurde tiefer, reichte ihm bis zum Bauch.

Es stank nach faulen Eiern und Fäkalien.

Ratten huschten an ihm vorbei.

Ein Exemplar krabbelte das Hosenbein hoch und biss ihm in die Wade.

»Autsch, Mistvieh!«

Etwas Weißes trieb durch den Kanal, schwamm direkt auf ihn zu.

Unterwäsche?

Jetzt war der Gegenstand zum Greifen nah.

Das Adrenalin rauschte einer Sturmflut gleich durch die Adern des Endvierzigers und schärfte seine Sinne.

»Unterwäsche! Steinhausen!«

Der Kommissar fischte den Mädchenslip aus dem Wasser und schmiss sich in die Kloake.

Schüsse rauschten an seinem Kopf vorbei und zerplatzten an den Wänden.

Wie eine Robbe paddelte er durch das Abwasser.

Er tauchte auf, um nach Luft zu schnappen.

Es krachte erneut, doch die Gewehrsalve blieb in der schusssicheren Weste hängen.

Unter Wasser nahm er die verschwommenen Umrisse einer Jeanshose wahr.

Der Träger trippelte auf Zehenspitzen hin und her.

Das ist das Schwein, dachte Malik und kraulte auf die Gestalt zu.

Wieder fielen Schüsse, die ihr Ziel verfehlten.

Wie Schraubeisen legten sich die Hände des Kommissars um die Waden des Finsterlings und drückten sie zusammen.

Ein Schrei – Steinhausen stürzte mit dem Kopf voran ins Wasser.

Trotz der Attacke ließ er das Sturmgewehr nicht los.

Ohne Luft zu holen, robbte er sich an dem Kommissar heran und schlug ihm mit dem Schaft in die Magengrube.

Malik taumelte, stand kurz davor, das Bewusstsein zu verlieren.

Steinhausen tauchte auf, drehte die Waffe um und zielte auf den Kopf des Kommissars.

Ein Grinsen spiegelte sich in den Eisaugen des Mörders.

Der Finger am Abzug krümmte sich.

Der Kommissar schleuderte Steinhausen den Slip mitten ins Gesicht und duckte sich weg.

Die Schüsse rauschten um Haaresbreite an seinen Schläfen vorbei.

Er schlug dem Verbrecher die Waffe aus der Hand.

Die Strömung riss sie mit sich.

Steinhausen warf sich ins Wasser und fischte nach dem Gewehr.

Malik war schneller.

Ihm gelang es, einen Fuß des Mörders festzuhalten.

Eine abrupte Drehung, Knochen knirschten, ein nicht enden wollender Schmerzensschrei.

Der Kommissar packte das Ekelpaket und drückte dessen Körper nach unten.

Blasen stiegen auf.

Vor dem Ertrinken zog er ihn an den Haaren aus dem Wasser.

Der Slip hatte sich in den Fingern des Mörders verfangen.

Ein gezielter Kinnhaken – Steinhausen vermochte den Bärenkräften des Kommissars nichts entgegenzusetzen.

Der Psychopath schnappte nach Luft und stammelte: »Du darfst mir… nichts antun. Ich verdiene eine… faire Behandlung. Ich hatte eine grauenhafte Kindheit… wurde vom Stiefvater… im Säuglingsalter missbraucht und später Kinderschändern zum Fraß… vorgeworfen«.

Hämisch grinste er den Kommissar an.

Der Gerechte nickte, half ihm auf die Beine und klopfte ihm auf die Schulter.

Steinhausen wähnte sich in Sicherheit und reichte dem Kommissar die Hand.

Malik brachte ihn erneut zu Fall und drückte den
Kopf unter die Wasseroberfläche.

Er zog ihm den Slip von den Fingern und stopfte
ihm die Unterwäsche in den Mund.

Zappeln, Wasser schäumte, Luftblasen blubberten.

Es wurde still und stiller - wie unter einer Lawine,
die den Tod in ihrem weißen Mantel mit sich führt.

Steinhausens Leiche trieb wie ein Stück Holz durch
den Kanal.

Die Ratten reckten die Nasen aus dem
schlammigen Wasser und nahmen Witterung auf.

»Lasst es euch schmecken!«, brummte Malik und
wandte sich angeekelt ab.

Er schleppte sich durch das Abwassersystem, das
an einer glitschigen Wand mit verrosteten
Eisenhaken endete.

Über ihn tuckerte ein Dieselmotor.

Er hangelte sich nach oben, legte den Deckel frei
und drückte ihn hoch.

Mit letzter Kraft schob er ihn zur Seite und kroch
auf die Straße.

Beinah wäre er von einem anfahrenden LKW
überrollt worden.

Er atmete tief durch.

Die durch Feinstaub belastete Luft der
Rheinmetropole stieg ihm in die Nase.

Er hustete und schleppte sich zu den Lichtern,
dorthin, wo Hochhäuser Wolken küssen.

Ein verführerischer Duft von Hummersauce mit
einem Hauch von Basilikum stieg ihm in die Nase.

Seit Tagen hatte er nichts gegessen.
»Gentrifizierung«, babbelte er und beschloss, nie
wieder einen Fuß in den Medienhafen zu setzen.

Der Endvierziger schleppte sich zu seiner
Wohnung, wo er den Whiskey in sich
hineinschüttete, den er zur Ehre des zehnten
Todestags seiner Frau aufbewahrt hatte.
Ein Gefühl von Leichtigkeit breitete sich in seinem
Bauch aus, wie seit langem nicht mehr.
Er schlief mit der nach Abwasser und Kampf
riechenden Straßenbekleidung vor dem Fernseher
ein und träumte von Marina.
Sie belohnte ihn mit einem warmen Lächeln für
den Einsatz für die Gerechtigkeit.

Am nächsten Morgen steckte die fristlose
Kündigung des Arbeitgebers im Briefkasten, die
durch lückenlose Darstellung von Verstößen gegen
die Dienstvorschriften rechtlich in keiner Weise zu
beanstanden war.

Die Schimäre

Im Neonlicht des Wandspiegels übertünchte
Magdalena, die Kassiererin, mit ruckartigen
Pinselstrichen die Ränder unter den Augen.
Während des Schminkens riss der Leiter des
Supermarkts die Tür zum Mitarbeiterraum auf.
»Hey! Die Kasse stimmt nicht«, herrschte der
Endvierziger, dessen Statur einem Sumo-Ringer zur
Ehre reichte, sie an. »Diesmal fehlen neun Euro!«
Sie atmete tief durch.
»So what!«, antwortete sie. »Heute war ein
hektischer Tag. Ich habe über 1.200 Kunden
abgefertigt. Das muss mir erst mal jemand
nachmachen!«
»Anderen Kassiererinnen passieren solche Fehler
nicht«, insistierte er. »Ihre Probezeit läuft in drei
Wochen ab. Bitte legen Sie mir zukünftig korrekte
Abrechnungen vor.«
»Machen Sie nie Fehler? Hören Sie auf, mich zu
mobben!«
Ohne ihrem Protest Beachtung zu schenken,
wandte der Vorgesetzte sich ab und verschwand in
seinem Büro.

Mit geballter Faust stürmte die Kassiererin aus dem
unscheinbaren Flachbau am Rande der Großstadt.
Mit ihren halblangen dunkelbraunen Haaren, dem
Anorak und der trendigen *Ripped Jeans* glich sie eher
einer Studentin inmitten der Examensarbeit denn
einer Enddreißigerin aus dem Einzelhandelssektor.

Neben ihrer zarten Haut sowie der schmächtigen Figur trugen die tief liegenden Augen, die den Eindruck vermittelten, als träume sie, zum unkonventionellen Erscheinungsbild bei.

Manche Tage sind schwarz wie die Nacht, dachte sie und versuchte, die Auseinandersetzung mit dem Chef aus dem Gedächtnis zu streichen.

Magdalena eilte zu der versteckt in einer Straßenbucht liegenden Haltestelle.

Dort angekommen schaute sie auf die Uhr und erschrak.

Gleich 20.00 Uhr!

Hanna, die fünfjährige Tochter, würde in der Kita warten. Sie machte sich Vorwürfe, denn sie wusste, dass die Tochter unter den langen Arbeitszeiten im Einzelhandel litt.

Der Bus trudelte mit einer Verspätung von zehn Minuten ein.

Die Brünette sprang hinein, als ob sie ihn so dazu bringen könnte, die verlorene Zeit aufzuholen.

Gedankenversunken quetschte sie sich in die hintere Sitzreihe und kaute an den Fingernägeln.

Bei einer Vollbremsung an einer Kreuzung tauchten Bilder ihrer Eltern vor dem geistigen Auge auf. Sie waren vor einem Jahr durch einen Verkehrsunfall gestorben, den ein Falschfahrer im Zustand der Volltrunkenheit verursacht hatte.

Die Tagesstätte lag im Dunklen.

Lediglich im hinteren Bereich des Gebäudes schimmerte eine Deckenleuchte.

Magdalena zog die Stirn in Falten und stemmte ihren schmächtigen Körper gegen die Eingangstür, die sich mit einem schmatzenden Laut öffnete.

Es roch nach Bohnerwachs und Disziplin.

Rosi, die Kindergärtnerin, stürmte auf sie zu.

»So geht das nicht weiter! Du kommst jeden Tag später! Hanna heult mir seit einer Stunde die Ohren voll.«

Magdalena senkte den Blick und sagte: »Es tut mir leid! Ich musste heute länger arbeiten. Außerdem gab es Ärger mit dem Chef«.

»Das ist mir egal! Ich habe auch eine Familie, die auf mich wartet. Sicher weißt du, dass Hanna kein einfaches Kind ist?«

»Unsinn!« Die Stimme der Brünetten wurde fester. »Sie braucht nur mehr Zuwendung als andere Kinder. Wo ist sie denn jetzt?«

»Sie sitzt heulend auf dem Klo.«

Magdalena eilte zur Toilette, klopfte zaghaft an die Tür und rief nach der Tochter.

»Blöde Mama!« Hanna schluchzte.

»Komm jetzt! Du darfst heute länger aufbleiben und einen Zeichentrickfilm gucken.«

Die Kassiererin benötigte eine gehörige Portion Überredungskunst, bis Hanna die Tür öffnete.

Sie drückte der Tochter einen Kuss auf die Wange und streichelte ihr glattes zu Zöpfen geflochtenes Haar.

Das Puppengesicht des Kindes mit den Kulleraugen, deren dunkelgrüner Farbton dem der Mutter glich, bebte vor Enttäuschung.

»Wenn du den Giftzwerg noch einmal zu spät abholst, kannst du dir eine andere Kita suchen«, gab die Kindergärtnerin den beiden mit auf den Weg.

Draußen vor dem Gebäude sagte Hanna: »Mama, die Rosi ist immer so gemein zu mir. Ich hasse den Kindergarten!«

Die Mutter tröstete das Kind und schwor sich, den Supermarkt in Zukunft pünktlich zu verlassen.

Ohne den Job hätte ich genügend Zeit für die Kleine.

Zu Hause kuschelte Magdalena mit ihrer Tochter. Nach zehn Minuten riss das Kind sich los und spielte mit Stofftieren, mit denen sie sich stundenlang beschäftigen konnte.

Hanna liebte es, sich in ihre eigene Welt zurückzuziehen. Sie träumte mit offenen Augen, wirkte unkonzentriert oder fiel durch Hyperaktivität auf.

Magdalena führte dieses Verhalten auf die Scheidung zurück, hoffte aber, dass es mit der Zeit gelang, das Kind an die veränderten Lebensumstände zu gewöhnen.

Am Sonntag klingelte der Ex-Mann Tobias an der Haustür, um seine Tochter abzuholen. Er war Redakteur und arbeitete als freier Mitarbeiter bei einem Verlag, der von einem Insolvenzverwalter geführt wurde.

Beim Blick aus dem Fenster sah sie seinen PKW, in dem eine Blondine mit Stofftieren auf dem Schoß hockte.

Ich wusste es! Es gibt eine neue Liebe in seinem Leben.
Magdalena schäumte vor Wut, schluckte ihre Gefühle aber herunter.

Sie begleitete Hanna zur Tür, wo ihr Vater auf sie wartete.

Das Mädchen fiel ihm kichernd in die Arme.

»Komm, Sonnenschein, wir haben neue Teddybären für dich«, begrüßte der Redakteur seine Tochter. »Du wirst sie lieben!«

Der Geizhals macht es sich einfach! Ein paar Kuscheltiere, ein Besuch im Zoo und schon ist das Kind glücklich. Den Alltag lässt er außen vor.

Es verletzte Magdalena, dass Hanna ohne Abschiedsgruß aus der Wohnung rannte und sich im Auto auf die Stofftiere stürzte.

Kaum war Tobias mit ihrer gemeinsamen Tochter weggefahren, radelte die Kassiererin zum Theater im Stadtzentrum, wo sie jeden Sonntag vor der Abendveranstaltung Reinigungsarbeiten durchführte. Sie benötigte das Geld des Zweitjobs, denn die Arbeit beim Discounter reichte nicht, um ein Leben nach ihren Vorstellungen zu führen, zumal Tobias den Unterhalt unregelmäßig überwies. Die Verfügungen ihres Anwalts vermochten daran nichts zu ändern.

Böden putzen, Teppiche saugen, Treppe hoch, Treppe runter – die Arbeit verlangte der Reinigungskraft alles ab.
Mit gerade einmal 42 Kilogramm und einer Größe von 1,55 Metern besaß die Brünette für solche körperliche Arbeiten nicht die entsprechende Statur.
Schweißperlen bildeten sich auf ihrer Stirn, aber sie ignorierte die Erschöpfung und mobilisierte letzte Kraftreserven.
Ich lasse nicht zu, dass Hanna unter der Scheidung leidet. Sie hat ein Anrecht auf eine unbeschwerte Kindheit.

In der Theaterempore des zweiten Ranges thronte in einer Wandnische in drei Metern Höhe das Porträt des Gärtners von Vincent van Gogh. Ein brillantes Plagiat, harmonisch und klar wie perlende Klavieretüden. Magdalena beendete die Arbeit nie, ohne zuvor einen Blick auf das Porträt zu werfen. Das Bild zeigte einen Landarbeiter mit einer geöffneten knallbunten Jacke, darunter ein Shirt mit gelbblauen Streifen. Eingerahmt von Wiesen, Blumen und Bäumen strahlte der junge Mann mit dem schief aufgesetzten Schlapphut eine innere Zufriedenheit aus – das Gegenteil zu der

Niedergeschlagenheit, die ihr Gemüt seit der
Scheidung verfinsterte.
Sie zwinkerte ihm zu, verließ das Theater und
suchte ihre Wohnung neben der Autobahn auf.
Dort wartete sie auf Hanna, die todmüde vom
Ausflug mit ihrem Vater zurückkehrte.

Am Montag im Supermarkt bemerkte die
Kassiererin, wie die Kolleginnen hinter
vorgehaltener Hand über sie tuschelten.
*Der Fettwanst beabsichtigt, mich nach der Probezeit
rauszuschmeißen.*
Sie riss sich zusammen und sprach die ganze
Woche nur das Nötigste. Tief im Inneren spürte
sie, dass ihr die Kraft fehlte, sich neuen beruflichen
Herausforderungen zu stellen: dem Teufelskreis
von Bewerbungen, Absagen, Vorstellungsrunden,
Kündigungen und Verletzungen.

Wie eine Statue verharrte Magdalena am
Sonntagnachmittag nach der Reinigung des
Theaters vor dem Porträt.
Ihre Blicke ruhten auf den zu Schlitzen
zusammengezogenen Augen des Gärtners.
Plötzlich weiteten sich seine Pupillen, der
Brustkorb hob und senkte sich.
Erst waren seine Bewegungen schwerfällig, wie
nach dem Erwachen am frühen Morgen, dann
ruckartig und ungestüm, als würde etwas seine
Aufmerksamkeit erregen.

Die Oberfläche des Bildes flimmerte, die Farben gewannen an Intensität, zerliefen wie Eis in der Sonne, verschmolzen miteinander.

Eine Sinnestäuschung, eine Halluzination? Bin ich überarbeitet?

Sie trat einen Schritt zurück, um das Bild aus einer anderen Perspektive zu betrachten.

Die Oberfläche bildete Blasen, die an mehreren Stellen gleichzeitig aufplatzten.

»Huch!«

Magdalena zweifelte am Wahrnehmungsvermögen.

»Was, zum Teufel … geht hier … vor?«

Der Gärtner erwachte zum Leben, stieg aus dem Rahmen, hangelte sich am Mauervorsprung entlang und sprang auf den Boden.

Ein Lavendelduft, süß wie Honig, strömte ihr entgegen.

Er verschränkte die Hände vor der Brust und lächelte sie an.

»Nicht weinen, kleines Fräulein«, hauchte er. »Das Leben ist schön, voller Sonnenschein, grüner Wiesen und bunter Blumen, die unsere Welt verzaubern.«

»Das ist … ein … Albtraum«, stammelte sie.

Sie drehte sich um, blickte aber im nächsten Moment über die Schulter und schielte auf das Gemälde. Der Gärtner fehlte.

Ihr Herz schlug Kapriolen, sie rang nach Luft wie ein Ertrinkender im tosenden Meer. Auf dem wie

verwaschen wirkenden Passepartout zeichneten
sich Reste aufgelöster Ölfarben ab.

Sie wagte nicht, sich umzudrehen, denn der Atem
eines Wesens strömte ihr in den Nacken, eine Aura
aus einer anderen Welt, die gleichermaßen
verstörend wie betörend wirkte.

Eine Hand, kalt wie Schnee, legte sich auf ihre
Schulter.

»Wer ... bist ... du?«

Die Erscheinung drehte sie um, nahm sie in den
Arm und streichelte ihre rechte Wange.

»Beruhige dich! Ich komme zu dir, weil du so
mutlos bist. Wenn ich in deine wunderschönen
Augen schaue, kann ich direkt in deine Seele
blicken. Du bist ein sensibler Mensch voller
Sehnsüchte. Ich lasse nicht zu, dass dein Herz in
den Armen der Traurigkeit verkümmert.«

Magdalena antwortete nicht, nahm die Worte
dumpf, wie durch Watte, wahr.

Panik bemächtigte sich ihrer.

Mit einem Ruck löste sie sich aus der Umarmung,
hechtete zur Treppe, nahm zwei Stufen auf einmal,
stolperte über die eigenen Füße.

Im Erdgeschoss flüchtete sie ins Foyer und
verbarrikadierte sich im Kassenraum, den sie von
innen verriegelte.

In dem isolierten Raum war es so still wie in einem
Sarg.

Hoffentlich verliere ich nicht den Verstand!

Sie kniff sich in die Wange.

Sie wachte nicht auf, sondern hockte auf einem Drehstuhl, dessen Polster, genau wie im Supermarkt, der Erneuerung bedurfte.
Eine Realität, die alles infrage stellte, was ihr vertraut war, malte Fragezeichen in ihr Gesicht.

Nach einer halben Stunde nahm Magdalena allen Mut zusammen und schlich die Treppenstufen hoch.
Jederzeit bereit, die Flucht anzutreten, näherte sie sich auf Zehenspitzen dem Gemälde.
Nichts rührte sich.
Der Gärtner und die Ölfarben leuchteten dort, wo sie hingehörten: im Bild an der Wand.
Mit in alle Richtungen abstehenden Haaren verließ sie über den Notausgang das Theater.

In der Nacht raubte ihr die Erinnerung an die Begegnung den Schlaf.
Trotz der Ängste öffnete der Gärtner ein Fenster, eine Sehnsucht nach Schönheit, nach einem Gefährten, der sie bedingungslos liebte.
Wie paradiesisch muss es sein, inmitten von Wiesen und Blumen in Südfrankreich zu leben, die Sonne auf der Haut und den Wind im Haar zu spüren.
Furcht und Hoffnung spielten auf ihrem Herzen Schach.
Sie griff zu Beruhigungstabletten.

Eine Woche später kauerte Magdalena, wie üblich nach getaner Arbeit, vor dem Porträt.

Der Gärtner stierte mit zusammengekniffenen Augen nach unten. Er sprach kein einziges Wort und rührte sich nicht von der Stelle. In seinem Blick spiegelte sich etwas Geheimnisvolles.

Die Sehnsucht nach einer Lebensgefährtin, fragte sie sich.

Mit hängenden Schultern und zusammengepressten Lippen radelte die Brünette nach Hause.

Er ist eine Schimäre und lebt ausschließlich in meiner Fantasie.

Am Montagabend, nach der Schicht im Supermarkt, trat der Fettwanst im Mitarbeiterraum erneut an sie heran.

»Fühlen Sie sich eigentlich bei uns wohl«, fragte er mit einem Unterton, der vor Zweifel triefte.

»Die Arbeit gefällt mir schon.«

Magdalena schaute zur Uhr, sich bewusst, dass Eile geboten war, um Hanna während der Öffnungszeiten der Kita abzuholen.

»Das wundert mich, denn ich habe den Eindruck, dass Sie mit den Gedanken woanders sind. Heute stimmt die Kasse wieder nicht.«

»Wirklich?«

Die Kassiererin sah ihm direkt in die Augen.

»Um welchen Betrag handelt es sich denn?«

Statt zu antworten, starrte er auf ihren Busen und zog sie zu sich heran.

Der Geruch billigen Rasierwassers ekelte sie an.
Die Kassiererin rümpfte die Nase und drehte den
Kopf zur Seite.

»Ich bin alleinerziehend.«

Sie bemühte sich, nicht angewidert zu klingen.

»Ach so!«

»Mein Kind steht an erster Stelle.«

»Ja, das ist wohl der Grund dafür, dass Sie hier
nicht reinpassen. Ich brauche eine Mitarbeiterin, die
mit mir harmoniert«, sagte er und tätschelte ihren
Allerwertesten.

»Was erlauben Sie sich?«

Er lachte, doch es klang eher wie das Krächzen
eines Rabenvogels.

»Am Freitag ist Ihr letzter Arbeitstag.«

Das Adrenalin raste durch ihren Körper wie
flüssige Lava, Gefühle schlugen Purzelbäume.

»Mistkerl!«, schrie sie so laut, dass es von den
Wänden widerhallte und einige Kunden im
Supermarkt zusammenzuckten.

»Du kannst mich mal!«

Mit einer ruckartigen Bewegung befreite sich
Magdalena, stieß ihren Ellbogen in seine
Magengrube und stürmte aus dem Gebäude.

Sie holte die Tochter aus der Kita ab und fuhr nach
Hause, wo sie mit ihr den ganzen Abend UNO
spielte. Ihr Kopf war leer wie das Bankkonto, auf
dem sich Zinsen für die Überziehung summierten.

Tobias hatte die Unterhaltszahlung in diesem Monat wieder nicht überwiesen.

Am nächsten Sonntag hockte Magdalena erneut vor dem Porträt. Durch die Tränen in ihren Augen verschwammen Farben, Proportionen und Perspektiven.

Das Unfassbare geschah: Der Franzose kletterte aus den Rahmen und setzte mit beherztem Sprung auf dem Boden auf.

Trotz der Überraschung wünschte sie sich, ihn in die Arme zu nehmen und ihm ihre Liebe zu gestehen, obwohl sie nicht wusste, inwieweit er die Gefühle erwiderte.

»Ich habe letzte Woche auf dich gewartet«, erklärte die Brünette und streckte ihm beide Hände entgegen. »Warum hast du mich nicht getröstet? Hast du mich nach zwei Wochen vergessen?«

In ihrem Gesichtsausdruck mischte sich Zweifel mit Hoffnung.

»Selbstverständlich nicht, meine Blume,« versicherte er und streichelte ihre kalkweiße Haut. »Ich komme zu dir, weil mich deine Tränen rühren. Dieser Moment ist ein Kind der Liebe. Verdränge ihn nicht, sondern schließe ihn in dein Herz ein.«

»Bitte bleib bei mir!«, flehte Magdalena, die bei diesen Worten erneut in Tränen ausbrach. »Ich weiß nicht, wieso das alles passiert oder ob ich verrückt bin, aber ich brauche dich. Es ist, als wärst du ein Teil von mir. Etwas, wonach ich schon lange suche.«

»Ich bin froh, dass du das sagst. Ein magisches Band verbindet unsere Seelen. Lass es nicht fallen, sondern halte es fest, besonders dann, wenn die Nacht am tiefsten ist und die Erde der Sonne den Rücken zuwendet.«

Die Liebenden umarmten sich.

Seine Küsse verglühten auf ihren Lippen.

Plötzlich blitzte es um sie herum wie in einem Gewittersturm.

Die Erscheinung verblasste und verschmolz mit den Farben des Ölgemäldes.

Regungslos blieb die zierliche Frau stehen und hoffte auf die Rückkehr des Gärtners, doch die intensiven Farben des Porträts mit kurzen, prägnanten Strichen, wirkten ordinär, als wären sie nur Schmuck für die schlichte Wand im Obergeschoss.

Nach zehn Minuten wandte sie sich schweren Herzens von dem Bild ab.

Im Stil einer Radrennfahrerin radelte die Kassiererin nach Hause.

Sie war davon überzeugt, ihn am nächsten Sonntag wiederzusehen.

Ich gehöre ihm, versicherte sie sich. *Durch unsere Liebe dreht sich die Welt in Zukunft andersherum.*

Am Sonntagabend brachte Tobias die Tochter, entgegen der Vereinbarung, erst nach dem Abendessen zurück.

Das Mädchen rannte mit neuen Kuscheltieren an der Mutter vorbei ins Spielzimmer.

Bevor Magdalena das Wort ergriff, um den Ex-Mann auf das Fehlverhalten hinzuweisen, packte er sie am Arm.

»Stell dir vor, Hanna hat heute zu uns gesagt, dass sie am liebsten tot wäre«, schleuderte er ihr entgegen. »Was hast du der Kleinen angetan?«

Wie ein Dolchstoß trafen die Worte ins Herz der Mutter.

Wütend riss sie sich los.

»Verschwinde aus meinen Augen! Wage es nicht, noch einmal in meiner Wohnung aufzutauchen«, schrie sie ihn an. »Lass mich mit deinen widerlichen Vorwürfen in Ruhe! Ich lege mich jeden Tag krumm, damit das Kind glücklich ist.«

»Ich werde das Sorgerecht beantragen,« erwiderte Tobias, ohne eine Miene zu verziehen. »Meine Tochter verdient etwas Besseres.«

»Du hast ein Herz aus Stein!«

Magdalena fingerte nach der auf der Kommode stehenden Buddha-Statue, die sie vor einem Jahr auf dem Flohmarkt erworben hatte.

Er spürte die Gefahr, drehte sich um und knallte die Haustür.

Sie brach in Tränen aus.

Tobias Worte hallten in ihr wider, raubten ihr die Luft zum Atmen. Niemals zuvor hatte ein Mensch sie dermaßen verletzt.

Den Abend verbrachte sie mit Hanna, spielte mit ihr und versuchte herauszufinden, was das Kind veranlasst hatte, über den Tod nachzudenken.

Doch die Kleine schwieg und weigerte sich, mit ihrer Mutter über Gefühle zu sprechen.

Erst später, beim Puzzeln, öffnete sich Hanna.

»Ich bin so oft allein,« beschwerte sie sich beiläufig. »Im Kindergarten mag mich keiner.«

Magdalena umarmte ihre Tochter und küsste sie auf die Stirn.

Wenig später rekelte sich Hanna im Bettchen, während die Mutter an ihrer Seite hockte.

»Früher, mit Papa, haben wir jeden Abend gespielt«, erinnerte das Mädchen sich.

Magdalena zog die Stirn in Falten.

»Von jetzt an bin ich nur für dich da«, versprach sie.

»Ich habe dich sehr lieb«, hauchte Hanna und schlief ein.

Die Mutter küsste die Kleine auf die Wange und schlich zum Schlafzimmer, wo sie sich mit Straßenkleidung ins Bett legte.

Sie zerwühlte die Bettdecke, rekelte sich auf der Matratze, zerrte am Laken, bis es an den Seiten herausrutschte.

Sie sorgte sich um das Mädchen und dachte über die letzten Jahre nach.

Wieder und wieder stellte sie sich die gleichen Fragen: *Was ist in den Jahren nach Hannas Geburt schiefgelaufen? Wie genüge ich den Ansprüchen des Kindes?*

*Ist es möglich, die Zeit zurückzudrehen, das Leben, von
vorn zu beginnen?*

In der letzten Arbeitswoche setzte der Chef die
Kassiererin im Lager ein, wo sie eingehende Waren
entgegennahm und zum Verkaufsraum schleppte.
Die ungepflegten zu einem Knoten geflochtenen
Haare verliehen ihrem ebenmäßigen Gesicht einen
strengen Touch. Ihr ohnehin heller Teint
schimmerte eine Nuance blasser als üblich.
Sie sprach kein einziges Wort zu niemanden.

Am Freitag rief der Chef sie in sein Büro und
übergab ihr die Arbeitspapiere zusammen mit dem
Zeugnis.
Sie sah sich die Blätter nicht einmal an, sondern
stopfte sie in den Rucksack.
Erleichtert verließ sie das Geschäft, jedoch nicht,
ohne zuvor dem Fettwanst den Stinkefinger zu
zeigen.
Sie tauchte ein ins Großstadtgetriebe, schwamm im
Passantenstrom durch Einkaufsstraßen, verweilte
auf Plätzen, die sie an ihre Jugendzeit erinnerten.
Sie verdrängte ihre Pflichten und holte den
„Giftzwerg", zum Leidwesen von Rosi, eine Stunde
nach Schließung der Kita ab.
»Ich will euch beide hier nicht mehr sehen«, schrie
die Kindergärtnerin.
»Das kommt mir entgegen! Mir passt dein Ton
schon seit langem nicht«, konterte Magdalena. »Ab

jetzt verbringen meine Tochter und ich die Tage gemeinsam.«

Hannas Blick schweifte in eine unendliche Ferne.

Zuhause spielten Mutter und Tochter den ganzen Abend zusammen.

Um 22.00 Uhr brachte Magdalena die Kleine ins Bett, wiegte sie in den Schlaf und verabschiedete sich mit tausend Küssen.

Die Brünette suchte den Keller auf und fingerte nach der Weinflasche, die ihr die Eltern zum Hochzeitstag geschenkt hatten.

Sie nahm auf der Couch im Wohnzimmer Platz und genoss den Traum aus dem Bordeaux mit seinen Kirsch- und Himbeeraromen.

Es dauerte nicht lange, bis sich kein Tropfen in dem Behältnis befand.

In ihrem Körper breitete sich Behaglichkeit aus.

Um Mitternacht torkelte sie ins Bett.

Manchmal ist mir, als ob ich nicht wirklich bin, dachte sie und versank im Land der Träume.

Lavendelfelder in Südfrankreich tauchten auf, die in der Mittagssonne erstrahlten. Ein ockerfarbenes Haus mit roten Ziegeln und blauen Jalousien hob sich vom Violett der Lippenblütler ab. An einem reich gedeckten Tisch dinierte eine Familie, die frisch gebackenes Baguette mit duftenden Käsespezialitäten genoss. Ein Kind rannte durch einen Naturgarten mit einem Meer von Blumen und probte einen Kopfstand.

Am Sonntagmorgen fehlte ihr jegliche Energie, um sich aus dem Bett zu erheben. Sie fühlte sich wertlos, Schuldgefühle drückten sie ins Kissen.
Hanna rief nach ihr.
Wie in Trance schleppte sie sich aus dem Bett und öffnete das Fenster.
Die monotonen Motorengeräusche der Autobahn verschmolzen mit der inneren Leere, die sie empfand.
Sie sehnte sich nach dem Gärtner, der in ihrer Vorstellung in einer Sonnenwelt lebte - ein fürsorglicher Vater, der dem Kind jeden Wunsch von den Lippen ablas.
Allein schaffe ich es nicht, Hanna den Weg ins Licht zu ebnen.
Diese Erkenntnis lastete auf ihr wie Blei, denn ihr war klar, dass sie den Kampf um das Sorgerecht verlieren würde.

Beim Frühstück sagte die Mutter zu der Kleinen:
»Heute wartet eine Überraschung auf dich. Wir ziehen uns hübsch an. Im Theater steht „Maleficent, die dunkle Fee " auf dem Programm. Das dürfen wir nicht versäumen!«
»Ja, aber was ist mit Papa?«
»Der kann heute nicht kommen. Dafür darfst du nächste Woche zwei Tage bei ihm bleiben«.

Die Mutter spürte das Misstrauen der Tochter.
Sie beruhigte die Kleine und sagte, die Fee käme nur wegen ihr.

Im Theater fuhr Magdalena mit dem Kind in den Keller, um eine Podest Leiter aus der Requisitenkammer zu holen.
»Warum nimmst du dieses blöde Ding mit«, fragte Hanna und zog am Rockzipfel der Mutter.
»Damit wir besser sehen.«
Magdalena nahm den Fahrstuhl, um die Leiter zum zweiten Rang zu befördern.
Mit letzter Kraft gelang es ihr, das Ungetüm vor dem Porträt aufzubauen.
Minutenlang verharrte die Mutter mit dem Kind vor dem Gemälde.
Diesmal lächelte der Gärtner nicht, die Ölfarben wirkten matt und ausdruckslos. Es war schließlich nur ein Plagiat.
»Ich will die Fee sehen, aber hier ist nur ein doofes Bild.«
Hanna stampfte mit den Füßen und schickte sich an, fortzulaufen, raus aus dem Theater, zu ihrem Vater, der versprochen hatte, mit ihr den Zoo zu besuchen.
»Warte! Maleficent kommt von oben, aus dem Rahmen.«
Die Enddreißigerin streichelte das Haar der Tochter.

»Glaub ich nicht! Ich will nach Hause, insistierte
Hanna und weinte.

Der Mutter gelang es nicht, das Kind zu beruhigen.

»Komm, wir setzen uns oben auf die Leiter, dann
kommt die Fee zu uns. Sie möchte dir etwas
schenken.«

Magdalena legte Hannas Lieblingsteddybär und
eine Tafel Schokolade auf das Podest.

Es dauerte nicht lange, bis Mutter und Tochter
hochkletterten und sich auf der Plattform in den
Arm nahmen.

Magdalena ließ sich von der Anmut des Gärtners
betören.

Sie schaute ihm tief in die Augen, flehte ihn an, in
ihre Welt einzutreten.

Ihr Liebster schielte nach unten, verzog keine
Miene.

Tränen liefen durch ihr Gesicht und kullerten zu
Boden.

Dann geschah es.

Sie fühlte den Wind auf ihrer Haut, spürte, wie sich
das Gras im Gemälde wog, sanft und erhaben, wie
die Melodie eines Songs von Leonard Cohen.

Der Gärtner brachte es nicht über das Herz, sie
allein zu lassen. Er rührte sich und stemmte sich
mit beiden Händen aus dem Rahmen.

Magdalena ergriff die sich bietende Gelegenheit.

Mit der linken Hand umfasste sie seinen Arm und
hielt ihn fest.

Mit aufgerissenen Augen starrte der Franzose sie an und stammelte: »Meine Blume … es ist unmöglich …«

Sie gab ihm keine Antwort, sondern zog sich mit Hanna im Schlepptau ins Gemälde, zu den leuchtenden Farben, der üppigen Natur – zum Liebsten.

Der Gärtner zögerte, wies sie ab und ermahnte sie, das Dasein im Hier und Jetzt anzunehmen.

Am Ende reichte er ihr aber doch eine Hand.

Hanna wehrte sich nach Kräften, schrie sich die Seele aus dem Leib, umklammerte einen Holm der Leiter mit der linken Hand.

Es half nichts – ihre Hilferufe verklangen ungehört.

Es ist das Beste für Hanna, dachte die Mutter und unternahm alles, um das Kind nicht zu verletzen.

Beim Einstieg in den Rahmen schwankte die Leiter und verlor an Stabilität.

Beim Versuch, sich von ihr abzustoßen, zog sich die Mutter an den scharfen Kanten der Plattform eine klaffende Wunde am Unterschenkel zu.

Die Leiter kippte um – wenige Zentimeter von der Brüstung entfernt.

Ein dumpfer Aufprall – der Rahmen des Bildes stand vor dem Auseinanderbrechen.

Am frühen Abend betrat der erste Schauspieler das Theater.

Er schlenderte zum Foyer.

Sein Herz stolperte, die Augen weiteten sich.

Vor ihm lagen die blutüberströmten Körper einer Frau und eines Kindes.

Geschockt fingerte er nach dem Smartphone und rief die Notrufnummer an.

Wenig später dröhnten die Sirenen von Notarzt- und Polizeiwagen vor dem Theater.

Trotz minutenlanger Wiederbelebungsversuche gelang es den Ärzten nicht, Magdalena oder Hanna Leben einzuhauchen.

Eine halbe Stunde nach den Rettungs- und Sicherheitskräften trudelte Tobias, der von der Polizei über das Unglück informiert worden war, am Tatort ein.

Er eilte ins Innere des Theaters und fiel vor den reglosen Körpern seiner Ex-Frau und Tochter auf die Knie.

Seine Tränen vermischten sich mit deren Blut.

Ein Polizist bat ihn, die Toten zu identifizieren.

Tobias ignorierte den Wunsch des Beamten und hechtete die Treppen zur Empore des zweiten Ranges hoch.

Auf dem Parkett zeichneten sich die Abdrücke von Schuhsohlen und Kratzspuren ab - Anzeichen für einen Kampf auf Leben und Tod.

Auf dem Boden lag eine Leiter, an deren Holmen Blut klebte.

Mit wirrem Blick beugte sich der Redakteur über die Brüstung zum Foyer, wo die Leichen im Blut ertranken.

Unterhalb des Geländers der Empore baumelte ein kleiner rosaroter Mädchenschuh.

Hinter ihm raschelte es.

Zunächst zaghaft und verhalten, wie bei einem Reh, das sich nicht traut, aus dem Schatten des Waldes herauszutreten.

Etwas Übernatürliches? Ein Echo aus einer anderen Welt? Tobias schlug sich mit der flachen Hand auf die Stirn und beschloss, das Rascheln zu ignorieren.

Doch das Geräusch nahm an Lautstärke zu, bis es wie ein Presslufthammer in seinen Ohren dröhnte. Allmählich realisierte er, worum es sich handelte: um menschliche Laute.

Der Redakteur wagte nicht, sich umzudrehen.

Er hatte weder auf der Treppe noch auf der Empore einen Menschen bemerkt, war zu schnell die Treppe hochgestürmt, als dass jemand in der Lage gewesen wäre, ihm zu folgen.

Hilfesuchend starrte er nach unten, wo der Beamte ihn mit einer knappen Handbewegung anwies, zu ihm zu kommen.

Tobias missachtete die Aufforderung und konzentrierte sich auf die Geräusche.

Er lauschte, blickte über die Schulter, drehte sich um. Jetzt konnte er die Laute identifizieren.

Es waren die Stimmen einer Frau, eines Mannes und eines jungen Mädchens, das unentwegt kicherte.

»Hannaaaa….?«

Am ganzen Körper zitternd fixierte der Redakteur
das Porträt, aus dem die Stimmen strömten.

Die Silhouetten von Magdalena und Hanna
erschienen auf der Bildfläche. Sie leuchteten wie
Sternschnuppen in der Nacht, tanzten in der Sonne
und huschten durch das satte Grün der
mediterranen Landschaft. Im hohen Gras blieb
Hanna stehen und winkte ihm lächelnd zu.

Mutter und Tochter schlenderten durch das Bild,
tauchten ein in die Schatten der Obstbäume, deren
Blätter sich im Wind wiegten.

»Nein, komm zu mir«, schrie Tobias. »Bitte geh
nicht fort!«

Die Oberfläche des Ölgemäldes vibrierte, doch
weder Hanna noch Magdalena kehrten zurück.
Stattdessen strahlte das Bild dieselbe Ruhe wie vor
der Erscheinung aus.

Einen Moment vermutete der Redakteur, das
Gemälde hätte die Seelen der beiden
aufgenommen, aber dann verwarf er den absurden
Gedanken.

»Das ist unmöglich!«, versicherte er sich selbst. »Es
gibt keine Magie. Meine geschiedene Frau treibt
mich in den Wahnsinn.«

Der Puls hämmerte im Kopf, die Brust zog sich
zusammen, Schweißperlen bildeten sich auf seiner
Stirn.

Es schien ihm, dass die Wand, an der das Porträt
hing, sich wie ein Kreisel um sich selbst drehte.

Ihm wurde schwindelig, er hatte Mühe, den sich einstellenden Brechreiz zu unterdrücken.

Von Panik ergriffen sprang Tobias zur Seite, ruderte mit den Armen und taumelte wie ein Volltrunkener auf dem Nachhauseweg.

Die Beine, weich wie Butter, versagten den Dienst.

Er stolperte über die Leiter, bekam das Geländer nicht zu fassen, verlor das Gleichgewicht.

Ein Aufschrei – mit weit aufgerissenen Augen, in denen sich Entsetzen spiegelte, stürzte er in die Tiefe.

Mit dem Kopf voran schlug er neben Hanna auf den Steinboden des Foyers auf.

Im Todeskampf legte Tobias seinen Arm um die Tochter, die ihren Lieblingsteddybären fest umschlungen hielt.

Der Gärtner im Gemälde an der Wand lächelte mit einem Ausdruck bittersüßer, zeitloser Glückseligkeit.

Die blaue Lagune

Nach der mit mäßigem Erfolg abgelegten Abiturprüfung verwandelte sich die Beklemmung in meinem Bauch in ein Kribbeln. Mir war, als ob eine tonnenschwere Last von den Schultern abfiel.

Die Welt stand offen, alles erschien möglich, selbst das Unmögliche.

Bis zur Aufnahme des Jurastudiums an der Universität verblieben vier Monate, um die Langeweile in meinem Leben aufzumischen.

Ich entschloss mich dazu, bei der Aufforstung Wäldern zu helfen, um einen Beitrag zum Umweltschutz zu leisten.

Nach drei Wochen harter Arbeit rebellierte sowohl der Körper als auch der Geist. Die Plackerei und die permanenten Nörgeleien des Gruppenleiters strapazierten mein Nervenkostüm.

Bei einer Mittagspause vertiefte ich mich in den Reisebericht mit der Überschrift „Kambodscha, die unentdeckte Schatzkammer Südostasiens".

Mein Inneres begehrte auf und schrie: *Ich will hier raus!*

Kurzerhand buchte ich einen Flug nach Sihanoukville am Golf von Siam. Den hohen Ausstoß von CO_2 nahm ich billigend in Kauf.

Beim Abschied am Frankfurter Flughafen sagte meine Mutter zu mir: »Geh kein Risiko ein! Such dir saubere Unterkünfte mit netten Leuten. Pass auf dich auf und achte auf deine Gesundheit. Du bist

ein empfindsamer Junge, der bei jeder Kleinigkeit
kränkelt.«
Meine Mutter – ansonsten eine Frau mit
unerschrockener Angstfreiheit – triefte vor
Besorgnis.
Um sie zu beruhigen, sagte ich: »Was soll schon
passieren? In acht Wochen holst du mich wieder
am Flughafen ab. In Südostasien melde ich mich
einmal in der Woche per WhatsApp.«
Kaum hatte der Airbus den Steigflug beendet, gab
der Kapitän bekannt, dass aufgrund von
Schlechtwetterfronten mit einem unruhigen Flug zu
rechnen sei.
Ein schlechtes Omen, dachte ich und fand aufgrund
der starken Turbulenzen während des gesamten
Flugs keinen Schlaf.

Nach 24 Stunden erreichte ich todmüde und
durchgeschüttelt mein Shangri-La in Kambodscha -
ein Strandhotel mit Palmengarten.
Vierzehn Tage im Hotel relaxen, dann stand eine
Bootsfahrt zu einer Außeninsel im Golf von
Thailand auf der Agenda. Es war geplant, im
Rahmen einer Survival-Tour drei Wochen im
tropischen Regenwald zu verbringen, eine
vortreffliche Übung zur Vorbereitung auf das
anstehende Studium.

Gegen Mittag des zweiten Reisetages schlenderte
ich zum Strand, wo mir zwei Liegen an einer blauen

Lagune ins Auge stachen. Den auf den Boden liegenden Handtüchern schenkte ich keinerlei Beachtung.

Matte richten, sich hinlegen, Fußspitzen im Wasser baden - vor mir lag das Meer, verführerisch und stolz, wie eine schöne Frau, die in prachtvoller Abendgarderobe erstrahlt. Türkisfarbene Korallenbänke schmeichelten meinen Augen. Palmen wogen sich im Wind, ein Fischerboot glitt lautlos der untergehenden Sonne entgegen.

So schmeckt Freiheit.

Jemand packte mich am Arm und schimpfte: »Das ist mein Platz! Hast du die Handtücher nicht gesehen?«

Wer ist das? Noch ein Deutscher in dieser abgelegenen Gegend. Was will der Kerl von mir?

Ich drehte mich um und erschrak: Ein 1,90 Meter großes Muskelpaket baute sich vor mir auf, ein Endvierziger, dessen Brustkorb den Umrissen eines Schranks ähnelte. Über dem Doppelkinn ein eckiger Mund mit breiten, ungepflegten Schneidezähnen. Im Gegensatz zum athletischen Oberkörper war der Bauch aufgebläht und schwabbelig - Indizien dafür, dass der Kerl entweder die besten Jahre hinter sich hatte oder den kulinarischen Genüssen erlegen war.

Mit den Händen deutete er auf zwei am Boden liegende Handtücher, die der Wind von der Liege heruntergeweht hatte.

»Oh, die habe ich glatt übersehen«, log ich.

»Pass in Zukunft besser auf! Runter von dem guten Stück.«

Die Worte klangen wie Donnergrollen beim tropischen Gewitter.

Mein Inneres gefror trotz tropischer Temperatur.

Aber die Angstfreiheit, die meine Mutter auszeichnete, schlummerte auch in meinen Genen.

Ich erinnerte mich an Hinweise, die an verschiedenen Stellen der Hotelanlage prangerten.

Ich deutete auf ein diesbezügliches Schild und sagte: »Es ist verboten, Liegen zu reservieren. Suchen Sie sich bitte…«

Ehe ich mich versah, schlug er mir die Faust in die Rippen.

Ich landete im blütenweißen Sand der Korallenbänke.

»Autsch! Was… soll das?«

»Beim nächsten Mal tut´s richtig weh«, drohte der Grobian, der sich sofort auf dem Strandmöbel breitmachte.

Ich berappelte mich, rannte zur Strandaufsicht, beschwerte mich über das ungebührliche Verhalten des Landsmanns.

Ein schmächtiger Kambodschaner begleitete mich, um ihn auf die Einhaltung von Regularien hinzuweisen.

Der Hotelangestellte realisierte, auf wen wir zusteuerten. Er verlangsamte den Schritt und sah sich hilfesuchend um.

Vorsichtig, jederzeit bereit, die Flucht anzutreten, schlich er sich an den eine dicke Zigarre paffenden Kraftprotz heran.

Neben ihm lag eine schlanke, kindlich wirkende Kambodschanerin unter einem Sonnenschirm.

Mir schlug ein Geruch von Alkohol und Rücksichtslosigkeit entgegen.

»Mr. Alk, may I…«

Der Koloss erhob sich im Zeitlupentempo, fixierte uns und stemmte beide Arme in die Hüften.

Das reichte. Der Kambodschaner wich zurück und verdeutlichte mir mit seiner Mimik, dass es ratsam sei, die Flucht anzutreten.

Im gebrochenen Englisch flüsterte er: »Mr. Alk very dangerous, he´ll kill us both.«

Es lag mir fern, den Angestellten in die Auseinandersetzung mit meinem Landsmann hineinzuziehen, und schlich mit ihm zurück zu seinem Arbeitsplatz.

»Why do you keep him in your hotel«, fragte ich.

»We all hate him but he spends a lot of money.«

Kopfschüttelnd nahm ich auf einer Liege Platz, die mir die Möglichkeit bot, den Kraftprotz mitsamt seiner Freundin zu beobachten.

Ich bestellte mir einen Singapur Sling und beschloss, die Angelegenheit auf sich beruhen zu lassen und den Typen zu meiden.

Dieser Vorsatz galt nicht für seine Freundin, die mir bei jedem Gang zur Cocktailbar verstohlene Blicke zusandte. Obwohl ich kein Wort mit ihr gesprochen hatte, geschweige denn wusste, welcher Geist in diesen unverschämt schönen Formen leuchtete, gefiel sie mir auf Anhieb. Das pechschwarze Haar, die bronzefarbene Haut und das strahlende Lächeln faszinierten mich. Ihre Bewegungen waren anmutig und graziös, der federnde Gang sendete mir das Signal: *Das ist die richtige für dich*, zumal ich den Eindruck gewann, dass sie an der Seite des Grobians unglücklich war. In ihren Augen glomm ein Geheimnis, mischte sich die Sehnsucht nach einem anderen Leben mit der Angst vor der Gegenwart.

Armes Mädchen! Ihr Freund ist der Typ Mann, den ich verabscheue. Solche Kerle bekommen in Deutschland keine Frau und fallen in Entwicklungsländern über Schönheiten her, die ihnen schutzlos ausgeliefert sind.

Zu meinem Entsetzen bemerkte ich, wie Mr. Alk in aller Öffentlichkeit an dem Mädchen, das auf den Namen Bopa hörte, herumfummelte.

Ich hechtete zur Strandbar und besorgte mir einen Eisbecher mit Schokoladensoße.

Die Mischung schmolz in der Sonne.

Auf Fußspitzen schlich ich mich an den Kerl heran, um ihm das verführerische Dessert auf den Kopf zu stülpen.

»Kotzbrocken, du hast es dir verdient!«

Mit einem Kampfschrei fuhr er hoch, sprang von der Liege und rannte hinter mir her.

Die dankbaren Blicke des Mädchens halfen mir, meine Angst zu kontrollieren.

Läuferisch hatte er gegen mich nicht die Spur einer Chance. Dafür war er zu schwer und behäbig.
Nach 100 Metern gab er die Verfolgung auf, ballte die rechte Hand zur Faust und schrie: »Ich hänge dich auf, Schwächling! An deinen Eiern! Darauf kannst du Gift nehmen, ha, ha, ha.«
Jetzt hatte ich einen Todfeind, der mir nach dem Leben trachtete. Es war unmöglich, ihm in der Anlage aus dem Weg zu gehen. Mir fehlte das Geld, um mich in einer anderen Unterkunft zu verschanzen. Außerdem gab es in dieser Gegend nur dieses eine Hotel.

Am Abend hockte ich am Fenster, wo eine Wand aus Wasser, ein Regen biblischen Ausmaßes, zu Boden stürzte.
Ich telefonierte mit der Mutter, unterließ es aber, sie über den Streit mit dem Landsmann zu informieren.
Sie freute sich, dass es mir gut ging und ich in einem Mittelklassehotel logierte.

In der Nacht fand ich keinen Schlaf und dachte darüber nach, welche Möglichkeit es gab, der angedrohten Bestrafung zu entgehen.
War der Kerl unbesiegbar oder ein aufgeblasener Gockel, eine leere Drohung aus Anabolika?
Am nächsten Morgen zog das Unwetter weiter nach Vietnam.
Ein gutes Omen!

Ich suchte das Fitnessstudio in der Hotelanlage auf, um Kraft zu tanken.

Zum Aufbau von Muskeln trainierte ich mit Hanteln, wobei ich Gewichte auflegte, die mein Leistungsvermögen überforderten.

Sie rutschten mir aus den Händen.

Der Kraftprotz schlenderte, bewaffnet mit Handtuch, Schweißband und Trinkflasche, ins Fitnessstudio.

Zum Glück bemerkte ich ihn rechtzeitig und warf mich mit dem Gesicht nach unten auf den Boden.

Ich bedeckte den Kopf mit einem Handtuch und versuchte, den Eindruck zu erwecken als schliefe ich.

Jedes Mal, wenn er wie ein Walross stöhnte, wagte ich es, ihm einen Blick zuzuwerfen:

Flachbankdrücken, Latzug, Trizepsdrücken, French Press – er quälte sich durch die gesamte Palette des Oberkörperkrafttrainings.

Er triefte vor Schweiß und kämpfte mit schmerzverzerrtem Gesicht gegen die Schwerkraft.

Brust- und Armmuskeln aus Stahl, denen kein Gewicht gewachsen war.

Ich fragte mich, zu was sie dienen, wenn darüber ein Körperteil ohne Inhalt baumelt.

Dennoch war mir klar, dass ich ihm in körperlichen Belangen unterlegen war.

Nach einer halben Stunde eröffnete sich eine Fluchtmöglichkeit.

Er trainierte an einem Gerät in hinteren Bereich des Kraftraums und wandte mir den Rücken zu.

Ich erhob mich, verschwand auf Zehenspitzen aus dem Fitnessstudio und nahm mir vor, die Zeit nicht mit nutzlosen Übungen zu vergeuden.

Ich wünschte mir, das Leben zu tauschen und im Körper eines Arnold Schwarzenegger durch die Hotelanlage zu stolzieren.

Am Strand traf ich Bopa, die, ohne ihren Freund, im Schatten ein Buch über das Leben von Prinzessinnen las.

Sie lächelte und bot mir den Platz neben ihr an.

Ich drehte mich um und prüfte, ob der Muskelmann noch im Fitnessstudio trainierte.

»Keine Panik«, beruhigte sie mich. »Nach den Übungen legt er sich gewöhnlich für zwei Stunden aufs Ohr.«

Ich nahm ihr Angebot an, bereitete mich aber insgeheim darauf vor, die Liege des Grobians im Eiltempo zu verlassen.

»Ich frage mich, wie du es mit diesem Typen aushältst. Ist dir Geld so wichtig?«

»Er ist eigentlich ganz nett. Manchmal ist er zahm wie ein Lamm und fürsorglich. Er unterstützt mit seinem Geld ein Weisenheim für Kinder.«

»Oh, das wundert mich. Ich habe noch nie einen Menschen kennengelernt, der mir dermaßen unsympathisch ist.«

»Es ist der Alkohol, der ihm die Aggressivität
verleiht. Er ist der Dämon, der aus Menschen
Monster macht.«
Ich hörte ihre Worte wie durch Watte, denn ich
war damit beschäftigt, meine Hoden zu schützen.
Nach fünf Minuten verließ ich die Liege und
schloss mich im Zimmer ein.
Mein Geist befahl mir, sich in Zukunft von Bopa
fernzuhalten. Der Körper war dagegen.

Zwei Tage später traf ich Mr. Alk im
angetrunkenen Zustand im Restaurant an –
Boxershorts, ungewaschenes T-Shirt –
Schweißgeruch.
In meinem Kopfkino spielten sich Dramen ab.
Ich schlich zum Buffet, packte den Teller bis zum
Rand voll mit Süßspeisen, um den faden
Geschmack im Mund zu übertünchen.
Ich suchte mir einen Platz an einem Tisch hinter
einem Pfeiler und verbarg mein Gesicht mit der
Serviette. Anstatt zu essen, beobachtete ich ihn aus
den Augenwinkeln.
An seinem Tisch lag eine glimmende Zigarre, die
die Luft im hinteren Teil des Raumes verpestete.
Bopa bediente ihn, servierte ihm diverse
Köstlichkeiten der südostasiatischen Küche.
Sie schenkte ihm ein Budweiser ein.
Er sprang vom Stuhl auf und schrie sie an: »Du
wagst es, mir warmes Bier anzubieten, Schlampe?«

Er zog sie zu sich heran und schlug ihr mit der flachen Hand ins Gesicht.

Das Mädchen fiel zu Boden und weinte.

Hilfesuchend schaute sie in meine Richtung.

Offenbar hatte sie mich, trotz der räumlichen Distanz zwischen uns, erkannt.

Unsere Blicke trafen sich, blindes Verstehen ohne Worte. In meinem Herzen öffnete sich eine Tür, die zu einer Welt führte, die mir bislang verborgen geblieben war.

Mit dem Mut der Verzweiflung sprang ich vom Stuhl auf, rannte durch den Speiseraum und stürzte mich auf den verdutzten Landsmann.

Mit einem Aufschrei donnerte ich die rechte Faust in seinen schwabbeligen Bauch.

Mr. Alk glich einem Felsen in der Brandung.

In seinen Blicken mischte sich ungläubiges Staunen mit grenzenloser Wut.

Er schüttelte sich, packte mich am Kragen, hievte mich in die Höhe.

Wie ein Fisch an der Angel zappelte ich in der Luft.

Ein Hieb gegen meine rechte Schläfe – es wurde ruhig und ruhiger.

Ein weiterer Treffer, diesmal auf die linke Seite - Finsternis regierte.

Ich spürte nicht, wie er die brennende Zigarre auf meiner Wange ausdrückte.

Nach Stunden überbordender Leere kehrte mein
Bewusstsein mit einem Blitzlichtgewitter im Gehirn
zurück. Mich quälten höllische Kopfschmerzen.
Die linke Wange war verbunden und fühlte sich
taub an.

Das Kopfkino flimmerte – Sequenzen, Episoden,
Reminiszenzen von der Reise nach Kambodscha
schwirrten durch mein Gehirn wie Blitze, die mit
lautem Getöse zur Erde rauschen.

Ich lag im Hospital - mit Gehirnerschütterung,
zertrümmertem Nasenbein sowie einer
Brandverletzung dritten Grades im Gesicht.

Bopa, die am selben Tag wie ich eingeliefert
worden war, besuchte mich dreimal am Tag.
Übersät mit blauen Flecken klagte sie über ein
gebrochenes Handgelenk sowie Schmerzen im
Unterleib.

»Was hat der Kerl mit dir gemacht?«

Das Mädchen sah mich wie ein scheues Reh an.
Sie sprach kein einziges Wort.

In den Augen las ich, was Mr. Alk ihr angetan
hatte.

Nach einer Woche verließ ich das Krankenhaus
und ratterte mit einem Tuk Tuk zum Hotel,
peinlichst darauf bedacht, meinem Landsmann
nicht in die Quere zu kommen.

Der Rezeptionist berichtete mir, dass 500.000 Riels[3] aus der Schatulle des Grobians ausgereicht hätten, um die Ermittlungen der Polizei gegen ihn wegen tätlicher Übergriffe auf das Mädchen zu beenden. Ich nahm die Ausführungen kommentarlos zur Kenntnis. Rachegelüste beherrschten mein Denken.

Am nächsten Morgen lag der Kraftprotz ohne Bopa, die bei ihrer Familie weilte, an der blauen Lagune.

Ich bat den Barkeeper, ihm auf meine Kosten drei Zombie-Cocktails zu servieren und ihm zu suggerieren, dass die Longdrinks vom Hotelmanager kämen, weil ein Angestellter ihn vor ein paar Tagen am Strand gestört hätte.

Mr. Alk genoss die hochprozentigen Cocktails mit einem Lächeln auf den Lippen.

In der Gluthitze verlor er jegliche Kontrolle über den Alkoholkonsum, stürzte einen Drink nach dem anderen herunter und bestellte sich anschließend weitere Cocktails auf eigene Rechnung.

Die Sonne näherte sich dem Zenit, erhob sich wie ein Feuerball über dem Meer.

Ich ergriff die sich bietende Gelegenheit und pirschte mich an den volltrunkenen Muskelmann heran.

---

[3] Etwa 100 Euro

Von Weitem hörte ich Geräusche, die eher von einem Walross, denn von einem Menschen zu stammen schienen.

Er schlief fest wie ein Murmeltier im arktischen Winter.

Eine Alkoholfahne schlug mir entgegen.

Umschauen, Augenlider beobachten, den Sonnenschirm einen Meter weiter nach rechts rücken, war eins.

Es fiel niemandem auf, dass mein Landsmann ungeschützt in praller Sonne dahinsiechte.

Die Hotelgäste dinierten im Restaurant und wagten in der Gluthitze nicht, den klimatisierten Bereich der Hotelanlage zu verlassen. Am Vortag hatte ich am eigenen Leib erfahren, dass eine Stunde in tropischer Mittagshitze ausreicht, um schmerzhafte Verbrennungen zu erleiden.

Um 18.30 Uhr sammelte das Servicepersonal Handtücher ein und transportierte die Strandmöbel in den Abstellraum.

Ein Aufschrei – jemand hatte Mr. Alk auf der Liege entdeckt. Man versuchte, den wie tot an der Lagune liegenden Kraftprotz mithilfe kalter Eimergüsse wachzurütteln. Außer ein raues Röcheln gab er keinen Ton von sich.

Die herbeigerufene Ambulanz beförderte ihn ins Krankenhaus, wo er in der Nacht als Folge eines Hitzschlags in Verbindung mit einer Alkoholvergiftung an Herzversagen verstarb.

Kaum verfaulte er in der Erde, suchte ich Bopa auf, die gemeinsam mit den Eltern und acht Geschwistern in einer schäbigen Hütte am Rande eines Reisfeldes vegetierte.

Vor Zweifel triefend betrat ich die offenstehende Behausung, in der die Hitze des Tages an den Wänden klebte.

Bopa kauerte auf dem Boden und spielte mit zwei kleinen Kindern, wovon eins gerade zu laufen lernte.

Sie erhob sich, schwebte wie ein Engel über den Boden und kam mir entgegen.

Ihre Augen strahlten wie funkelnde Sterne am Firmament.

Wir fielen uns in die Arme - Tränen heilen auch dann Wunden, wenn sie tiefer gehen.

Es dauerte nicht lange, bis wir uns gegenseitig unsere Liebe eingestanden.

Sie war tiefer als das tosende Meer und wilder als der Dschungel, der sich hinter dem Reisfeld ausbreitete. Keine Macht der Welt, kein Muskelmann, keine Einwanderungsbehörde und kein Kontoauszug war in der Lage, sie zu zerstören.

Bopa sorgte für ein würdiges Begräbnis von Mr. Alk. Die Grabbeigaben bestanden aus drei mit Himbeersaft befüllten Whiskyflaschen.

An Sonntagen und buddhistischen Feiertagen legte sie Lotusblüten auf dem Grab ab.

Nach der Hochzeit eröffneten wir ein Speiselokal, in dem es keinen Alkohol gab und striktes Rauchverbot herrschte.

Der Alltag in Kambodscha ist zwar voller Stolpersteine, aber auch zwangloser und herzlicher als in Deutschland, wo Grautöne dominieren und Hängematten aus sozialen Zuckergüssen das Leben ausbremsen.

An freien Tagen entspannen wir an der Lagune, strecken die Füße ins Wasser und spielen mit den Fischen, bis die Sonne mit dem Meer verschmilzt. Wir umarmen die Wellen, die unsere Wünsche mit auf die Reise nehmen.

Ich kehre nie wieder nach Deutschland zurück. Stattdessen werde ich meine Mutter bitten, nach Kambodscha überzusiedeln. Wir brauchen jemanden, der auf unser Kind aufpasst und das Grab von Mr. Alk pflegt.

Über den Autor

Engelbert Gottschalk, im Sommer 1963 in Moers geboren, ist Stadtplaner und lebt mit seiner Frau in Düsseldorf. Seit 2017 widmet er sich der Schriftstellerei. Seine Erzählungen sind in der realen Welt angesiedelt, in die unerwartet das Fantastische einbricht. Szenen aus dem Alltag oder dem privaten Umfeld der Protagonisten wechseln ab mit surrealen Episoden.

Die Erzählung »Die Friedhofswärterin« ist im November 2018 in der Anthologie »Versteckt liegende Friedhöfe und ihre Geheimnisse« bei Shadodex, Verlag der Schatten, erschienen. Ein Monat später kam die Geschichte »Liebe 2.0« in der Anthologie »Vollkommenheit« beim Hybrid Verlag auf den Markt. Weitere Veröffentlichungen u. a. in der „Holland-Anthologie" des Tausendundeins-Verlags (Op de Dam) sowie die Kurzgeschichte Angst² im Selbstverlag bei Amazon, das Drama über Jugendliche, die durch waghalsige Mutproben ihre inneren Dämonen zum Leben erwecken. Im November 2019 erblickte u. a. die Anthologie »Zartbitter - Geschichten von Nachtschwärmern, Traumtänzern und Pechvögeln« bei Books on Demand (BoD) das Licht der Öffentlichkeit.